新潮文庫

北の海

上巻

井上靖著

7157

北の海

上巻

春

洪作が沼津中学を卒業したのは大正十五年三月である。卒業と同時に、洪作は袂《たもと》の着物を着た。中学の五年になった時、台北《たいほく》に居る母から紺がすりの袂の着物が送られて来たが、一日も手を通さないで行李《こうり》の中に入れたままになっていた。それを取り出して着たのである。

中学時代は殆《ほとん》ど小倉の制服で通した。筒袖《つつそで》の紺がすりの着物が二、三枚あったが、制服の方が便利であった。いくら汚れても、擦りきれても、制服である以上、それを恥じる必要もなかったし、第三者の眼にもさして不自然には映らなかった。ぼろぼろになった制服を纏《まと》っていても、誰も貧しい家庭の子供だとは思わなかった。

ぼろ服の点では、洪作は学校でも目立っていた。下宿している寺に郁子《いくこ》という洪作より四つほど上の娘があり、初めのうちは、洪作の洋服に補綴《つぎ》したり、洗濯したりしてくれていたが、そのうちに匙《さじ》を投げてしまった恰好《かっこう》で、

——もう卒業までこれで我慢なさいよ。補綴を当てるより、切れたままの方が見た眼

にまだいいと思うわ。この服を、台北のお父さんやお母さんに見せてあげたいわね。そういう言い方には多少洪作の両親への非難が含まれていた。いくら遠くに離れていても、子供の洋服のことなどにはもう少し気の配り方があるべきだというのである。さすがに口に出してはっきりとは言わなかったが、そういう意味のことは時折郁子の言葉の端々からうかがえた。

しかし、こうしたことに対する責任を両親にばかり背負わせることはできなかった。その大部分は洪作が持たねばならぬものであった。母からの手紙の中に、洋服が小さくなったり、擦り切れたりしたら、新調するがいい、代金を言ってくればいつでも送金する、そういったことが認《したた》められてあったことは一再ではなかった筈《はず》である。

ところが、洪作は洋服代を請求しなかった。別にそんなことを遠慮しなければならぬ筋合はなかったが、何となくそんなことをするのが億劫《おっくう》であったのである。三年生までは自分の洋服を着ていたが、四年の時、卒業して行く者の不要になった洋服を貰《もら》った。洪作自身は卒業生のところへ洋服を貰いに行くような度胸はなかったが、同級生で遊び仲間の藤尾が、洪作に替ってそうした仕事を受持ってくれた。そういうことをやらせると藤尾はうまかった。背丈を見はからって、洪作と同じくらいの体格の卒業生のところへ押しかけて行って、無償で取り上げて来た。

五年になった時も、藤尾は洪作のために卒業して行く生徒から制服を取り上げて来た。

「親のない子は世話がやけるよ」

藤尾はそんなことを言った。

中学を卒業してしまうと、今まで着ていたぼろ服にいくら未練があっても、これを纏うわけには行かなかった。洪作は初めて袂の着物を着た。沼津市内に家を持っている少年は四年ぐらいから袂の着物を着始めるのが普通で、それに見慣れてはいたが、自分が着てみると奇妙な気持であった。

洪作の場合、袂を着るべき年齢になったから袂を着たのでなく、他に着るべきものがなくなったので、やむを得ずそれに腕を通したのである。本来なら中学を卒業して上級学校へ進み、新しい制服を着るのであるが、洪作は静岡高校を、四年修了の時と、今年と、二度受験して落ちていた。静岡高校を落ちても、他の学力相応の学校を選び、そこへ進めばいいのであるが、洪作は何となくそんな気持にはならなかった。木部《きべ》、藤尾は洪作と同じように静岡高校を受けて落ちたが、木部は東京の私大の予科に、藤尾は京都の私大の予科に進むことになっていた。金枝《かなえ》は一高を受けたが、これも落ちて、私立の医科大学の予科にはいった。

上級学校へ進む志望を持っている者は、たとえ志望校にはいれなくても、どこかの上級学校に落着いた。来年もう一度志望の学校を受け直すにしても、籍だけはどこかの学校へ置くというのが普通だった。どこにも学籍のない浪人生活を嫌ったのである。従って、木部も藤尾も金枝もみな着るべき新しい制服があった。洪作だけはなかった。郷里の伊豆の親戚《しんせき》の家で受験準備の一年を過すか、もし親戚で断わられたら、これまで通り沼津の寺に下宿して、沼津で浪人生活を送るまでのこと。洪作にとっては、東京の生活はそれほど魅力あるものには思われなかった。それより沼津か伊豆でのんびりしている方がよかった。

よほど真剣に受験準備しない限り、来年も官立高校へははいれないであろうということは判《わか》っていた。しかし、それほど思いつめた考え方はしていなかった。まあ夏ぐらいまではのんびり遊ばせて貰いましょうというところがあった。

「一体、あんたの家の人どう思っているのかしら。中学を卒業したのに、家へ帰って来なさいと言って寄越さないの？」

郁子は言ったことがある。この場合も台北の両親への非難がこめられてあった。

「台北へ行ったたって仕方がないじゃないか。いつまでも台北に居られるわけではなし。それよりこっちに居る方がいい」

「両親や、弟さん妹さんたちに会いたくないの？　あんた」

「会いたくない」

「まあ、驚いた」

「だって、本当なんだ」

洪作は別に両親に会いたいとは思わなかった。なるべくなら会わない方がいいという気持だった。小学校時代もそうだったし、中学生になってからもそうだった。

洪作の父は陸軍の軍医だったので、長男の洪作が生れた北海道の旭川《あさひかわ》を皮切りに、あとは東京、静岡、豊橋、浜松、それから現在の台北と任地を転々としていた。

洪作は五歳の時、両親のもとを離れて、郷里伊豆の祖母のもとに預けられた。丁度母は胎内に洪作の妹を持っている時で、人手もなかったし、ごく一時的のつもりで洪作を祖母に託したのであったが、それ以来何となくずるずると洪作は祖母のもとで生活するようになってしまった。祖母も手ばなせなくなったであろうし、洪作もまた祖母から離れ難くなった。そんなわけで洪作はひとり家族から離れて、小学校時代を伊豆で過した。小学校六年の時祖母が他界すると、洪作は父の任地浜松に行って、中学を受験して落ち、高等科の一年間を家族と共に生活し、浜松の中学にはいったが、父の台北赴任と共に、洪作はまた家族と別れて、郷里に近い沼津に移り、そこで中学時代を送ることになったのであった。父は台北へ行っても、職業柄いつ転任するかも知れなかったので、子供の洪作がそれと共に中学を転々とすることのないようにという考えから出た措置であった。

沼津中学に転じたのは二年の初めであった。こういうわけで、洪作は小学校から中学へかけて、その大部分を家庭の雰囲気というものは知らないで過していた。小学校時代は祖母の許《もと》で過していたが、この祖母は医者をやっていた曾《そう》祖父の囲い者だった女性で、曾祖父が亡《な》くなってから洪作の家の籍にはいっていた。そうした関係で戸籍の上では洪作の祖母ということになっていたが、血は通っていず、言ってみれば他人であった。しかし、洪作はこの他人である祖母に愛され、洪作の方もまたこの他人である祖母を慕った。

この洪作と祖母との共同生活は、どこかに多少取引きの匂《にお》いがあった。祖母は洪作を自分の手許で育てることにおいて、いくらか不安定な自分の地位を固めるといったところがあり、洪作はこの祖母に忠誠をつくすことに依《よ》って、その愛を際限なく引き出すといったところがあった。

ともかく、洪作は幼少時代をこの祖母と共に郷里の家の土蔵の中で送ったのであった。別に不自由はなかった。村の人や親戚の人たちから、時に、

——あんたは可哀《かわい》そうに、あの気の強いおばあさんの人質になってしまって。

そんなことを言われたが、洪作には気が強いとも意地悪だとも思われなかった。充分優しい愛情深い祖母だったのである。人質になっていたのかも知れないが、充分結構な人質だったのである。

そして中学時代は下宿で、この方は全くの監督者なしに、至極のんびりと過した。洪作の幼年期から少年期へかけての過し方は、他の少年に較《くら》べると多少特異であった。家族の一員としての生活は浜松においての二年間だけで、あとは洪作の身辺には家庭の

雰囲気というものは全くなかった。

しかし、洪作は継子《ままこ》でもなければ、貰い子でもなかった。れっきとした父と母の子供であり、しかも両親からは充分総領息子としての取扱いをうけていたのである。ただこの一組の両親と子供を第三者が冷静に観察していたら、あるいは他の家庭とのいくらかの違いは発見できたかも知れない。

両親の方は自分たちから離れて勝手に生い育ち、いつか思春期の少年になってしまったわが子の取扱いに多少戸惑いを感ずるところがあったに違いないし、洪作の方も両親というものに対して、どのような対《む》かい方をしていいか見当のつかぬところがあった。

寺の娘の郁子から、

「両親や弟さん妹さんたちに会いたくないの？　あんた」

と言われても、正直に答えると、

「会いたくない」

と言うほかはなかったのである。実際に父親に会いたいとも、母親に会いたいとも、弟や妹たちに会いたいとも思わなかった。会えば会ったで、悪いことではないかも知れなかったが、特に会わずにはいられないといった思いはなかった。会わなくても、いっこうに痛痒《つうよう》は感じなかった。

むしろ、相なるべくは会わない方がよさそうであった。会えば、子として親に気を遣わなければならなかったし、親の言うことにも従わなければならなかった。そうしたことは面倒でもあり、億劫でもあった。

——恐ろしくずぼらに仕上っちゃったな。

仲間の一人である金枝が、五年の三学期にはいったばかりの時に言ったことがある。台北の母親から来た手紙を開封しないで、二、三本溜《た》めたことがあり、それを知って、金枝は慨歎《がいたん》の言葉を口から出したのであったが、その時洪作は、

——平信と書いてある。

そう言って、封書を金枝の方に示した。確かにそこには〝平信〟と認められてあった。平信というのは、別に特殊な用件でもないし、急ぎの用件でもないということである。そうわざわざ断わり書きしてある以上、別にあわてて開封する必要はないではないか、そういった洪作の気持だったのである。母の手紙に受験についての希望が述べられてあることは、それを読まないでも判っていた。将来医者になるために高等学校は理科乙類を選べというのである。洪作にとっては読みたくない手紙であった。読みたくない手紙は読まなくても過せるところが、親許を離れて育っている少年の特権であった。

中学を卒業してからまだ一カ月になっていなかったが、洪作は自分の生活がすっかり変ったものになっているのを感じないわけには行かなかった。中学生の時は、毎日のように、藤尾、金枝、木部といった連中と顔を合せて、夜も昼も、大部分の時間を彼等と

一緒に過していたが、四月を境にして、お互いの往来がぱったりと絶えてしまった形だった。それぞれが新しい生活にはいって行くための準備もあったし、もう中学の制服を着ていないので、今までのように隊伍《たいご》を組んで町をほっつき歩いているわけには行かなかったのである。

洪作は袂の着物を着て、久しぶりで町へ出たが、この間まで自分の町だと思っていた沼津が、いやによそよそしく冷たいものに感じられた。相変らず町には中学生の姿が見られた。これがまたこの間までは確かに自分の下級生であったのであるが、いまはそういう感じは持てなかった。大体、立ち停って敬礼してくれる者がなかった。こちらが中学の制服を着ていないので、誰が誰か判らないということもあったが、そのためばかりではなかった。

顔見知りの下級生に会っても、眼を逸《そ》らせて知らん顔をして通り過ぎる者が多かった。この間までは上級生だったから敬礼してやったが、卒業してしまった今は、上級生でも何でもない、敬礼なんかしてやるものか。どの顔もそんなことを言っているように見えた。

よくしたもので、この間までは洪作たちの前では小さくなっていた四年生が、いまは大きな顔をしてのし歩いており、いつか最上級生としての貫禄《かんろく》を身につけて、体までひと廻り大きくなった感じである。それに洪作などを何者であるか知らない、いやに金ボタンをぴかぴかさせた新入生の姿も、町には氾濫《はんらん》していた。それを見ると、否応《いやおう》なしに洪作は、もうお前の時代ではないといった思いを持たせられざるを得なかった。

要するに、洪作は中学卒業と同時に、上級生としての権利と栄光を剝奪《はくだつ》され、そして自分のものだとばかり思っていた町まで明け渡すことを余儀なくされてしまった恰好であった。

洪作は御成橋《おなりばし》の袂にある藤尾の家に寄ったが、藤尾は下宿探しに京都へ行っているとかで留守だった。駅に近いところにある木部の家にも寄ってみたが、木部もまた四、五日前に、こんどはいった私立の大学の運動部からの呼び出しがあって、三月末に上京したまま、まだ戻って来ないということだった。

最後に金枝を訪ねたが、この方は微熱を出して床に就いていた。今までなら平気で庭伝いに裏に廻って、金枝の部屋を襲うのであるが、袂の着物の手前、そういうこともできなかった。

洪作は久しぶりで千本浜へ出た。松林の中を白い砂を踏んで行くと、松の木と松の木の間から、波の砕けている海が見えて来た。浜には人影はなかった。洪作は波打際《なみうちぎわ》を狩《か》野《の》川の河口の方へ歩いて行き、河口がもうすぐそこだというところから引き返した。春ではあったが、海からの風は冷たかった。

洪作は砂が風のために吹き寄せられて高くなっている場所へ行って腰を降ろした。そこは何軒か並んでいる別荘地帯の裏手に当っていたが、どの別荘も夏以外は閉まっていたので、広い千本浜の中でも、そこだけ妙に閑散とした一画を成していた。いつかみなでここに来た時、金枝が、

——別荘という奴《やつ》は開いている時は死んでいるが、閉まっている時は生きている。

と言ったことがあった。すると、藤尾が、

——なるほど、開いている別荘は俗物だが、閉じている別荘は思想を持っているな。

と言った。それを受けて、木部がたちどころに詩を作った。

——開いている別荘はお喋《しゃべ》りなおちゃっぴい娘、閉じている別荘は老いた貴族の未亡人。

その三人三様の言い方を洪作は感心して聞いたものである。

その閉じている別荘の裏手の砂丘に、洪作は腰を降ろしていた。金枝も、藤尾も、木部もみな、やがて沼津から離れて行く。それぞれ沼津に家を持っていて、そこで生れて、これまで生い育ったのであるが、その家庭というものから今や離れて行こうとしている。いかにも巣から飛び立って行く感じである。

洪作はぼんやりと海を見ていた。波の荒いことで知られている駿河《するが》湾であり、この日も波は荒かったが、よくしたもので潮の光にも、その動き方にも、春が感じられた。

——さて、俺は、どうしようか。

洪作は思った。台北の両親のもとに帰らないとすると、どこに居てもよかった。ただ、その場所は限られていた。このまま沼津で浪人しているか、郷里の伊豆に何軒かある親戚のどこかに厄介になり、浪人の一年間を過すかである。これまで洪作の気持は今まで通り沼津の寺に下宿していることに傾いていたのであるが、その気持に多少ひびがはいった恰好だった。仲間の誰もが居なくなった沼津という町が、ひどく冷淡なものであるかも知れないという思いに、洪作は駆られ出していた。

洪作は砂の上に寝転んでいた。睡気《ねむけ》が襲い始めていた。日光の直射を避けるために腕を折り曲げて袂《たもと》で顔を覆《おお》った。こういう使い方をすると、袂というものも便利だと思った。

どのくらい眠ったか知らないが、洪作は人声で眼を覚ました。中学の制服を着た三人の少年が、洪作を取り巻くようにして立っていた。洪作はすぐその一人が、級《クラス》は違うが、同学年で、今年落第して卒業できなかった遠山であることを知った。

「どうも、変な奴が寝ていると思ったら、おまえか」

遠山は言った。洪作は遠山とは親しく交際したことはなかったが、同じように柔道の選手をしていた関係で、二、三回一緒に他校へ仕合に出掛けたことがあった。他の二人は名前は知らないが、いつも不良がかった服装をしていて、学校では目立っている少年たちだった。

「お前、まだ沼津に居るのか」

遠山は言って、洪作の横に腰を降ろした。二人の少年もそれに倣《なら》って腰を降ろすと、一人がポケットからバットの箱を取り出した。バットの箱は遠山の手に渡り、洪作の手に渡った。

「学校はどこにはいったんだ」

「どこにもはいらん」

「浪人か」

「まあ、な」

「まあ、な、って言っても、どこへもはいらなかったら、れっきとした浪人じゃないか。家はどこ？」

それからすぐ気付いた風に、

「そう、そう、親がなかったんだったな」

「冗談言うな。ちゃんと両親がそろっている」

「ああ、そうか、そりゃ、悪かったな。確かに誰かそう言ってたんだがな。じゃ、いつ、家に帰る？」

「家には帰らん。——台北なんだ」

「いいな、お前、うまくできてるんだな。家はちゃんとあるのに、遠くて帰れんとは理想的じゃないか。沼津に居るのか」

「まだ決めてない。――沼津に居てもいいが、相棒がない」

「受験勉強するんだろう」

「今からしても、みんな忘れちゃう。八月まではのんびりと遊ぶつもりだ」

「じゃ、道場に来いよ。塚本がやめちゃったんで、下の奴らを叩《たた》くのに困ってるんだ」

遠山は言った。塚本というのは、この春学校を退いた柔道教師のことである。

柔道と聞いて、なるほど毎日午後二、三時間、中学の道場でどたんばたんやっていたら退屈しないで過せるだろうと思った。遠山は落第したお蔭《かげ》で恐らく柔道部のキャプテンの椅子《いす》に坐《すわ》るだろう。その遠山から依頼されたのだから大威張りで道場に出入りできる。おまけに柔道教師も居ないので、遠慮しなければならぬような相手はない。

ただ道場へ出入りする途中、校庭で教師たちに会うことがあるだろうが、それが多少鬱陶《うっとう》しいぐらいのことである。が、これはまあ、辛抱してできぬことでもあるまい。

「よし、練習に行くよ」

洪作は言った。

それから洪作は遠山たちと一緒に千本浜を出、街中の中華ソバ屋へはいって行った。

「卒業生と一緒だから堂々とはいれ。自分の意志ではいるんじゃない。卒業生に御馳走《ごちそう》になりに連れて行って貰《もら》うんだ」

遠山は二人の少年に言った。

「俺は御馳走しないぞ、金は持っていないからな」

洪作が言うと、

「こいつが持っている」

遠山は二人の少年のうち小柄な方を眼で示して言った。制服の上着の上の方のボタンを二つ外し、いっぱし不良がかった恰好《かっこう》をしているが、まだ稚《おさな》さが顔に残っている少年だった。遠山に言わせると、凄《すご》く敏捷《びんしょう》で喧嘩《けんか》はうまいということだった。二人ともこんど三年生になった連中だった。

「三年生に奢《おご》って貰うのはだらしないな。遠山、お前出せよ」

洪作が言うと、

「かまわん、かまわん」

遠山は言って、

「お前、不自由しているようだったら借りておけよ。いま、こいつ大金を持っているんだ。親戚《しんせき》中から借りたんだ」

すると、少年はポケットから紙幣束《さつたば》を取出して、

「よかったら、使って下さい」

ひどく気まえがよかった。

「しまっておけよ、ばかだな」

洪作は卒業生らしい口調で言った。こうした不良になりかかりの少年たちと付合うのは、洪作としては初めてのことだったが、これまでの藤尾や金枝たちの文学好きな仲間とは違ったある面白さがあった。

洪作はその日、寺へ帰ると、庭を掃除していた郁子に、

「このまま、ここに置いて貰う」

と言った。

「ずっと居るの？　ここに」

「うん」

「お師匠さん、何と言うかしら」

郁子は言った。郁子は父親のことをいつもお師匠と呼んでいた。

洪作は毎日中学の道場へ顔を出すことにした。学校の授業が終るのが大体三時だったので、道場に部員たちが集まり、練習を始めるのは三時半頃からである。

洪作は三時に寺を出て、沼津の町中を通り、御成橋を渡って、田圃《たんぼ》の中の道を中学の正門へ向って歩いて行く。中学時代毎日のように往復した道である。

洪作はこれまで着ていた中学の制服を着込んで、靴はやめて、下駄をつっかけること

にした。学帽をかぶっていないことと、下駄履きであることだけが、中学生と異《ちが》っている。洪作は小柄だったので、四、五年生たちの中に混じると、いっこうに卒業生とは見えなかった。

——あいつ、卒業した筈《はず》なのに、また同じような恰好して学校へ来始めやあがった。

四、五年生たちは洪作についてそんな噂《うわさ》をしているに違いなかった。しかし、面と顔を合せると、知らん顔をしてすますわけにも行かないらしく、

——やあ。

とか、

——おう。

とか、短い挨拶《あいさつ》の言葉を口から出した。これまでは敬礼をしたが、もう敬礼まではする必要はないと思っているらしく、そんな態度でごました。下級生たちの方は相変らず緊張して洪作に敬礼した。

洪作は相手が顔見知りである場合は、同じように、〝やあ〟とか、〝おう〟とか言って、挨拶に答えてやるが、そうでない場合はいっさい黙殺の態度をとった。

道場へ行くと、部員たちの間では大きな顔ができた。卒業前までは確かに選手であったし、先輩であることに違いなかったので、みんな洪作に一応の礼をつくした。居心地は悪くはなかった。

十日程、道場に通うと、洪作はすっかり自分の後輩である部員たちの生活に溶け込んでしまった。練習を終えると、寄宿舎の浴場に行って汗を流し、それから誰かと連れ立って町へ出掛ける。一緒に中華ソバ屋にはいる。そういう時大抵遠山は一緒である。

「先輩と一緒だから堂々とはいれ」

遠山はいつもほかの連中に言った。一応先輩には違いなかったが、洪作はめったに金は払わなかった。

「先輩は腹がへってる。御馳走して差し上げろ」

遠山は言った。誰かが金を払った。遠山も金を払うことはなかった。

「本来なら俺は洪作と同じように卒業なんだぞ。それを卒業しないでいるだけの話だ。卒業生なみに取り扱え」

遠山は勝手なことを言った。しかし、遠山は誰からも憎まれてはいなかった。不良がかってはいたが、不良ではなかった。

洪作は四年になった時から柔道の選手になっており、対校仕合で五人の選手が選ばれる時は、必ず先鋒《せんぽう》の役をつとめるか、副将の場所に坐った。小柄で、特に得意技があるというわけではなかったが、仕合巧者で、仕合になると必ず勝った。

「お前みたいな小さいのが、どうして仕合で勝つのかな」

四年の時、柔道教師から真顔で言われたことがあった。

「他校の知らん奴とぶつかると、いつも勝ちそうな気がする。敗けそうな気はしない。どうして勝とうかと思うだけですよ」

洪作は答えたが、これは嘘《うそ》ではなかった。どんな大きい図体《ずうたい》の相手にぶつかっても、相手の柔道着の襟《えり》や袖《そで》を摑《つか》んだ瞬間、洪作は相手を倒すことだけを考えた。相手は自分より強そうだとか、もしかしたら敗けるのではないか、そんな気持になることはなかった。

「惜しいものだな。勉強の方でもそうだといいんだがな」

柔道教師は慨歎《がいたん》した。確かにその通りだった。試験になると、学期試験であれ、入学試験であれ、答案用紙を渡される前から、もうだめだと思った。英語でも、国漢でも、物理でも、化学でも、科目の何たるかを問わず、みんなだめだと思った。自信というものはいっさいなかった。そのくらいだから静岡高校を受けても、入学できるなどとは初めから思っていなかった。ただ受験してみただけである。

遊び仲間の藤尾や木部も同じように静岡高校を受けて落ちていた。この方は何かの僥《ぎょう》倖《こう》で合格できないものでもないといった気持があったが、洪作の方は初めからそんな気持は持ち合せていなかった。まあ二、三年のんびり受験勉強していれば、そのうちには何とかなるだろう、——これが洪作の気持だった。だから洪作は腰かけに他の私立大学へはいっておこうかとか、予備校で勉強して来年を期そうとか、そういった思いつめた気持はなかった。官立の高校を目差すのは、台北の両親が、どうもそう思い込んでいる風なところがあったので、両親の夢をこわしては悪いと考えた上でのことだった。両親は洪作が浜松中学に上位で入学していたので、いまも依然として優秀な生徒であると思い込んでいた。洪作にとっては甚だ迷惑なことだった。

そこへ行くと、柔道の方は、勉強に引きかえ、自信があった。少し練習したら、目をつぶっていても初段ぐらいとれるという気持だった。四年の時から校内では黒帯をしめていたので、これを講道館の黒帯にするのも悪いことではなかった。十日程、中学の道場に通っているうちに、入学試験のことは洪作の頭から消えて、それに替って、黒帯がはいり込んで来たのである。

藤尾、金枝、木部、それに洪作の四人が久しぶりに顔を合せたのは、四月も下旬にはいってからだった。近くそれぞれ自分で選んだ進学コースに従って、沼津をあとにして東京や京都に散って行くので、一応ここらで沼津中学時代の打上げ式をやっておこうというのが、この集まりの目的であった。会場は千本浜の入口にある清風荘というトンカツ屋の二階にした。このレストランには洪作たちは去年の秋初めて足を踏み入れ、その時食べたカツレツの味が忘れられず、それ以後も誰か金を持っていると、よく出掛けて行った。勿論《もちろん》中学生がこのようなところへはいることは禁じられていたので、いつも裏口からはいった。

「あんたたちの来るところじゃないよ」

肥《ふと》った内儀《かみ》さんは一応意見めいた口のきき方をしたが、それでもビールも運び、料理も運んで来た。

「これだけのカツを食わせるところは、東京でもそうたくさんはないと思うんだ」

こうした方面には明るいことで自他ともに許している藤尾は、そんな言い方をしたが、だれも反対する者はなかった。大体他のレストランなるものを知っている者はなかった。生れて初めて胃の腑《ふ》に収めるレストランのカツレツの味であった。うまからぬ筈はなかった。藤尾が尤《もっと》もらしい言い方で日本一の味だと言えば、みんなそれはそうだろうと思った。異論など唱える者はなかった。

しかし、中学を卒業したいまは、誰に遠慮もなく堂々と清風荘にはいることができた。教師の眼を怖《おそ》れて、裏口からはいる必要はなかった。

洪作が清風荘の二階へ行った時は誰もまだ姿を見せていなかった。肥った内儀さんがやって来て、

「木部も、金枝も、藤尾も、みんな来るんだね」

と、いつもの男のような言い方で念を押した。内儀さんは誰のことも苗字を呼び棄《す》てにした。洪作だけは、どういうものか苗字は呼ばないで、洪作、洪作と名前を呼んだ。

「木部と金枝は東京に行き、藤尾は京都へ行くんだってね。おかげで沼津の町も品がよくなるよ。洪作のことは聞いていないが、あんたはどうするんだい」

内儀さんは言った。

「沼津に残っているつもりだ」

「学校を卒業したのに、沼津に居るというのはどういうことだね」

「ここで受験勉強するんだ」

「勉強⁉　本当に勉強ができるかね。また悪い友達と一緒になってのらくらしてしまうんじゃないかね」

「そんなことあるもんか」

「さあ、どうだかね。――まあ、親許《おやもと》へ帰る方が無難だろうね。親があるんだから」

内儀さんはテーブルを拭《ふ》いて出て行った。

木部がやって来た。小柄だが、どんな運動でも一応こなすぴちぴちした体を、絣《かすり》の筒袖の着物で包んでいる。

「よお」

そう言って部屋へはいって来ると、

「泳いで来た」

いかにも疲れたといったように、木部は畳の上に仰向けに倒れた。

「一人で泳いだのか」

「うん」

「水が冷たいだろう」

「冷たい。――金枝も、藤尾もまだか。さきに注文して食っちゃうか。腹がへった」

それから手を鳴らした。暫《しばら》くすると内儀さんがはいって来て、

「子供のくせに、人なみに手なんて鳴らすもんじゃないよ」

と言った。

「何かさきに食わせてくれ」

「みんな揃《そろ》ってからにしなさい。東京へ行ったら、気を入替えて勉強しないとだめだよ」

「判《わか》った、判った」

「寝転んで話をするもんじゃない。起きて話しなさい」

「いやになっちゃうな」

木部は起き上った。そこへ藤尾がはいって来た。藤尾は金ボタンの大学の制服を着ており、部屋へはいるとすぐ上着を脱ぎ、

「今日は送別会だ。おばさん、腕によりをかけてうまい物を作ってくれよ」

と言った。藤尾は肥満型で、体格も、口のきき方も大人になりかかっている。

「えらそうなことを言うんじゃないよ。親のすね齧《かじ》りのくせに。——送別会って誰の送別会だね」

「みんなのだ」

「洪作は沼津に残るって言ってるよ」

「そうなんだ。こいつだけは送られたくても送られようはない。おばさん、頼むよ、この子を」

「断わるよ」

「邪慳《じゃけん》なこと言うなよ。寺のめしだけじゃ栄養不良になるから、時々カツでも食わせてやってくれ」

「商売だから、金を払えばいつでも食べさせて上げるよ」

「その金が、洪作の場合、とかくあり余るというわけには行かん」

「あんたのところへつけておくよ」

「うえっ！」

藤尾は仰向けにうしろに倒れると、そのまま足の方からくるりとひっくり返った。すると、それをみていた木部が、

「こういうことができるか」

と、両腕を畳の上につき、腰を上げて、両脚を腕にからませてみせた。

「これ、これ、静かにおし、いい年齢《とし》をして」

内儀さんはたしなめながら、部屋を出て行ったが、間もなくビールを持ってはいって来た。

「これは、わたしが御馳走してあげる。送別会だから」

それと一緒に、こんどは洪作が体を前に折ると、そのまま両脚を突き上げて逆立ちしてみせた。

藤尾、木部、洪作の三人がビールを飲んでいる時、金枝が袂《たもと》の絣の着物を着てやって来た。

「すげえメッチェンに、いまそこで会った」

金枝はいきなり言った。

「どれ、どれ」

藤尾がすぐ立ち上って、窓から街路をのぞいた。

「居ないじゃないか」

それから藤尾は手を額のところにかざして、

「――美しきものは、いずこに去りたるや」

「居るもんか、もう。しゃなりしゃなり型じゃないんだ。ちょっとよかったな、いまのは」

金枝は言って、テーブルに頰杖《ほおづえ》をつくと、

「俺は、この頃、しきりに美女に心を奪われるようになった。どうも、この傾向はいけないと思うんだ。しかし、これが青春というものなんだから、施すべはない」

「さかりがついてるからな」

木部が言うと、

「俺はさかりという言葉は嫌いなんだ」

洪作は言った。洪作は実際にこの人間の尊厳を無視するような言葉が嫌いだった。

「じゃ、なんて言うんだ。お前だって、さかりがついているじゃないか」

「ついてるもんか」

洪作がむきになって言うと、いかにも呆《あき》れたというように、

「このピュウリタンの少年には困るよ。さかりという言葉が嫌いなんだな。この言葉をきくと、胸が痛むんだな。それでいて自分はさかりがついているんだから悲劇だ。お前、そんなことを言っていたら、これから長い人生を情慾《じょうよく》を背負っては歩いて行けないぞ。情慾との闘いはどういうものか知っているか。逃げてはだめだ。いくら逃げても追いかけて来る。逃げないで立ち向って行くことだ。さかり、さかりと、何百遍でも口から出して怒鳴ってみろ。こうしたら、さかりなんて言葉は何でもなくなる。なんだ、こんなもの」

それから木部は、

「さ、——か、——り」

と大声で怒鳴った。

「よせよ、ばか」

金枝が言ったが、

「さ、——か、——り」

と、木部はもう一度怒鳴った。その顔は青白んでいる。

洪作には木部が必死になっていることが判った。妙にはっとさせるようなものを、その時の木部の顔は持っていた。

「さて、さて、困った奴等《やつら》だ。さかりがついたと言うと憤《おこ》る奴もいるし、さかりと怒鳴る奴もいる。——色気づいたと言え。こう言えばいいだろう」

「その言葉も俺は嫌いだ」

洪作は言った。

「じゃ、何と言ったらいいんだ」

藤尾が言うと、

「俺は帰る」

洪作は腰を上げた。洪作は本当に帰ろうと思った。

「そう憤るなよ」

一番冷静な金枝が言った。

「今日は最後の中学時代の打上げ式だ。それなのに、くだらんことで憤ったりするなよ」

「いや、俺は帰る」

洪作はいったん帰ると言った以上、帰らなければならぬと思った。そこへ内儀さんがやって来て、

「あんたたち、何をやってる？」

と、一座を見廻した。

「こいつ、憤って帰ると言ってる」

洪作がかえ、——どうして？」

「木部に、さかりがついてると言われて憤慨したんだ」

金枝が言うと、

「ろくでもないことばかり言って！　送別会なら送別会らしくやりなさいよ。——おじさんが作ってくれているから、できたら、あんたたち自分で運びなさい」

内儀さんは言った。すると、木部が、

「よし、俺がキャベツ刻んでやる」

と言った。

「キャベツというものは、その度に刻むんじゃない。ちゃんと刻んでざるに入れてあるんだ。そいつを手で摑んで皿に移すだけだ」

藤尾が言うと、

「よく、あんた知ってるわね」

内儀さんは感心して言って、

「さ、そんなところにぼっ立っていないで、階下に来て手伝いなさいよ」

洪作の肩を叩《たた》いた。洪作は肩を叩かれた瞬間、ねじ曲っていた思いがふいに正常に戻った気持だった。

洪作が階下へ降りて行くと、木部もまた降りて来た。洪作はスープの皿を、木部はスープのはいっている鍋《なべ》を持った。二人がそれを二階へ運んで行くと、

「御苦労、御苦労」

藤尾は言って、

「今日は定食なんだからな。スープと、魚の料理と、肉の料理が出る。ここの親父《おやじ》はめったにこの町では定食なんて食う奴はないから感激して作っている。今日のことを思って、ゆうべは昂奮《こうふん》して眠れなかったらしい」

「ゴーゴリの〝外套《がいとう》〟だな」

金枝は言った。金枝は言ったが、他の三人にはよく判らなかった。ゴーゴリの〝外套〟という小説の主人公がおそらくこの店の親父に似ているのだろうという見当はついたが、それ以上のことは判らなかった。こうしたことになると、誰も金枝の敵ではなかった。金枝はめったやたらに外国の翻訳小説や詩を読んでいた。文学の話になると、学校の教師も金枝には一目おいていた。

みんなテーブルを囲んだ。金枝が立ち上って、スープの鍋を持ち、大きなスプーンで各自の前に置かれた皿にスープを移して行った。

「このスープはコンソメと言うんだ」

金枝が言うと、

「ほんとか」

木部が言った。

「――だと思うんだ。濁っていないスープだからな。外国の小説の中で何回も飲んでいる」

すると、木部はさっそくスプーンで口に運んでみて、

「こんなコンソメがあるか。コンソメというのはこんなものじゃあるまい。毎日飲んでいる汁じゃないか。椀《わん》に入れないで皿で飲むだけの違いだ。な、藤尾、これコンソメか？」

「まて、まて」

藤尾はスプーンを口に運んでから、

「まさしくスープではある」

と言って、

「俺もスープのことはまだ研究しとらん」

すると、金枝が、

「こういうのをコンソメと言うんだよ。すまし汁なんだ。どうせ人間が飲むんだ。どこの国だって、そう変りゃせん。日本だって、コンソメも飲めば、ポタージュも飲む」

「ポタージュとは何だ」

「やはりスープの一種だ。牛乳を味噌汁《みそしる》の中に入れたようなものと思えばいいらしい。実際には飲んだことがないから知らん。東京へ行ったら、いくらでも飲める。上野に精養軒というレストランがある。そこのダンス・パーテイのことを芥川が書いている。そこへ行けば、いろんなスープがメニューに書いてある――と、思うんだ」

金枝は言った。

階下で手が鳴った。

「おーい」

藤尾が返事して、すぐ降りて行ったが、間もなくパンのはいった籠《かご》を運んで来た。また手が鳴った。こんどは洪作が降りて行った。

「バターとジャムを持って行きなさい。パンにつけるんだよ。嘗《な》めるんじゃないよ。あまったら残しておきなさい」

「判ってる。――バターは残るかもしれないが、ジャムは残りそうもないな」

洪作は言いながら階段を上った。みんなビールを飲み出した。暫《しばら》くすると、

「しーいっ」

　と藤尾があたりを制して、

「――違うか」

　と聞き耳を立てた。

「違う」

　木部は神妙な顔をして、

「夕方の出勤だから、まだ現れんよ。――木部さん、お別れね。いつ東京へいらっしゃるの？」

　あとの半分は女の言い方を真似《まね》て言った。

「いやな奴だ」

　金枝が言った。洪作もこうした時の木部はたまらなく厭《いや》だった。

四人の少年は、階下で手が鳴る度に何となく交替で降りて行った。誰もいやに素直で

腰が軽かった。

「よし、俺が行く」

そう言ってはすぐ立ち上った。一度木部は手ぶらで帰って来た。そして、

「手なんて鳴らさなかったと言っている。誰だ、手が鳴ったなんて言いやあがったのは」

「誰も言やあしない。自分で勝手に返事をして、勝手に立ち上って行ったんじゃないか。――ばかな奴だ」

藤尾は言ったが、すぐ、

「こんどは、まさしく」

と、真剣な顔をした。階下で若い女の声がしている。

「来た？」

木部が眼を光らせた。

「いかにも」

藤尾は頷《うなず》いて、

「さて、それならば、余が降りて行くこととするか。――それとも、希望者があるならこの役は譲ってやらぬでもない。いかがでござる、御同役」

「お前、行って来いよ」

あっさりと木部が言うと、藤尾はすぐ腰を上げかけたが、考え直したらしく、

「やめる」

と言って、また腰を降ろした。

「じゃ、仕方がない。俺が行ってやる。別に取って食われるわけでもあるまい。鬼でもなければ蛇でもない」

木部は降りて行ったが、そのままなかなか上って来なかった。

「あいつ、何していやあがるんだ」

金枝が言うと、

「嫉妬《しっと》してはいかん」

藤尾が言った。

「よし、俺が見て来てやる」

洪作は立ち上ると階下へ降りて行った。洪作は他の三人の仲間のように、それほど階下に現れた女性に関心は持っていなかった。むしろ関心はトンカツの方にあった。早くトンカツにありつきたかった。

階下には内儀さん以外誰も居なかった。

「木部は？」

と訊《き》くと、

「裏で薪《まき》を割ってるよ」

内儀さんは答えた。

「じゃ、れい子さんは？」

洪作が思いきって訊くと、

「いやだよ、お前さんまで色気が出たのかえ。――裏へ行って、木部に替って薪を割りなさい」

内儀さんは言った。冗談じゃないと洪作は思った。そこへ木部は戻って来た。

「彼女は銭湯へ行った」

と洪作だけに聞える声で言って、

「俺はいま美しきものに奉仕している。彼女に替って、薪を割っている」

それから、木部は調理場のかめの水をコップに移して、それをうまそうに飲むと、また背戸の方へ出て行った。

この中学生活の打上げ式は誰にも至極満足に行われた。スープをのみ、魚のフライとトンカツを食べ、コーヒーを飲んだ。料理が全部出てしまってから、あとはビールを飲んだ。席には十七歳のれい子が白いエプロンをかけて坐《すわ》っていた。

藤尾に言わせると、東京や京都でもそうざらに居ないほどの美少女だということだったが、その藤尾の言い方に誰も格別反対はしなかった。確かに沼津の二つの女学校の生徒たちよりも、楚々《そそ》として可憐《かれん》に見える少女だった。

藤尾はれい子のことを〝れいちゃん〟と呼んだ。このレストランに来る回数も藤尾が一番多く、従って彼女とも一番親しいわけだったが、その〝れいちゃん〟という呼び方は、洪作には何となく不快だった。木部も藤尾のそういう呼び方に反撥《はんぱつ》しているのか、木部の方は〝れい子〟と呼び棄《す》てにした。〝れい子〟と呼び棄てにするくらいだから、彼女に対する言動は他の者より幾らか荒く粗野になった。と言って、意地が悪いわけでも邪慳《じやけん》というのでもなかった。

金枝は〝お嬢さん〟と呼んだ。洪作は彼女に対する呼び方を持っていなかった。〝れいちゃん〟とも〝お嬢さん〟とも、勿論《もちろん》〝れい子〟とも呼べなかった。洪作はれい子が傍に居ると、彼女を意識するので、何となく自由に振舞うことができなかった。れい子の居ない方が楽しかった。

暮方から階下に客がやって来た。二階にも階下の客の声が聞えて来るようになった。れい子が上って来なくなると、二階の部屋はひどく味気ないものになった。一番わがまな藤尾は時々立って行っては、階段の上から、

「れいちゃん」

と、れい子を呼んだ。二、三回、そんなことが繰り返された時、

「よせよ、甘ったれた呼び方は」

木部が藤尾をたしなめるように言った。その言い方が気にさわったのか、

「じゃ、れい子と呼び棄てにするのか。大体、お前がれい子、れい子と呼び棄てにするのは、聞いていて不愉快なんだ。別に呼び棄てにしたって、彼女を意識していないということにはならないんだぞ」

藤尾は部屋に戻って言った。

「まあ、まて」

金枝が言った。

「れいちゃんもおかしいし、れい子もおかしいよ」

「じゃ、お前のようにお嬢さんと、摩訶《まか》不思議な当りさわりのない、自分の気持をはぐらかした呼び方がいいと言うのか」

藤尾は金枝にもくってかかった。アルコールが藤尾を平生の彼とは別にしていた。

「どっちだっていいじゃないか、そんなこと」

洪作が言うと、

「お前は口を出す権利はないよ。大体、お前は彼女の方を向いて、堂々と口をきいたことがあるか。なんにも言えないじゃないか」

藤尾は言った。こう言われると一言もなかった。まさにその通りだった。

この時、木部は突然笑い出した。いかにもおかしくて堪らぬといった笑い方だった。

「何がおかしい？」

藤尾がきめつけると、

「おかしいじゃないか。これがおかしくないのか。——まあ、どうでもいいや、ここを引き揚げて、千本浜でもぶらつこうや、俺は歌を怒鳴りたくなった」

木部は言った。金枝も洪作も賛成した。

「な、旦那《だんな》、そうしようや」

木部が言うと、

「何、言っていやあがるんだ」

藤尾はまだ腹を立てていた。そこへ内儀《かみ》さんが上って来て、

「そろそろ帰っておくれよ。あんたたちだけがお客さんじゃないんだからね」

と言った。

「だから、いま帰ろうとしている」

木部は言った。一同は階下へ降りて、何組かの客がテーブルに就いて居るところを突っ切って、外へ出た。どこにもれい子の姿は見えなかった。

洪作は木部と並んで、千本浜の方へ足を向けた。藤尾と金枝は少し離れて、あとからついて来た。

生暖かい風が吹いている。

「いよいよ、お前ともお別れだな」

木部は言った。

「いつ、上京するんだ」

「あさってだ。東京へなんか行ったって仕方ないんだが、家に居るのが厭なんだ。お前、ずっと寺に居るのか」

「多分、そうなる」

「道場へ行ってるそうだな。遠山などと遊んでると、お前はだめになるぞ。お前はすぐ誰にでも感化されちゃうからな。あとに残しておくと、多少その点が心配だ」

「えらそうなことを言うなよ」

「いや、本当なんだ。金枝も、藤尾も、そう言っていたぞ。――前川先生もそう言っていた。洪作の奴、卒業した筈《はず》なのに、毎日学校へ遊びに来ている」

「前川さんがそんなことを言っていたのか」

洪作はうんざりした気持で言った。そんな評判が教師の間に立っているのかと思った。

「じゃ、柔道をやめて、水泳に切り替えるかな」

「遊ぶことばかり考えるなよ。お前は浪人しているんだぞ、俺もそうだが」

木部は言った。

千本浜の入口に来た時、金枝と藤尾が追いついて来た。藤尾はすっかり機嫌を直して

おり、一種独特の哀調を帯びた歌い方で、

——遊女らが
夕暮町を
さまよえば
悲しかりけり
空赤うして

と、いつかみなで土肥《とい》に旅行した時、木部が作った歌を歌った。木部の歌を歌うことで、さっき仲違《たが》いした木部の方へ、仲直りの手を差しのべて来たのかも知れなかった。

洪作も木部のこの歌が好きだった。田舎の漁師町の夕暮時の情景が眼に浮かんで来た。洪作は土肥旅行の時の木部の歌で、もう一首好きな歌があった。「人妻は遊女の如《ごと》く悲しかり、そも早春にあればこそして」というのであった。その時みなで泊った旅館の若い内儀さんが、中学生の飲酒をたしなめながら、それでも木部と藤尾の盃《さかずき》に酒をみたしてくれたことがあった。二人はひどく感激して、そこに泊っている間、その内儀さんに騎士のように奉仕した。

木部の歌は、その内儀さんを歌ったものであったが、洪作は木部からこれを見せられた時、旅館の内儀さんには、そう指摘されてみれば、確かに遊女というものが持っていそうな、なまめいたものがあったと思った。そしてまた、確かにそれは早春という季節と無縁ではなかったのである。

木部はどの運動部にも属していなかったが、選手が足りないような時には、いつも狩り出された。テニスでも、野球でも、剣道でも、仕合に出ると、狩り出されただけの責任は果した。体の動きが敏捷《びんしょう》で、運動となると、何をやらせても器用だった。喧嘩《けんか》も敏捷だった。修学旅行などにやって来た東京の中学生とぶつかると、いきなり殴っておいて逃げたりした。

そんな少年であるが、短歌はうまかった。歌を作る時だけ、木部は大真面目《おおまじめ》になり、ちょっと放心したような表情をした。彼の頭の中から出て来る歌はひどくませていた。

「おい、藤尾、お前に替って、歌を作ってやった」

木部は言った。わがままで、いつでも自分が棟梁《とうりょう》の地位に居ないと気のすまぬ藤尾であるが、歌のことになると、木部に一目も二目もおいていた。

「どんな歌だ、歌ってみろ」

「よし、歌うぞ」

木部は静かに歌い出した。前に聞いたことのある歌だった。いつもありったけの声を張り上げて歌うのに、この場合は静かに調子をおろして歌い出した。

——何かなし
　人を罵《ののし》る

そのことの
　よかれあしかれ
　　われら若しも

木部の歌い方は、藤尾のそれよりもっと哀調を帯びていた。その歌声にまじって、いつか波の音が聞えている。

四人は浜へ出た。浜には晩春の夜の薄明りが漂っていたが、海面は暗く、その暗い海面に波頭の砕けるのが、何か白い生きものでも居るように不気味に見えている。

「いよいよ、今宵が暫くの別れだな」

木部はちょっとしんみりした口調で言って、

「俺と金枝は同じ東京へ出るが、もうなかなか一緒になることはないと思うんだ」

「おい、おい、変なことを言い出すなよ」

藤尾が言うと、

「いや、本当なんだ。洪作は別だが、俺たち三人は小学校から一緒だった。だが、もう別れると思うんだ。別れる方がいい。金枝は俺と付合わない方がいいし、俺も金枝と付合わない方がいい。俺は放埒《ほうらつ》だし、放埒が美しいと思うし、いまに金枝の眼に余るようなことを仕出かすと思うんだ。金枝は自分にきびしく、いつも貧乏人の味方で、自分が正しいと思うことだけをやって行くだろう」

「そうでもないよ」

金枝が言うと、

「心にもない言い方をするな。お前は頭はいいが、いざという時になると、曖昧《あいまい》な言い方をする。照れて言うんだろうが、悪い癖だ。金枝だけじゃない、藤尾とも俺は別れる」

「別れる、別れると喧嘩した夫婦みたいなことは言うな」

藤尾が言うと、

「いや、藤尾、俺はお前とも別れる。お前は京都へ行き、俺は東京へ行くから、丁度いい機会だと思うんだ。お互いに自由になろう。俺は小学校時代から、お前のお蔭《かげ》で自由になっていない。お前と付合っていなかったら、俺はもっとすくすくと育っていた」

「勝手なことを言うな」

「いや、本当だ。お前だって、そうだろう。お前が詩を書くと、俺が詩を書く。俺が歌を作り出すと、お前も歌を作る。お前が家の銭をかっぱらうと、俺も真似をする。俺が女に惚《ほ》れると、お前も惚れる。ここらで、藤尾とは、さようならだ」

浜に出てから、木部には酔いが廻り始めているようであった。

「俺もみんなと別れるよ」

ふいに洪作は言った。

「金枝とも別れ、藤尾とも別れ、木部とも別れる」

「ええっ、ひでえことになったものだな」

藤尾が大袈裟《おおげさ》な歎声を発した。

「みんな、お互いに愛想をつかしたということなんだな」

「まあ、そういうことだ」

木部が言った。

「こういうのを四散するというんだ。今まで親しくしていたものが、突然何かの内部作用によって、内側から崩壊し、一瞬にして四方に飛び散ってしまう。いいじゃないか、それも」

金枝は続けて、

「木部にも、洪作にも言っておくが、えらそうなことを言ったんだから、手紙なんか寄越すなよ。それだけは守れよ」

「手紙なんか書くもんか。書くとすれば女への手紙しか書かん。ラブ・レターだ」

「俺も書かん」

洪作が言うと、

「お前は書かんだろう。親への返事も書かんくらいだからな。が、親への返事だけは出せよ。いくらお前みたいな子供だって、親は心配すると思うんだ」

藤尾が言った。

「そんな暇があれば、ラブ・レターを書く」

洪作が言うと、

「書く相手がないじゃないか、お前は。——大体、お前、女が好きになったことあるか。どうも俺の考えるところではお前には欠けたところがある。俺たちは、いま、思春期なんだよ。女が好きになるようにちゃんと、神さまは思春期というものを作って下さってある。おおっぴらに女が好きになって構わない時期なんだ。その点、どうもお前はおかしい」

藤尾が言った。

「冗談じゃないよ」

「だって、そうじゃないか。どうもおかしい」

「そう、一応研究の価値がある」

木部が言った。

四人は波打際《なみうちぎわ》の濡《ぬ》れた砂の上を歩いていた。木部は時々、波の寄せている水際まで行って、小さい波が寄せてくると、足を濡らさないように飛び去り、同じようなことをさっきから繰返しながら歩いている。

「大体だな」

藤尾が言った。

「お前、卒業したのに、中学のぼろ服を着ている。道で女学生と会うだろう。俺の妹など、あの人落第したのかと訊いてたぞ。道場へ行くのもいいよ。だけど、卒業生らしい恰好《かっこう》で行けよ。中学生と同じ恰好じゃないか」

「帽子もかぶっていないし、靴もはいていない」

「当り前じゃないか。卒業生のくせに中学の帽子なんてかぶってみろ、狂人だ」

藤尾は言った。

「まあ、とにかく、洪作という奴《やつ》はだな。今までは俺たちがついていたからいいようなものだが、これからは心配だよ。監督者が居なくなる。俺たちは悪いことも教えたが、しかし、結局のところは親の替りに面倒みたと思うんだ。棄てておけないものな」

木部が言うと、

「あ、は、は、は」

と、金枝が大きな声を出して笑い出した。藤尾が、

「全くな。えらそうに別れるなどと言えた義理か。卒業して、暫《しばら》く俺たちと会わない日が続いたら、もう中学の道場などに通い出して。ここに居たら、何年でも同じような恰好して道場へ通ってるに違いないんだ。学校に居る奴らは次々に卒業して行く。変なことになるよ。――色気を出せ、色気を。食気を引込めて、色気を出せ」

食気という言葉を聞くと、洪作は不思議に空腹を感じた。さっきトンカツを食べてからまださして時間は経《た》っていないが、もう腹がへっている。

「俺はだな、——お前らが考えている人間とは、本当は少し違ってるんだ」

洪作が言うと、

「どこが違っている？」

木部が訊《き》き返して来た。

「どこと言われると困るが、もうお前らの影響を受けないで、自由に、のびのびと、自分本位に生きたいんだ」

「うわっ！」

さも呆《あき》れたといった風に藤尾が駈《か》け出した。すると、同じように奇声をあげて木部も駈け出した。藤尾の洋服姿と木部の筒っぽうの絣《かすり》の着物が、夜目にぼんやりと見えていたが、忽《たちま》ちにして見えなくなった。あとは金枝と洪作だけの二人になった。

「お前も、木部も、訣別《けつべつ》の宣言をした。本当はそうするがいいんだよ。俺も今夜が俺たちの友情の最後の夜だと思っている。みんな各自が自分の思う方面へ進んで行けばいいんだ。俺はさっき木部が言ったように、自分の道を行く」

金枝はしんみりした口調で言った。金枝がどういう方面へ行くかは、洪作には何となく判《わか》っていた。洪作は金枝からいろいろな雑誌や書物を渡されたが、どれも左翼の雑誌や書物だった。「若き青年に与うる書」という謄写版《とうしやばん》のパンフレットがあり、それには著者としてクロポトキンという外国人の名前が書かれてあった。藤尾もそれを読んでいた。木部も読んでいた。しかし、真面目に読んでいるのは金枝ひとりだった。金枝は東京に出ている兄からそうしたものを読ませられていた。

「しかしだな。何をやってもいいが、柔道なんてものに熱を上げるのはつまらないぞ。まだお嬢さんにでも熱を上げる方がいい」

「お嬢さんって、あのレストランの女の子か」

「そうだ」

「美人か、あれ」

「美人か、美人でないか判らないか」

「判らん」

洪作には本当に判らなかった。こうしたところが、どうも違っていると、洪作は自分でも思った。

四人は狩野川の河口近いところまで歩いて行き、それからまた松林の方へ戻って来て、砂浜の一隅に腰を降ろした。

「おい、あそこに居るのは男と女か」

木部が右手の浜の方へ顔を向けて言った。

「どれ、どれ、余が鑑定して進ぜよう。夜になると遠目が利《き》くんだ」

藤尾は言ったが、それは夜目に判別できる距離ではなかった。人影が二つ、浜を動いているのがやっと判るだけであった。

「見て来いよ、木部」

藤尾が言った。

「見て来なくても、女と男であることは判る。大体、こんなところを男だけで歩くばかがあるか」

木部が言うと、

「余はとかく、こういうことには関心と興味を持つ」

藤尾は立ち上った。

「よせよ」

一番分別のある金枝がとめた。

「あそこへ行って、煙草《たばこ》の火を貰《もら》って来る。——洪作、一緒に来いよ」

「厭《いや》だ」

洪作が断わると、藤尾は立ち上って、その人影の方へ歩いて行った。暫くすると、牧《ぼく》水《すい》の歌を歌っている藤尾の声が聞えて来た。洪作は藤尾の歌声を聞くのも今夜が最後だと思った。

藤尾は暫く帰って来なかった。

「あいつ、あそこで話しているんじゃないか」

金枝が言った。そう言われてみれば、そうかも知れなかった。遠い人影は三つになっているようである。

やがて、その三つの人影はこちらに近付いて来た。

「いやな奴だな、あいつ、連れて来やあがる」

木部が言った。また藤尾の歌を怒鳴る声が聞えて来た。

「いい気なものだな、あいつ」

金枝は言ったが、藤尾はこうしたことには屈託がなかった。すること為《な》すこと、いい気なものだと言えば、確かにいい気なものであった。

藤尾が連れて来たのは一組の若い男女だった。

「お願いしたいのは、こいつです」

そう連れて来た二人の方に言って、こんどは洪作の方に、

「おい、洪作、——紹介しておく」

と言った。洪作が立ち上って行くと、

「この人たちは、今年結婚されたれっきとした若い御夫婦だ。誰だ、怪しい奴だなどと失礼なことを言ったのは」

「俺は知らんよ」

洪作が言うと、

「お前じゃなかったのか、木部か」

それから、藤尾は若い夫婦者の方に、

「これ、洪作というんですが、よくお願いします。お宅の近くの寺に下宿しているんです。何分、親許《おやもと》を離れていますので」

と言った。

藤尾が連れて来たのは小学校の先生の夫婦だった。

「お寺から魚町に出る通りに煙草屋があるでしょう。あの裏手に小さい二階屋があります。そこに住んでいます。いつでも遊びに来て下さい。僕たち、沼津に来たばかりで連れがありません。大いに歓迎しますよ」

藤尾がどのようなことを話したのか判らなかったが、若い男はそんなことを言った。

「洪作、何とか挨拶《あいさつ》しろよ」

藤尾が言ったので、

「よろしくお願いします」

洪作は言った。見ず知らずの人と平気で親しくなり、こちらを信用させてしまうところは、藤尾の才能でもあり、特技でもあった。

「こいつ、よくボタンを落すんです。そういう時はつけてやって下さい」

木部が横から口を出すと、

「ボタンぐらいでしたら、いつでも、どうぞ」

若い細君は笑いながら言った。

「受験勉強はたいへんですね。どこを受けるんですか」

「まだ決っていません」

「そういうことの相談にものってやって下さい。何しろ、こいつ、ひとりきりで沼津に残るんですから、誰かついていないと」

「監督役ですか。その点ははなはだ自信ないですな」

藤尾が言うと、
それから、

「じゃあ、藤尾さん、僕たち、失礼します」

若い夫婦は挨拶して、洪作たちから離れて行った。

「驚いた奴だね」

金枝が言うと、

「俺、一度会ったことがあるんだ。向うは覚えていないが、俺の方は知っているんだ。今岡書店で禅の本を注文していたのを、沼津にもしゃれた奴が居るものだと思って見ていたことがある」

それから藤尾は洪作の方に、

「お前、親しくなっておけよ。よさそうな夫婦じゃないか。時々行って、夕飯の御馳走《ごちそう》になれ。嫁さんも居るから万事便利だよ。たまには洗濯ぐらいして貰えるだろう」

「何という人だ？」

洪作が訊くと、

「そこまでは知らんよ。煙草屋の裏手の小さい二階屋だと言っていたじゃないか。行ってみれば判るよ。——世話のやける奴だな」

藤尾は言った。

「まあ、これで、洪作のことは心配しないで、沼津を離れられる」

木部が言うと、

「もう二、三人紹介しておいてくれよ。木部の姉さんが嫁に行っている家があるだろう。あそこを紹介しておいてくれよ」

洪作は言った。

「だめ、だめ。——お前は前に一度飯を食わして貰ったんで、そんなことを言うんだろうが、あそこでは絶対にお前は信用ないんだ。俺の成績の悪いのも、みんなお前のせいだと思い込んでいる」

木部は言った。

四人は夜寒が身にしみて来たので、千本浜を引き揚げた。町にはいると、藤尾が、

「れいちゃんの顔を、もう一度見に行くか」

と言った。

「よせよ」

木部が反対した。金枝も洪作も反対した。何となく、もの欲しそうで厭だった。

四人は駅の向う側にある木部の家の前まで木部を送って行き、そこで少年歌人と別れることになった。

「これで夏まで会わんぞ。勉強しておけよ。浪人の身であることを忘れるな」

木部は洪作に言って、藤尾の方には、

「お前を京都へやるのは、ひどく気掛りだが、仕方ない。折角、身を慎しむことだ」

木部は家の小さい門へはいって行った。

「言うだけ言って、さっさと消えやあがったな」

藤尾は言った。まさにその通りだった。三人はそこから引き返した。洪作はこれで木部とも別れてしまったなと思った。

町には生暖かい晩春の風が吹いている。人通りがそろそろ絶えそうな時刻であった。

金枝の家の門の前まで行くと、

「俺の上京の日はまだ決っていないが、あすから店の手伝いをしなければならん。これで別れる。洪作、道場にばかり通っていないで勉強しとけよ。俺はもう受験からは解放されたが、お前は浪々の身の上だ。——じゃ」

金枝もまたさっさと家の中にはいって行った。

「こんどは俺を送って、お前、寺へ帰れ」

藤尾は言った。

「俺だけ損な役割だな」

「それは当り前だよ。俺たちみんな沼津から離れて行くんだ。お前ひとりが沼津に残るんだからな。みんなをそれぞれ家へ送り、そこで最後の別れをするのが礼儀というものだ」

それから、藤尾は閑散とした沼津のメイン・ストリートを歩きながら、

——水ぬるみ行く狩野の辺に

と、中学校の校歌を怒鳴った。

藤尾の家の前まで行くと、

「泊って行くか」

と、藤尾は言った。店の表戸はもう閉まっていた。

「やめる」

洪作は言った。この間までは何の遠慮もなく泊ったが、卒業してからは何となく敷居が高い気持だった。

「いつ、京都へ行くんだ」

「あさってだ。——駅へ送りに来い」

「うん」

「れいちゃんも送りに来る」

「じゃ、俺はやめる」

洪作は言った。藤尾を送ったあと、れい子と二人になった場合、恰好がつかないと思った。若い女というものは、洪作にはひどく厄介な存在だった。どう取扱っていいか判らなかった。

「じゃ、これで別れだな。おふくろが時々顔を出すようにと言ってたぞ。俺が居なくても、顔だけは出しておけよ」

藤尾は言った。

「うん」

洪作は言ったが、友達の居ない友達の家へなど、顔を出す気はなかった。

「俺は京都へ行っても、夏までに二、三回は帰ると思うんだ。お前を、時々見廻らないと心配だからな。——じゃ、あばよ」

藤尾はいったん背を見せたが、

「いやにしょんぼりしていやあがるな。子を捨てた親の気持が判るよ」

そんなことを言って、戻って来た。

「しょんぼりなんかしているか。——さっぱりしたんだ」

「金、あるか」

「ない」

「はっきり言うな。ないと言ったって、俺もない」

「それなら、訊くな。——じゃ」

こんどは洪作の方がさきに背を見せた。洪作はこれで、とうとう仲間とも別れてしまったと思った。木部と別れ、金枝と別れ、藤尾とも別れた。

——さて、俺は何をなすべきか。

洪作はそんな思いを持って、人通りのない道を寺の方へ向って歩いて行った。

何とも言えぬ侘《わび》しい思いが、仲間と別れてしまった洪作を捉えていた。孤独感というものに違いなかったが、洪作はそれが孤独感であると、自分で意識してはいなかった。幼い時から、ずっと家庭的雰囲気というものとは縁薄く育っていたので、孤独な思いが、洪作の場合は少し違ったものになっていた。ひとりぼっちという思いではなく、何とも言えず侘しく、うそ寒い気持なのである。

藤尾たちは、思春期の洪作を自分たちとは少し別の少年に見ていたが、洪作が娘と話ができないのは、娘と話をする経験というものがなかったからである。寺の娘の郁子だけが、洪作の身近に居るただ一人の若い異性であった。郁子以外の娘と、洪作は言葉を交したことがないと言ってよかった。

——さて、俺は何をなすべきか。

しかし、なすべきことは決っていた。受験準備である。ただその受験準備なるものは、ひどく自由な形で置かれてあった。怠けようと思えば、いくらでも怠けることができた。勉強しろと言ってくれる者は誰も居なかった。母親から来る手紙さえ開かなければ、洪作は自分に勉強をしろという声を全く聞かないでもすんだ。これまでは中学の教師に監督されていたが、いまはその監視からも自由であった。

——まあ、当分、柔道でもやるんだな。

柔道の練習をしたあと、寄宿舎の風呂場《ふろば》で汗を流すことが、どうやらいまの洪作には、一番張合のあることに思われた。

洪作は相変らず中学のぼろ制服を身にまとって町を歩いた。卒業したては何となく気がひけて着られなかった洋服が、いっこう気にかからなくなった。

寺の郁子も諦《あきら》めたのか、そうした洪作にさして文句は言わなくなった。

「仕方ないわねえ、まあ、その恰好《かっこう》でもいいけれど、頭の髪だけのばしてみたらどう？」

郁子は言った。

「いやだな、頭の髪をのばすなんて」

「でも、どこか変えないと、中学生と区別できないじゃないの」

洪作の方は中学生と区別できなくても、別段困ることはなかった。

沼津の町を歩くと、時折、同級生と会った。上級学校へ進まないで、家の仕事の手伝いをしているとか、どこか勤めに出ているとか、とにかく社会の一隅に小さい席を持った連中だった。みんな申し合せたように、まだ身につかない背広姿に照れていた。頭髪をのばしかけているのもある。

「よお、すっかり立派になったな」

洪作が言うと、

「君、まだ寺に居るんだってね」

「遊びに来いよ」

「いつか、行くよ」

「今日、来い」

「そういうわけには行かない。勤めの身になると、日曜しかあいていないんだ」

「休めばいいじゃないか」

「そう勝手にはできないよ。中学時代とは違うんだから。——君など、羨《うらや》ましいよ。勉強して、来年上の学校にはいればいいんだろう」

「はいればいいが、はいれないかも知れないよ」

「はいれなかったら、どうする？」

「どうするって、どう仕様もないじゃないか。このままだ。——煙草持っているか」

洪作は同級生に会うと、煙草を巻き上げることにしていた。素直に煙草を出す者もあれば、

「俺、煙草はやめたんだ。会社で上役に憤《おこ》られちゃった」

そんなことを言うのもあった。また中学では煙草をのんでいなかったくせに、卒業と同時にのみ出した奴《やつ》もあった。新しくのみ出した連中が慣れない手つきでバットの箱などポケットから取り出すと、

「お前など、まだ煙草は早いよ。それ、みんな寄越せ」

洪作はそんな連中からは箱ごと取り上げることにしていた。

文学好きの仲間たちに替って、新しい仲間が洪作を取り巻いた。毎日道場で顔を合せている連中だった。落第した遠山をキャプテンにして五、六人の選手が中心になって部を形造っていた。いずれも五年生たちで、学校の成績は申し合せたように悪かったが、単純で悪気のない少年たちだった。

洪作は、今までになかった新しい呼び方で呼ばれた。洪ちゃん、洪ちゃん、と洪作はちゃんづけで呼ばれた。洪作は、自分より一つか二つ年齢の少ない連中から、このような呼び方をされることに、初めは抵抗を感じ、不愉快だった。

「どいつもこいつも、俺のことを洪ちゃんと呼びやあがる。洪ちゃんとはなんだ！　これからこんな嘗《な》めた呼び方をさせると承知しないからな」

洪作は五年生の一人に言ったことがある。すると、それから二、三日して、遠山が、

「お前、洪ちゃんと呼ぶなと言ったそうだな。洪ちゃんでいいじゃないか。俺は親愛の情が八分、尊敬が二分はいっていると思うんだ。みんなに訊《き》いてみたら、みんなもそうだと言っている。それに自然にみんなが洪ちゃん、洪ちゃんと言い出したんで、それを改めろと言っても無理だよ。一年坊主《ぼうず》まで、お前のことを洪ちゃん、洪ちゃんと言っている」

と言った。

「二分の尊敬とはどういうことだ。何を尊敬しているんだ」

「そりゃ尊敬するよ、卒業生だからな」

それから、

「卒業すれば大抵の奴が中学などには寄りつかなくなる。それなのに、お前は毎日のようにやって来る。柔道をやり、鉄棒にぶら下り、寄宿舎の風呂にはいり、みんなと一緒

に街を歩き、――卒業したのか、しないのか、いっこうに判らん。そりゃ、尊敬する以外仕方ないじゃないか。みんな見上げたものだと思っている」

遠山はそんなことを言った。果してそういうことが尊敬に値することかどうか判らなかったが、親愛の情の表現であるという方は、かけ値なしに受けとってもよさそうであった。

いずれにせよ、初めのうちは〝洪ちゃん〟に対して抵抗を感じていたが、そのうちにいつか慣れて何でもなくなってしまった。

――洪ちゃん、洪ちゃん。

道場からの帰途、洪作は背後から声をかけられた。振り返ってみると、中年の化学の教師だった。

「やあ、どうも」

洪作はその宇田教師と肩を並べて歩き出した。

「勉強しているかい」

「しています」

「来年はどこを受ける」

「まだ決っていません」

こういう話は苦手だった。

「いずれにしても、受験科目に化学があるところは受けません」

「そうだろうね、その方が間違いない」

宇田は言った。

「君は在学中あまり勉強する方ではなかったな」

宇田が真顔で言った。この化学の教師は笑うということはなかった。自分は笑わないくせに、時折人を笑わせるようなことを言った。そういうところは、何となく人を食った感じで面白かった。この人物が化学の教師でなかったら、洪作はこの宇田が好きになったに違いないと思う。

「しかし、こんどは勉強しなければならんね」

「――――」

「勉強も大切だが、体を毀《こわ》すまで勉強をしてはいかん。どうも、みんな猛勉強して体を毀してしまうらしい。今年の卒業生の中にも浪人が三十人ほどいるが、みんな勉強しているようだ。東京の予備校へ通っている秋本、斎藤、花井などは、睡眠まで縮めてやっていると、この間手紙が来ていた」

「あの連中は、そうでしょうねえ」

仕方ないので、洪作はそういう相槌《あいづち》の打ち方をした。いま教師が挙げた名前の同級生ならそんなことをしそうだと思った。

「君もいくら勉強が烈《はげ》しくても、体を毀してはいかん」

「はあ」

「睡眠も縮めねばならんだろうが、あまり縮め過ぎるのもいかんだろう」

「はあ」

「この間、星見君から手紙が来てね。机に向っていない時は、いつも英語の辞書をあけて、単語を暗記しているそうだ」

「そうでしょう、あいつは。——英語の辞書を暗記しては、その頁《ページ》を破って食っていました」

「ほう、辞書をかね」

「そうです。それでも、あいつ落第してしまいました。いまも、あいつのことだから食ってるでしょう。来年も落第しますよ、星見は」

「ひとのことを言ってはいかん。——自分が落第しないようにせんと」

「大丈夫です」

「大丈夫、大丈夫と言っても、その大丈夫が余りあてにならん。卒業前に、僕が化学の点を九〇点採らんと落第するよと言ったら、君は大丈夫ですと言ったな」

「はあ」

「しかし、大丈夫でなかったね」

「点、足りませんでしたか」

「足りなかったか、どうか、自分で判らんかね」

それから、

「君の大丈夫なのは、体だけだな」

「そうです」

「褒めているんじゃないよ」

「判っています」

「柔道の練習ばかりしていて、高校に受かったという話を聞いたことがない」

「うふ――」

瞬間、洪作は笑い出した。すると宇田も笑った。

「おや、笑いましたね、先生」

洪作は言った。本当に笑わないことで知られている教師が笑ったのである。

「おや、笑いましたね、とは何だ！」

教師はすぐ笑いを消して、もとの人を食ったような顔になった。

「でも、先生は決して笑わないことになっています」

洪作が言うと、

「そう勝手に決める奴があるか」

「でも、そういうことになっています。生徒はみんな先生は笑わないものと思い込んでいます」

「迷惑だな、僕だって、おかしいことがあれば笑うさ。しかし、笑うようなおかしいことがないじゃないか。おかしくもないのに笑えるかね。——そうだろう」

教師は言った。

「そりゃ、そうですが」

「君だって、おかしい時しか笑わんだろう」

「はあ」

「おかしくない時にでも笑うのは、歴史の教師ぐらいだよ」

「三河さんは、おかしくなくても笑いますか」

洪作が訊くと、

「知らんね。本人に訊いてごらん」

それから、

「君はのんびりしていると、教員室で評判だが、実際にのんびりしているね。のんびりしていて悪いことはない。少なくとも、おかしくない時にでも笑う奴よりはいい」

ここで、化学の教師は、また三河のことに触れ、ちくりと一本釘《くぎ》をさした。二人は御成橋の上を渡っていた。

「今日は水が多いね」

教師は足を停めて、橋の上から狩野川の水の面をのぞき込んだ。なるほどいつもより流れは水嵩《みずかさ》を増している。

「いつも思うんだが、もうちょっと大きいと川らしいんだが」

「そうでしょうか」

洪作は多少心外だといった顔をして、

「僕はこの川は立派だと思います」

「ほう。この川が立派⁉　ほう、どういうところが立派かね」

「ゆったりと流れているところも立派ですし、何となく品があります」

「君は一体、この川のほかにどういう川を知っている？」

そう言われると、洪作は困った。富士川や天竜川や安倍《あべ》川は汽車の窓から見ているが、知っていると言えるほど知っているわけではなかった。

「あんまり知っていませんが」

「そうだろう。ほかの川を知らんから、狩野川が立派だなどと言うんだ。立派な川と言うのは、こんな川じゃない。――筑後《ちくご》川は立派だ。ゆうゆうと流れている。逝《ゆ》くものはまた斯《か》くの如《ごと》きか。――この言葉を知っているか」

「知りません」

「君は何も知っていないな。五年間遊ぶということは怖《おそ》ろしいことだ」

そんなことを、笑わない教師は言った。

「君、筑後川という川はこんな貧相な川じゃない。久留米《くるめ》で見る筑後川は溢《あふ》れるように、まんまんと水を湛《たた》えている。方々に水門がある。水は澄んでいて、川底の藻《も》が透いて見える。——藻は知っているだろうね」

「知っています」

「どこで見た？」

「三島の川でも藻が透いて見えます」

「ふむ」

「三島の川は、大社《たいしや》の裏手に湧《わ》き口があるくらいで、水は冷たくてきれいです。川の底の小石も、藻もみんな透いて見えます。筑後川も、大体想像がつきます。ああいう川なんでしょうね」

「冗談じゃないよ、君、三島のちょろちょろ川に比較されては、筑後川が泣くよ。筑後川は大河だ。日本でも有数の大河だ。君たちは大河と言うと、県下の富士川、天竜川、大井川といった川を思い浮かべるだろう。だが、同じ大河にしても品格が違う。——逝くものはまた斯くの如きか」

教師は橋の手すりに体を寄せたままで、いつまでも動こうとしなかった。小さい川だと口では軽蔑《けいべつ》したようなことを言っているが、いつまでも川の面を眺めているところを見ると、満更でもないのであろう。

「先生の郷里は久留米ですか」

「そう。だが、小さい時だけしか住んでいない」

「何歳ぐらいまで久留米に居たんですか」

「小学校へ上るまでだ」

「じゃ、子供の時ですね」

「そう」

「時々帰りますか」

「帰らんね」

「どうしてです」

「親も兄弟もないから、帰っても仕方がないんだ。小学校の時、一度夏休みに帰ったことがあるが、それだけだ」

「それじゃ、先生、筑後川の印象も当てになりませんよ。子供の時見たのなら、一間ほどの小川だって大きく見えます」

「そんなことはない。自分を以《もっ》て人を律してはいかん。僕は小さい時両親を失うくらいだから、どこか他の子供と違って確《しっか》りしているところがあった。小学校の時、すでに論語を読んでいた。孔子が何ものであるか、知っていた」

「――――」

「〝逝くものはまた斯くの如きか〟も、小学校の時覚えたものだ。幼にして大河の畔《ほと》りに立つと、いつもこの言葉を思い浮かべたものだ」

「孔子がですか、先生がですか」

「もちろん、僕さ」

洪作はこの時、教師の顔にまた笑いの表情の浮かんだのを見た。

「先生また笑いましたね」

「人間、おかしい時は笑うよ」

「いま、おかしかったんですか」

「そりゃ、おかしいよ。孔子も僕も、川の畔りに立って同じような感慨に打たれるところは同じなんだがね」

教師は橋桁《はしげた》から離れて歩き出した。橋を渡りきったところで、

「君、僕の家に寄って行かんか」

と言った。

「先生のお宅へですか」

「そう。――忙しいか」

「忙しくはありませんが」

「そりゃ、そうだろう。忙しいわけがない」

「――――」

「寄って行きなさい」

「はい」

洪作は返事をした。災難というものはいつやって来るか判らないものである。

「浮かない顔をしているじゃないか」

「そんなことはありませんよ」

「まあ、付合いなさい。卒業したんだから、先生のところに挨拶《あいさつ》に来ても罰《ばち》は当らんだろう。大まけにまけて、及第点をやったんだから」

そんなことを言いながら、教師は街角の果物屋の中にはいって行った。洪作は店の前に立っていた。教師は新聞紙の包みを抱えて、店から出て来ると、

「君は牛肉が好きか、鶏肉が好きか」

「両方とも好きです」

「両方とも好きでも、両方は買わんよ。牛肉でいいな」

「はい」

「少し廻り道をして貰《もら》おう、安い店がある」

洪作は教師と並んで歩いて行った。

「僕も幼い時親を亡《な》くしたが、君もそのようだね」

教師は言った。

「僕は両親揃《そろ》っています」

すると、教師は不審そうな顔を向けて、

「そうかい？　そりゃ、失礼！　誰からか聞いたんだがねえ、君は孤児で、親戚《しんせき》に学費を出して貰っているって」

それから、

「ふむ。すると、学費も親許《おやもと》から出ているんだね」

「そうです」

「ちゃんと送って来ているか」

「はい」

「お父さんの商売はなんだ」

「軍医です。台北の衛戍《えいじゅ》病院長をしています」

「本当のお父さんか」

「そうです」

「ふむ。そんなら学費にも事欠かんだろう。それにしても、誰から聞いたのかな」

「藤尾じゃないですか」

「藤尾!?」

ちょっと考えていたが、

「そう、藤尾だ。藤尾に違いないね」

「そうでしょう。藤尾に違いありませんよ」

「どうして、藤尾だということが判《わか》る」

「藤尾だと思うんです。そういうことを言うのは」

「まんまといっぱい食ったね。それで及第できぬところを及第させたんだが。君、頼んだんじゃないか」

「僕は頼みません」

「何だか判らんな、君たちのやることは」

教師は言った。

二人は駅の方へ歩いて行った。

「先生、肉屋はどこなんです」

洪作が言うと、

「あ、そう、肝心のものを忘れていた。こんなところまで来てしまったのか、すまんが、戻って貰おう」

宇田は言った。二人はすぐそこに駅が見えるところから引き返した。途中で教師は卵を買った。この方は洪作が持ってやった。

「人間というものは、とかく、こういう無駄なことをしがちなものだ。普通ならもう家についている。少なくとも無意味に十五分の時間を浪費してしまった」

「でも、その替り、卵が買えました」

「卵はもともと買うつもりだった。思い付いて買ったんじゃない。——そういう考え方をするところが、君は孤児的なんだ」

それから、

「人間の定義を知っているか」

「ものを考え、二本足で歩く動物でしょう」

「それに、絶えず無駄をしている動物であるという一条を加えると、もっと完全なものになると思うね」

「無駄をしない人間だってあるでしょう」

「めったにない。君も、いま、無駄をしている。まっすぐに高等学校へはいっていれば、浪人生活なんて無駄なことをしなくてすむのに、勉強を怠ったばかりに情けないことになっている。君の場合は、朝から晩まで、無駄な時間を生きている。僕も無駄をしている。沼津のようなところで、君みたいなのを相手にしているのは、どう考えても、君、無駄だよ。しかし、こういう無駄をするのが、まあ、人間というものだろうね。無駄をしない人間だって、そりゃあ、たまにはあるさ。めったにないが、ごくたまにはあるだろう。教頭などは、そのめったにない口だよ。——珍しい例だ。珍重すべき存在だ」

「英語の菅沼さんだって、めったにない口の一つでしょう」

「菅沼君は、君、無駄の方だよ。むしろ、強いて捜せば、もう一人の英語の教師の方だろうね」

「三原ですか」

「呼び棄《す》てはいかん」

「じゃ、三原さんですか」

「いや、もう一人あるだろう、英語の教師が」

「池上さんですか」

「そう、池上、——この方は呼び棄てにしてもよかろう。こんなことを言わなくても、君たちはみんな呼び棄てにしているらしいが」

「呼び棄てにはしていません。カミチャンと言っています。チャンづけです」

「イケガミのカミだね」

「そうです」

「ミスター・カミは、やはり、珍重すべき存在だろうね。ばかみたいに無駄をせん。無駄を知らん。無駄を知らんくらいだから、英語も知らん」

教師は雄弁になっていた。多少調子にのっている恰好《かっこう》だった。

もうすぐ御成橋の方へ曲るところまで引き返して来たので、

「大丈夫ですか」

洪作は訊《き》いた。さっきから二軒の肉屋の前を通り過ぎている。

「そうだね」

へんてこな返事をして、宇田は足を停めて、あたりを見廻すようにしてから、

「君は甘いものは食べるか」

「食べます」

「じゃ、菓子も序《つい》でに買って行こう。多分家にあると思うんだが」

そう言って、すぐそこにあった菓子屋の中にはいって行った。洪作も随《したが》った。

宇田は化学の教師とは思えぬ買物をした。ゼリービンズという菓子である。洪作はこういう小さい菓子は子供の食べるものとばかり思い込んでいたので、その袋を受けとって、奇妙な思いに打たれた。

宇田は菓子屋の店を出ると、そこから引き返し出した。どう見ても、目差す肉屋は通り過ぎてしまったといったその時の感じだった。

「先生、通り過ぎたんでしょう」

「いや」

「でも」

「単に肉屋の前を通り過ぎたぐらいのことで、人を追求するものではない。人を追求するなら、追求しがいのあることを追求しなさい。今年の卒業生にはあまりいいのはいないという教員室の評判だが、どうも、そのようだね」

「はあ」

「しかし、まあ、君などは、あまりいいのは居ない卒業生の中では、まあ、ましの方だろう」

「お褒めにあずかりまして」

洪作は答えた。この化学の教師には、このような面白い面があるのかと思った。恐らく金枝も、藤尾も、木部も知らなかったに違いないと思った。

「君は、そこぬけにのんきらしいね」

「そんなことはありません」

「いや、どうも、そうらしい。それでなくて、教員室の評判にはならんよ」

それから、

「いま、肉屋の前を通り過ぎるが、誤解ないように言っておく。安い肉屋というのはこの肉屋ではない。もう一軒の肉屋の方だ。この店は高い」

宇田は言った。二人は高い肉屋の前を通り過ぎ、それから十軒ほど先にある安い肉屋の前で停った。

「君、買って来てくれ」

「僕が買うんですか」

「高いのを少しより、安いのをたくさん食った方がいいだろう、君みたいなのには」

「はあ」

「雪月花の三種ある。花を三百匁《もんめ》買って来なさい。僕はぶらぶら先に歩いて行く」

洪作は宇田から紙幣を渡された。

宇田の家は駅の裏手にあった。駅の木柵《もくさく》に沿った道を暫《しばら》く行き、踏切を越えると、辺りは急に寂《さ》びれた、いかにも町の裏側といった感じになる。農家風の家と社宅らしい長屋とが入り混じっている区域である。洪作たちもめったにこの地帯には足を踏込まない。踏切を越えた時、化学教師はいま洪作が感じていることと丁度正反対のことを言った。

「同じ沼津と言っても、この辺はいいだろう」

「はあ」

洪作は曖昧《あいまい》に返事をした。冗談じゃないといった気持だった。

「富士が美しい」

宇田はちょっと足を停めた。なるほど富士は美しく見えている。富士山まで遮《さえぎ》るものがなく、ゆるい傾斜で平原が拡《ひろ》がっているので、いかにも富士の裾《すそ》野に立って、まないに富士の山容を仰いでいる感じである。

「やはり富士という山は美しいね」

「はあ」

「毎朝、毎晩、富士を仰げることだけが沼津の取柄だ。他になんの取柄もないが、よくしたもので、どんなところにも、一つぐらいは取柄がある」

「はあ」

「中学では職員便所の横手から見る富士がいいな」

「はあ」

「つまらん中学だが、富士が見えるだけはいい。しかし、ここから見る富士とは比較にならないよ。ここの富士も、一番いいのは夕暮だ。これから一時間ほどの間だ」

「はあ」

洪作は、はあ、はあ、言っている以外仕方がなかった。富士の美しさなどについぞ関心を持ったことはなかった。幼少時代から毎日のように富士山を見て育って来ていたので、富士という山には特別の関心はなかった。富士山が美しいことは当然なことであった。富士が美しくなかったら、それこそ変なものである。

「じゃ、はいんなさい」

宇田は言って、体を動かした。二人が立っていたのは、宇田の家の前だったのである。

「ここですか」

洪作が驚いて言うと、

「変な言い方をするな」

宇田は先に立って玄関へはいって行った。小さい二階建の家であるが、家の前だけ低い山茶花《さざんか》の垣根を廻してある。洪作が玄関の前に立っていると、

「はいんなさい」

という宇田の声に続いて、

「どうぞ、——きたないところですけど」

そんな若々しい女の声が聞えて来た。

洪作は玄関の土間で、若い女性に挨拶《あいさつ》した。挨拶したと言っても、ただ頭を下げただけである。相手の正体がはっきりしていれば挨拶のしようもあったが、夫人であるか、親戚の娘であるか、そのへんのところが見当つかなかった。

洪作は二階に上った。宇田の書斎らしく、窓際《まどぎわ》に机が一つ置かれ、書棚が三つ壁に沿って置かれてある。書棚にぎっしりと書物が詰まっているところが教師の部屋らしい威厳を作っている。

洪作は窓際に立った。正面に富士が見えている。宇田は夕暮の富士が一番美しいと言ったが、なるほど美しいと思った。暮方の藍色《あいいろ》の空の中に、くっきりと水色の富士が浮かんでいる。絵に描いたようである。中学の校庭で見るよりずっと大きく見える。

宇田が和服姿ではいって来た。

「風呂《ふろ》にはいるか」

「寄宿舎の風呂にはいって来ました。先生、どうぞ」

「僕はもうはいった」

「早いですね、もうはいったんですか」

「ざぶんとつかるだけだ。烏《からす》の行水という奴《やつ》だ」

それから宇田は窓際に立っている洪作に寄って来て、

「これから富士は刻々表情を変える」

そう言って、富士に視線を当てていたが、

「まあ、坐《すわ》んなさい」

宇田は自分から坐った。

「煙草《たばこ》をのむか」

「はあ」

煙草入れと灰皿が畳の上に置かれた。

「いつからのみ出した」

「三年の終りです」

「仕方ない奴だな。酒は少ししか飲みません。それも最近のことです」

「酒は？」

「それはそうだろう。三年生ぐらいから酒を飲まれては収拾がつかん」

「初めてビールを飲んだのは四年の時です。藤尾が家からかっぱらって来たのを、僕の寺で飲みました」

「かっぱらうなんて言い方はいかん。——僕の寺とは何だ？」

「僕が下宿している寺です」

「それならそうと正確に言いなさい。やっぱり四年生ぐらいから飲んでいるじゃないか」

「いや、その時酔払って気持が悪くなったんで、それに懲《こ》りて、それ以後はずっと飲みませんでした。藤尾たちがビールを飲む時、僕の方は専《もっぱ》らラムネです」

「ほんとか。君の言うこともあてにならんようだ」

「そんなことはありません」

「いや、どうも、そうらしい。とにかく、君の仲間はあまりよくない。類は類を以《もっ》て集まるというが、困った奴ばかりが集まったものだ。あの連中が居なくなったんで、学校もやっと静かになった」

それから、

「煮出したな」

宇田は鼻をくんくんさせた。なるほど階下で肉を煮ている匂《にお》いが二階に上って来ている。

階下の居間でスキ焼の鍋《なべ》を囲んだ。畳の上に茣蓙《ござ》が敷かれ、その上に七輪が据えられ、その七輪の上に鍋が置かれてある。

若い女性がビールを運んで来て、

「これでもう運ぶ物はないわね」

そんなことを言って、彼女もまた坐った。

宇田はビールを自分のコップにつぎ、それから洪作のコップを満たした。

「君も、どう？」

「戴《いただ》きますわ」

自分でコップを取上げた手が、洪作にはひどく白く見えた。こんな白い手をしている女はそうたくさんはあるまいと思った。

「洪ちゃんっておっしゃるんでしたわね」

「はあ」

洪作は固くなって答えた。

「ビールはお好き？」

「好きです」

洪作は言った。折角出して来てくれたのだから好きだと言わねば悪いと思った。

「さっき飲めんと言ったのに、――そういうところがあてにならんな」

宇田は言った。

「さあ、煮え出した。どんどん平らげてくれ。足りなかったら、また買ってくればいい」

「では、戴きます」

洪作はベルトを少しずらした。

「君、いま何している」

「ベルトをゆるめたんです」

「ほう、見上げたことをするものだな。君の仲間はみんなそんなことをするか」

「僕と木部だけです。こうすると、いよいよこれから御馳走《ごちそう》を詰込むという気になるんです。御馳走のない時はしません」

洪作が言うと、

「いいわね。御馳走しても、とても張合があるわ。その木部さんって方も、こんど連れていらっしゃい」

「いま東京に行っていますが、夏には戻って来ます。誘えば悦《よろこ》んで来ます。毎日でも来ます」

「毎日来られてはこっちが堪らんね」

宇田が言うと、

「毎日来ても平気よ。大歓迎します。わたし若い人たちに御馳走するの大好きですもの」

「惜しかったですね、それならみんなで遊びに来たんですが」

洪作は言った。実際に惜しかったと思った。それにしても、この女性は何ものであろうかと思った。宇田と二人でこの家に住んでいる以上、宇田の夫人と見るのが最も間違いないことに思われたが、それにしても、若過ぎるし、美し過ぎるし、口から出す言葉が生き生きしてい過ぎると思った。中学の化学教師の妻といった感じではない。さっきから洪作は〝奥さん〟という呼び方を口から出しかけてはやめていた。

「ちょっと、お訊きしていいですか」

思いきって洪作は言った。なんだというように宇田は顔を上げた。

「――先生の奥さんですか」

洪作が言うと、宇田はちょっと洪作の質問の意味が判らない風だったが、

「これのことか」

と、傍らの女性の方にちらっと眼を当てて言った。

「はあ」

それと同時に、問題の女性の方が口を開いた。

「わたしのこと？」

「はあ」

「まあ、いやだ。あなた何だと思ってらしたの？」

「多分奥さんだろうとは思ったんですが」

洪作が言うと、宇田が、

「ほう、驚いたね。一体、君は何だと思ったんだ。恋人か？」

「そんなものではありません」

「じゃ、なんだ」

「親戚《しんせき》の人か、もしかしたら娘さんかと」

「娘さんて、僕の娘という意味か」

「そうです」

「困ったな、そいつは。――君は大体、女の年齢というものが判《わか》らんらしいな。よく顔を見てみろよ」

夫人はうふふふ、とおかしさを噛《か》み殺していたが、

「それ、ごらんなさい。洪ちゃんの言う方が確かよ。——わたし、損したわ。こんな年寄のところへ来て」

「年寄というほどではありません」

洪作は言った。

「変な言い方をするなよ。とんでもないのを連れて来てしまったな。くだらんことを言わずにせっせと肉でも食いなさい。ベルトを下げたんだろう」

「食べています」

洪作は言われなくても食べていた。

「僕のところではいいが、よそへ行って、ひとの奥さんのことを娘さんなどと言ってはいかん。差し障《さわ》りがある」

「これから気をつけます」

「まだ娘と間違える方はいいが、母親とでも間違えるとたいへんなことになる。こういう種類のことは、たとえ疑問を心に感じても、口に出さないでおく方が安全だ。大体、当人の前で、このひとはあなたの細君かと訊くというのは、——失礼でもあるし、おかしいよ。こういうことが判断できぬとは困ったことだ。多少中学の教育にも責任がある。三河が歴史を教えているような学校で起りそうな問題だ」

「およしなさいませよ」

夫人がたしなめた。

「ゆゆしき問題だ。――ビールを持って来い」

「僕はもういいです」

「君はよくても、わが輩が飲む」

宇田は言った。

鍋の肉がなくなった頃、それではと、洪作が辞去しようとすると、

「食うだけ食って、食い終ったら帰るというのはよろしくない」

宇田は引き留めた。

「でも、もう失礼します。先生、少し酔ったでしょう」

洪作が言うと、

「そう」

「案外弱いんですね」

「そう」

「三河や池上は強いですか」

「呼び棄《す》てはいかん。――僕はあの連中が嫌いだから悪口を言うが、僕が悪口を言うからと言って、君は同調してはいかん。同調すると卑《いや》しくなる。あんなのでも先生は先生

だ」

それから、

「君はなかなかいいところがある。しかし、非常に欠けているところもある。ちょっと考えられぬほど欠けている。その第一のものは努力ということを知らんようだ。努力したことがあるか」

「ありません」

「そうはっきり言うもんじゃない。自慢になることじゃない」

「ほんとうにないと思うんです」

「第二に、自分を律することを知らん。自分を律したことがあるか」

「自分を律したことですか」

自分を律したことなぞは、どう考えても、なさそうだった。

「ありません。ないと思います」

「そうだろう。ありっこない。やりたいことをやり、喋《しゃべ》りたいことを喋っている。よくできている。神さまも呆《あき》れているだろう」

「――――」

「今のままでは、何年浪人しても、どこへもはいれん。柔道もいいが、肝心の受験勉強をしなさい」

「はい」

「これから帰ったら、すぐ机に向いなさい。勉強してもだめかも知れんが、しないよりはいいだろう」

「――――」

「化学などは、正確に採点すると零点」

「受験科目に化学のないところを受けます」

「そういう料簡《りょうけん》では、まあ、望みはないな」

「もういいでしょう、あなた」

夫人が傍から言った。

「よくはないよ。こんな青年にも親はある」

「ひどいな」

洪作が笑いながら言うと、

「どうも、君という人間は、何を言っても応《こた》えないようだな。――しかし、まあ、時々遊びにおいで。――今夜は、これで放免してやろう。帰ってもよろしい」

その言葉で洪作は夫人に挨拶して立ち上った。

五月にはいると、洪作の生活も、それなりの落着を持った。沼津の町は、曾《かっ》てそうであったように、また洪作のものになった。以前は藤尾、木部、金枝といった連中とわがもの顔にのし歩いた町であったが、いまはそうした仲間が居ないので、洪作はひとりのことが多かった。ひとりではあったが、自分の領地を歩く領主のように、沼津という町に対して、何の遠慮も気兼もなくなっていた。

町では中学生にぶつかったが、みな敬礼してくれた。毎日道場へ顔を出しているので、生徒たちは特別に洪作に対して敬意を払ってくれている恰好《かっこう》だった。一年坊主《ぼうず》や二年坊主の中には、洪作を本当に落第上級生と思い込んでいる者もあるらしく、そうした連中は敬礼の仕方で判《わか》った。手の上げ下しが、恐ろしく緊張していた。

遊び仲間にも、洪作がその気になれば、少しも不足はしなかった。いくらでも五年生を自分の取巻にすることができた。しかし、さすがに洪作も、これだけは警戒した。本能的に警戒しなければならぬものを感じた。遠山とだけは付合ったが、あとの連中はなるべく寄せ付けないようにした。自分の生活をかき乱される怖《おそ》れもあったし、いくらのんきにしていても、卒業生としての多少の体面もあった。

沼津の町が洪作のものになったように、中学校もまた、洪作のものになった。校庭も、校舎も、道場も、寄宿舎も、食堂も、浴場も、曾てそうであったように、自分のものとなった感じだった。

中学校の教師たちとの間にも、よくしたものでごく自然に親近感が生れた。在校中は、教師というものは何となくけむたい存在であったが、いまはそんなことはなかった。道場に通い始めた頃は、なるべく教師と顔を合せることを避けたい気持があったが、いまはそうした気持はなくなっていた。誰と顔を合せようと平気だった。

校庭で顔を合せると、多くの教師は向うから声をかけて来た。

——そろそろ勉強が忙しくなるね。

とか、

——英語はどんな参考書を使っている？

とか、そんなことを言う教師もあったが、こういう教師に対しては、洪作はまだ勉強は始めていない、目下体の鍛練期間中であると答えることにしていた。中には、

——いい時候になったね。これから気持いいでしょう、道場は。

とか、

——台湾の御両親はお元気ですか。時には便りありますか。

とか、そんな風に対等の社会人としての言葉をかけてくれる教師もあった。在校中は厭《いや》な奴《やっ》だと思った教師も、いまの洪作の立場だと、少しも厭には感じられなかった。相手は自分にとっていかなる権利も持っていなかった。

洪作にとって、沼津における浪人生活は頗《すこぶ》る快適なものであった。現在快適であるばかりでなく、更にもっと快適なものになりつつあった。海にとび込める夏が近付きつつあったからである。

と言って、洪作は朝から晩まで町をぶらついたり、千本浜を歩き廻ったりしているわけではなかった。やはり来年の入学試験のことが、頭のどこかに居坐《いすわ》っていて、それが時折、頃合を見計ったように、ちらりちらりと意地悪い言葉を囁《ささや》いて来た。

――もう五月になったぞ。すぐ夏が来、あっという間にそれが過ぎると、秋風が吹いて来る。そうなると、入学試験は目の前に迫って来る。

――英語は大丈夫か。単語帳ぐらい作ったらどうか。どこへ行く時にも、単語帳だけは肌身離さず、持っていることだ。

――代数と幾何はお前の苦手な科目だ。正直なところ、三年生ぐらいの実力しかない筈《はず》だ。のんきに柔道などやっている時ではなかろう。

こういう声が聞えて来ると、洪作はうんざりした。向うへ押しのけようとすると、執《しつ》拗《よう》に何回でも話しかけて来る。

洪作はこの意地悪い声に脅されて、午前中は代数と幾何、午後は英語、夜は国語と、それぞれの参考書を机の上で開くことにした。午後は英語の勉強に割当てあったが、三時になると、道場へ行かねばならぬので、柔道のために大幅に時間を取り上げられる結果になった。

寺へ帰るのは暮方である。夕食を食べると、昼間の練習の疲れで眠くなった。このために国語の参考書のページを開くのにはたいへんな努力を要した。

ある日、道場からの帰りに宇田と顔を合せた。

「勉強は始めたかね」

「やっています」

「能率は上るかね」

「まあ、まあです」

「判らないところがあったら、教師に訊《き》くことだね。自由に教員室にはいって来なさい」

「そういうわけにも行かんでしょう」

「構わんさ。卒業したんだから、もう教えないというものでもあるまい。無償で柔道部の面倒を見てくれているんだから、学校でも、そのくらいのことはするよ」

それから、

「この間、校長が言っていたよ。君が道場へ来てくれているお蔭《かげ》で、道場内の規律が非常によくなっているそうだ」

「そうでしょうかね」

洪作は驚いて言った。そんな筈はないと思った。勝手にやって来て、勝手に練習をして帰るだけのことである。

「君は点呼をとっているそうじゃないか」

「そんなことはありませんよ。遠山に出欠だけはきびしくしろと言ったことはありますが」

「そういうことを、校長は言っているんだろうね。とにかく、感謝している」

「驚きましたね」

洪作は言った。褒められても、たいして嬉《うれ》しいことではない。

「放課後、篠崎君は、五年生の何人かのために質問の時間を作っているようだ。君も道場に居る時間を割いて、それに入れて貰《もら》ったらどうかね」

宇田は言った。篠崎というのは代数の教師であった。

「はあ」

余り歓迎すべきことではなかった。

「僕から篠崎君に頼んでやってもいい」

「はあ、――でも、だめですよ、あの先生は」

「だめなことはないよ」

「だめです、だめです」

「ひとりで決めてしまうことはあるまい」

「いや、だめです。何回も憤《おこ》らせています」

「憤らせた？」

「それも、一回や二回ではないんです」

「くだらんことをしたものだね。それにしても過ぎ去ったことだ。いつまでも根には持っていまい。僕があやまってやる」

「それにですね。――おかしいですよ、卒業した僕がそんな五年生の仲間にはいるなんて」

「卒業したと言っても、形だけじゃないか。浪々の身の上だろう、浪々の。――君は恥しがっているんだね」

「それもありますが、いずれにしても、多少の面子《メンツ》もあります」

「面子なんてないよ」

「先生にはなくても」

「君にはあるか。これは、驚いた。君にも面子があるか」

宇田はそんなことを言って、

「また、僕のところで飯を食うか」

「今日は失礼します」

「遠慮なら要らんことだよ」

「遠慮ではありませんが、今日は、まあ、失礼しましょう」

洪作は言った。夕食を御馳走《ごちそう》になるのは結構だったが、今日は行かない方が何となく安全な感じだった。何を言い出されるか、見当がつかぬところがあった。

そんなことがあって、二、三日してから、若い代数の教師の篠崎に会った。彼は宇田から話を聞いたらしく、

「判らないところがあったら、いつでも訊きに来ていいですよ」

そう言ってから、

「あす僕が出た高校の後輩が、ちょっと用事があって僕を訪ねて来るんだが、その学生も柔道をやっている。道場へやってもいいかね」

「構いません。どこの高校ですか」

「四高」

「選手ですか」

「選手らしい」

「強いですか」

「そんなことは知らんが、あまり強くはないだろうと思うね。現在二年生だが、高校へはいって初めて柔道をやり出したというから」

「ああ、そういう人ですか」

洪作は言った。それなら強い筈はないと思った。

翌日、洪作は道場に行くと、遠山に、

「今日四高の柔道部の選手がひとり、ここへ練習に来るそうだ」

と言った。遠山はすでにそのことを知っていて、

「さっき篠崎から聞いた。柔道部員ではあるが、選手ではなさそうだよ。俺がさきにひねって、お前に渡すから、お前はお前でひねり、あとは川田にでも渡せ」

遠山は言った。

「そんなことを言って、お前、逆にひねられるなよ」

「大丈夫。——段は持っていないそうだから、たいしたことはないよ。たとえ投げることができなくても、投げられることはないだろう」

遠山はすっかりハッスルして、道場破りでも迎える気になっていた。

練習が始まってから二十分ほどした頃、篠崎がその四高生というのを連れて来た。高校の柔道部というから、体だけは大きな奴が現れるかと思ったら、案に相違して小柄な

若者だった。ひどく貧相な体の持主である。頭こそ蓬髪《ほうはつ》であったが、どう見ても、柔道とは無縁な青年に見えた。眼は冷たく光っているが、青白い顔にはまだ少年らしい初々《ういうい》しさが残っている。

「僕、蓮実《はすみ》と言います」

出迎えた洪作と遠山の方に頭を下げ、

「練習していいですか。この二、三日柔道着を着ていないので、気持が悪いんです」

と言った。遠山は蓮実のために柔道着を調達してやり、四年の沼本に、

「お前、行けよ」

と言った。遠山は自分がまっさきに相手になるのも大人げないとでも思ったらしかった。

沼本は、道場の片隅に坐っている蓮実のところへ出て行った。二人はすぐ立ち上ると、らんどりを始めた。沼本が技をかけると、それに逆らわず、蓮実はその度に投げられている。沼本は余り相手が投げられてばかりいるので、自分の方も投げられねば悪いとでも思ったのか、蓮実が技をかけると、沼本も転がってやっている。

そんな練習を十分ほどやってから、沼本は戻って来ると、

「立技は全然できないんだよ。俺、初めはわざと投げられていると思っていたんだが、どうもそうじゃない。ほんとに飛ぶんだよ」

そんなことを言った。

「そうか。変なのが飛び込んで来たもんだな」

遠山は感心したように言った。すると、

「お願いします」

と、蓮実が洪作の前に来て、頭を下げた。

「卒業した方なんですってね。お手やわらかに願います」

そんなことを言って、蓮実は立ち上った。洪作は相手の柔道着の襟《えり》をつかんだが、その瞬間、相手は畳の上に体を崩し、いきなり洪作の上体をひっぱり込んだ。相手の二本の脚が蛸《たこ》の脚のように纏《まと》いついたかと思うと、あっという間に体をひっくり返され、右腕の関節逆をとられていた。

洪作は無抵抗に一本とられたが、再び立ち上ると、前と同じだった。いきなり寝技にひっぱり込まれ、くるりと体をかえされたかと思うと、もう相手の二本脚が洪作の右腕を、身動きできないように抱え込んでいる。関節逆が決っている。

三回目には、洪作は用心して、相手の襟をとらなかった。洪作は烈《はげ》しい屈辱を感じていた。是が非でも、相手の体を畳の上に叩《たた》き付けねばならない気持だった。

洪作は、長い間相手と睨《にら》み合っていた。そして頃合を見はからって、相手の襟を摑《つか》むや否《いな》や、少し無理だとは思ったが、強引にはね腰の技をかけた。さっき沼本が言ったように、蓮実は立技はできないらしく、蓮実の体はかなり派手に畳の上に落ちた。一本にはならなかった。が、それと同時に、洪作は自分が投げとばした相手によって、またくるりとひっくり返され、次の瞬間、ぴたりと押え込まれていた。洪作は何とかして起きようとしたが、どうすることもできなかった。きれいに押え込みが決っている。

「押え込み」

遠山の声が聞え、やがて、

「それまで」

という同じ遠山の声が聞えた。

洪作はさらに練習を続け、何とかして一本とらなければ引込みがつかなかったが、

「お前、口から血が出ているぞ」

と、遠山に言われた。口に手をやってみると、なるほど血が出ている。唇でも咬《か》んだのであろう。

「うがいして来た方がいいですよ」

蓮実が言ったので、残念ながら、洪作はそれで稽古《けいこ》を打切らねばならなかった。

洪作に替って、遠山が蓮実の相手になった。

洪作が道場の横手の水道でうがいして帰ると、道場には異変が起きていた。柔道部員

は全部稽古をやめて、道場の隅に坐っており、広い道場のまん中では、蓮実と遠山が、まるで決闘でもするように、睨み合っている。

三年生の柔道部員が、

「遠山さんはもう二本とられました。いきなり締められて一本、次は押え込まれて一本」

と言った。洪作がやられたように、遠山もやられたのである。まだ五分とは経《た》っていない。

負けん気の遠山は、顔をまっかにして、相手に襲いかかるすきを覘《ねら》っている。肩が大きく揺れているところを見ると、息切れがしているのであろう。

蓮実の方は静かである。遠山と並べてみると、まるで体格が違っている。大きい遠山が近寄って行くと、小さい蓮実はそれだけうしろにさがって行く。猫が鼠《ねずみ》を捕えようとしているように見えるが、どうも鼠の方が強そうである。

遠山は鼠を追い廻す猫のように、蓮実を追い廻していたが、やがて蓮実の柔道着の襟をとらえた。瞬間、遠山は大外刈の技をかけようとしたが、蓮実はいきなり畳の上に這《は》いつくばってしまった。

遠山は蓮実を吊《つ》り上げるようにして、また技をかけようとしたが、蓮実はまた同じように這いつくばり、いきなり遠山の脚にしがみついた。

あとは何が起ったか見当がつかなかった。遠山の体がひっくり返され、それと一緒に蓮実は上になり、遠山の脚をよけて、遠山の体の横に廻ったかと思うと、二つの体は一つになって、くるくると畳の上を廻った。そして二つの体の動きがとまった時、遠山は俯《うつぶ》せになっており、蓮実は遠山の上体に被《かぶ》さるようにしがみついていた。

やがて、蓮実は身を起し、遠山の体から離れた。遠山は動かなかった。蓮実は遠山の体を抱き起すと、背中を二つ三つ叩いた。その時気付いたことであるが、遠山はおちて、気を失っていたのである。

遠山はすぐ息をふき返したが、瞬間自分にいかなることが起ったか判らないらしく、呆然《ぼうぜん》としていた。稽古はそれで打ち切られた。

「稽古の時おちると癖になりますよ。なるべくおちない方がいい」

蓮実は自分で遠山をおとしておいて、そんなことを言った。

この蓮実の出現は中学の柔道部員には驚異だった。あんな貧弱な体を持っている高校生がどうしてあんなに強いか判《わか》らなかった。立技では、遠山や洪作の方が強いことは明らかだったが、それでいて、あっという間に二人とも敗けてしまっている。しかも完敗である。遠山はすっかり悄気《しょげ》ていた。大勢見ている前で醜態をさらしてしまったので、見るも気の毒なくらい悄気てしまって、控え部屋で柔道着を脱ぎながら、

「俺たち、寝技を知らんからな」

そんなことを言った。すると、

「そう、あなたがたが寝技を知らないから、僕の方が勝つんですよ。寝技を覚えられたら、僕などすぐやられちゃう」

蓮実は言った。洪作は蓮実を誘って寄宿舎の浴場へ行った。洪作は、これまでこれほど魅力ある若者に会ったことはないと思った。貧相な体をしているくせにやけに強いし、それでいて、少しも強そうには見えない。言葉づかいも丁寧だし、威張ったところもない。

「幾つですか」

風呂《ふろ》につかりながら、遠山が訊くと、

「十八です」

蓮実は答えた。洪作や遠山より一つ若い。これでもまた二人はうんざりした。

三人が風呂から上ると、代数の教師の篠崎がやって来て、

「僕は用事があって付合えぬが、一緒にすしでも食べたらどうか」

と言って、遠山に紙幣を渡した。

「いいですか、すし屋にはいって」

遠山が言うと、

「卒業生も居るし、高校生も居るんだから、一緒に行くんなら構わんだろう」

篠崎は言った。それから蓮実の方に、

「じゃ、僕は失礼する。夜行で帰るんだったね」

「はあ」

「じゃ、気をつけて」

「失礼します」

蓮実は頭を下げて、篠崎を浴室の出口まで送って行ったが、すぐ戻って来ると、

「いい先生じゃないですか、あのひと」

と言った。

「前から知ってるんでしょう？」

洪作が訊《き》くと、

「いいや、初めて。――今日初めて会ったんですよ。昼飯を御馳走になっちゃった。先輩というのはいいものですよ」

蓮実はそんなことを言った。

「すしを食べろと言って金を渡されてあります」

遠山が言うと、

「悪いな」

蓮実は言ったが、すぐ、

「じゃ、行きましょうや、腹がへった！」

と言った。三人は肩を並べて校門を出た。蓮実は小倉の洋服に、下駄履き、白線帽をズボンのポケットに捩《ね》じ込んでいる。

「すしを食べろと言ってたが、すしでなくてもいいだろう」

遠山は洪作に言った。

「れいちゃんとこへ行って、ビールを飲もうや。その方がいいよ」

「よし、そうしよう」

洪作も言った。家から送金があったばかりなので、三人でレストランにはいっても、勘定はどうにかなるだろうと思った。

「すしはやめて、トンカツにしていいですか」

洪作が蓮実に伺いをたてると、

「何でもいいですよ。御馳走になるんだから贅沢《ぜいたく》は言いません。トンカツですか、いいな、トンカツ、大いに結構、僕は大きなトンカツを三枚ぐらい平気で食っちゃう」

蓮実は言った。こんなことを言うところは、確かに年齢が一つ下の少年である。

「ビールは？」

遠山が訊くと、

「ビールですか。柔道をやっているから、平生はアルコール分はいっさい入れないことにしています。でも、今日は特別に付合いますよ」

蓮実は言った。こういうところは高校生らしい言い方である。

三人は千本浜の入口の清風荘にはいって行った。

「ああら、洪作、珍しいのね」

いきなり内儀《かみ》さんの声が飛んで来た。そして遠山を見ると、

「なんだ、お前さんも一緒か。洪作、だめよ、こんなのと付合っていては。来年も落第するよ」

内儀さんは言った。

「ひどいことを言うなよ」

遠山は言って、

「今日はお客さんを連れて来ているんだ。学校の先生の代理で高校生を案内して来たんだ。そのつもりで接待してくれよ」

と言った。

三人は二階に上った。れい子は出て来ないで、内儀さんが上って来て、

「この方、お客さん？」

と、蓮実の方へ視線を投げて言った。

「そう」

洪作が言うと、

「ずいぶん可愛《かわい》らしい高校生だね。一体、いくつですか」

内儀さんが言った。

「年齢なんて訊くなよ」

遠山は言って、

「俺や洪作より、一つ若いんだ」

「そうだろうね。今年はいったんですか」

「去年」

蓮実が言うと、

「ずいぶん、また早くはいっちゃったものだね」

それから、遠山と洪作の方に、

「確《しっか》りしなさい、おまえたち。——柔道なんてやっているから、落第したり、浪人したりしてるんだよ」

内儀さんは例によって遠慮のないことを言った。洪作はビールを注文した。ビールが運ばれて来るのを待っている間に、蓮実は、

「洪作君は、今日、僕が押え込んだ時、反対に廻りましたよ。あれでは絶対に起きられない。大体、あの時の押え込みは、僕たちの間ではビギナーの技ということになってい

る。あの押え込みは完全じゃないんです。だから仕合の時は、あの押え込みは使わないんです。すぐ起きられちゃう」

「そうですかね」

洪作が言うと、

「そうですよ。反対に廻ればすぐ起きられますよ。――ちょっとやってみましょうか」

蓮実は立ち上って、卓を押しのけると、そこへ仰向けに寝て、

「ちょっと押えてみて下さい」

と言った。洪作は相手の首を抱くようにしてケサ固めの押え込みにはいった。

やがて、畳が揺れ、襖《ふすま》が揺れた。そして二、三回どたんばたんやったのち、蓮実は洪作の押え込みを解くと、

「ね、こうすれば脱けられる」

と言った。

「それから、僕が先に寝て、あなた方を寝技に引き込んだでしょう。あの時、お二人ともまるで隙《すき》だらけですよ。赤子の手を捩じるように、どうにでもなる。――いいですか。ちょっと、やってみましょう」

蓮実は改めてふたたび畳の上に仰向けに寝た。遠山が蓮実の方に身を屈《かが》めて立った。蓮実は半身を起して、遠山の上着の袖《そで》をとると、

「こういう形でしたね。ほら、両腋《りょうわき》があいてるから、どうにでもなりますよ。腰もぜんぜん無防備です。さあ、ひっくり返してくれと言っているみたいなものです。これでもう勝負はついていますよ。梃子《てこ》の原理で、脚をここにかければ、否応《いやおう》なしに、あなたの体はでんぐり返ってしまう、ほら」

遠山は力を抜いたままで素直にでんぐり返されてやっている。いくら力を抜いているにせよ、遠山の大きな体がひっくり返るのだから、どすんという音がして、また畳が揺れ、襖が揺れた。

内儀さんが飛び込んで来た。

「何をしているの？　あんたたち」

内儀さんはさも呆《あき》れたといった表情で部屋の中を見廻し、

「道場じゃないんだよ、ここは」

と言った。

「すまん」

蓮実が言って身を起すと、遠山も身を起した。

「ああいう場合は、ですね」

蓮実は言いかけて、それから内儀さんの方に、

「もう実演はしません。口で言うだけならいいでしょう、口で言うだけなら」

「呆れた人たちだよ」

内儀さんは襖の向うに姿を消したが、廊下に置いてでもあったのか、すぐビールを持って来て、

「あした、道場でやんなさい。さあ、テーブルをもとに戻しなさい。——あんたも柔道やってるの？」

と、最後の言葉を蓮実に向けた。

「そうです」

「あんたは高校へはいっているからいいけど、洪作はまだ浪人中だから、あんまり柔道をやるのは感心しないと思うね。それにしても、洪作の方は卒業だけはしたから、まだいいようなものだけど、遠山の方は卒業もできないで落第したんだからね」

遠山は顔を歪《ゆが》めて、

「ビールを置いて、帰ってくれよ。早く」

と言った。内儀さんが階下へ降りて行くと、

「面白いひとだな。あんなのが柔道ファンになるんですよ。金沢にも、あんなおばさんが居て、毎日道場に稽古の見学に来ています」

蓮実は言って、それから、

「僕、吉原に親戚《しんせき》があって、そこの親父さんが亡《な》くなったので、葬式に来たんですよ。

来たついでに、沼津中学と静岡中学に優秀な選手が居たら、それを四高へ引っ張ろうと思いましてね」

と言った。

「静中へも行きましたか」

「行きました。選手十人全部並べておいて、一人残らずみんな締めちゃった」

「ほう」

ほうと言うほかなかった。今日の調子では、それが大言壮語であるとも思えなかった。この小柄の青年は次々に中学の柔道部の選手たちを締めてしまったことであろう。

「ここらの中学は寝技を知らないから、僕みたいなのにも、簡単にやられちゃいますよ。どうですか、四高へ来て、柔道をやりませんか。みっちり三年やれば相当強くなります。あなた方は立技がきくから、僕みたいに立技を知らない者の寝技とは違って、本当に強い寝技の選手になれる」

蓮実は言った。

「まあ、ひとつ」

洪作はビールを三つのコップに満たした。すると、

「ビール好きですか」

蓮実は訊いた。

「好きじゃないけど、飲みます」

洪作が言うと、

「本当はビールなど飲んでは、柔道はできません。息切れしてだめです。煙草《たばこ》はのみますか」

「のみます」

遠山が答えると、

「煙草もだめですよ、柔道には。――煙草とビールは禁物です。尤《もっと》も飲むなと言わなくても、みんなやめちゃいますがね」

「どうしてですか」

遠山が言うと、

「稽古の時、自分が辛《つら》いので、飲めと言っても飲まなくなりますよ」

「稽古はそんなに烈《はげ》しいですか」

「まあ、烈しいと言えましょうね。朝稽古、昼稽古、夜稽古」

「ほう、すると、勉強は？」

「勉強なんて、そんな余分なものはしませんよ。勉強しに学校へはいって来たんじゃないから」

「じゃ、何のためにはいったんです」

遠山が訊くと、

「もちろん、柔道をやるためですよ。僕は今年入学して来た一年下の連中に言ったんです。学をやりに来たと思うなよ、柔道をやりに来たと思え」

「ほう」

洪作は、ここでもまた〝ほう〟と言う以外仕方なかった。

「じゃ、柔道ばかりやるわけですね。三年間」

「そう」

蓮実は、初めてコップを取り上げて、

「今日は、特別に飲みましょう」

そう言いながら、ひと息に飲み干した。

内儀さんが、ビールのつまみものを持ってはいって来た。

「いいなあ。——学をやりに来たと思うなよ、柔道をやりに来たと思え。——そういう学校へはいりたいな」

遠山は言って、

「洪作、お前、四高を受けろよ。俺も受けたいが、俺はだめだ。洪作の方はまだ入学の希望がないでもないが、俺の方はだめだ」

「そんなことないでしょう」

蓮実が言うと、

「いいや、だめですよ。ぜんぜん頭の中はからっぽです」

ふだんの遠山らしくないことを言った。

「からっぽでもいいですよ。来ませんか、あなた」

「無理というものですよ」

遠山は言った。すると、

「頭のからっぽなんて、なんでもないですよ。柔道部へはいれば、みんなからっぽになります。ぜんぜん何にもはいっていない。そりゃ、みごとなものです」

「でも、ともかくはいるだけははいらんことには」

「そりゃ、はいれますよ。金沢へ来ませんか。毎日、昼は道場で僕らと一緒に練習し、朝と夜は受験準備をする。僕らもはいって貰《もら》いたいから応援しますよ。そして、あわてないで、三、四年がかりで合格することを考える。三、四年勉強すれば必ずはいれますよ。それでだめなら、五、六年がかりにする。はいると、すぐ選手として使える」

蓮実は言った。

「ちょっと」

内儀さんが口をさし挟んだ。

「変なことを勧めないで下さいよ。三年も四年もかければ、それは、どんなばかでもはいれるだろうけど」

「ところが、はいれないのも居ますよ。現に、今年受けた人で大天井さんという受験生が居ます。この人金沢へ来てから四年目ですが、今年もおっこちちゃった。僕たちがっかりしたんです。この人は入学さえできれば、すぐ、三将に坐《すわ》れるんです。中学時代から有名な選手ですからね」

「いったい、いくつですか？」

「大天井さんですか。さあ、二十三、四でしょうね。――強いですよ、その人。――いまの四高の選手は、みんな初めはその人に稽古をつけて貰ったんです。立技もきくし、寝技もききます。僕たち四高へはいった時、みんな四高の学生だと思った。が、どうも、様子が変なので、生徒ではなくて、卒業生かなと思った。先輩が応援に来てくれているに違いないと思いましたよ。誰も彼もみんな、大天井さんを呼ぶ場合はさんづけです。大天井さんの方は、四高の選手全部を君づけで呼びます」

「凄《すご》い受験生だな」

遠山は言った。こんな話になると、満更でもない顔付きである。

「そんな受験生は何人も居るんですか」

洪作は訊いた。すると、内儀さんが傍から、

「だめよ、変な気を起しては」

と言った。

「いまは三人です。大天井さんみたいなのは特別で、大抵三年ぐらい金沢で浪人生活をし、はいればいいし、はいれない時は諦《あきら》めます」

蓮実は言った。

「今年は、そうした人たちのうち、誰か合格しましたか」

「だめでした。恐ろしくのんきなのばかり揃《そろ》っていました。英語でパッシブとアクティブというのがあるでしょう。投げられるとか、投げるとか」

「ええ」

「僕らが教えてやるんですが、なんだ、そんなことか、たいしたことじゃないじゃないか、――てんで受付けないんです。そんなのに、一人強いのが居ました。立っても、寝ても、強かったですね、それは」

「落第したんですね、そのひと」

「ええ、本人はもう一年やると言っていたんですが、親が来て、連れ帰っちゃったんです。尤も、もう一年居ても、合格は難しかったと思いますが」

「去年は、誰か合格しましたか」

こんどは遠山が訊いた。

「去年というのは、僕がはいった年ですが、やはり一人もはいりませんでした」

「おととしは？」

「おととしも、はいっていません」

「じゃ、誰もはいっていないんですね」

「いや、昔ははいっていました。有名な選手で、金子大六という人がありますが、その人など、やはり金沢で浪人生活を二年送り、はいった年に優勝戦で六高の大将を投げています。鈴川三七彦、これも全盛時代の大将ですが、やはり四高の道場で練習しながら、受験勉強をしていた人です。鈴川が合格するかしないかは、四高柔道部にとってはたいへんなことでした。この人も一年の時から、高専大会の花形でした」

それから、蓮実は洪作の方に、

「どうです。中学の道場に通っているくらいなら、金沢へ来て、四高の道場に来ませんか。昼は練習し、夜は勉強する。勉強の邪魔はしません。あなたなど小柄だから、寝技をやったら、凄くなりますよ」

と言った。

「だめ、だめ」

内儀《かみ》さんが横槍《よこやり》を入れた。

「そんなところへ行ってごらん。どんなことになるか、判《わか》ったもんじゃない」

内儀さんは階下に向って手を鳴らした。

「金沢へ来てくれるといいんだがな、二人とも」

蓮実は喋《しゃべ》りながら、時折コップを口に運んでいる。ほんの少量のビールがはいっただけなのに、もう顔を赤くしている。

れい子がはいって来た。

「いらっしゃい」

すると、遠山が、

「好きな人を連れて来たよ。有難く思えよ」

と言った。

「あら！」

れい子はつんとして憤《おこ》って見せて、

「わたし、好きな人なんてありません」

「嘘《うそ》を言え、洪作が好きだと言ったじゃないか」

「そんなことを言いますか。遠山さんよりは好きだと言っただけよ」

「俺より好きなら、日本中で一番好きじゃないか」

その遠山の言葉は受付けないで、

「お料理を運んでいいですか」

れい子は内儀さんの方に訊いて、すぐ逃げるように座を立って行った。洪作は顔のほてりを感じていた。たとえ冗談にせよ、未《いま》だ曾《かつ》て異性から、好きだとか嫌いだとかの対象に選ばれたことはなかったからである。すると、

「女は禁物ですよ」

蓮実が言った。唐突な言い方だったが、唐突なだけに、妙にその言葉は断定的に響いた。

「僕たちは、女とはなるべく口をきかないようにしています。おふくろとか妹とかは別ですが、そのほかの女はいっさい寄せ付けない。女は、この世にないものと思えばいい」

蓮実は言った。

「そんなことを言っても、無理じゃないか。人間の半分は女なんだからね」

内儀さんが、男のような言い方で言った。

「そうです。それで困るんです。どこへ行っても、女が居る」

「当り前よ、そんなこと。——一体なぜそんなに女を怖がるの」

「女のことなど考えていたら、稽古《けいこ》はできません。女はないものと思え！」

「変に力まないでよ」

「いや、これ、僕の言葉じゃないんです。柔道部にはいると、まっさきに上級生から言われることなんです。これから、三年間、この世に女はないものと思え、本当なんです。

そう思わない限り、柔道なぞできません。頭が怪我《けが》しないように髪をのばします。髪をのばすと言っても、普通の人のようなのばし方をすると、稽古の時邪魔になります。それで、ちょうどいいところでちょん切ることになる。すると、この僕の頭みたいになる」

蓮実は言った。なるほど、そう言われてみると、変な頭である。鳥の巣に似ている。

「この世に女があると思ったら、こんな頭で町は歩けませんよ」

蓮実は言った。

「なるほど、変な頭ねえ。怪我しないために、そんなのばし方をするのね」

内儀さんはしげしげと、蓮実の頭髪に見入っていたが、

「なんにしても、たいへんね。でも、そんな頭をしていても、好きになる女はあると思うね。そんなに見限ったものでもない」

と言った。

「いや、鼻もつぶれるし、耳もつぶれますよ。鼻の方は少ないが、耳の方は例外なくつぶれます。柔道部員は一人残らず耳をつぶしています。ほら、僕だって」

蓮実はちょっと顔を横向けにして、ぼさぼさの頭髪の間からのぞいている耳を、一同に披露した。みんなの視線が蓮実の耳に集まった。

「ね、きくらげみたいでしょう」

蓮実は言った。

「ほんとに、ねえ」

内儀さんが感深げに言った。トンカツを運んで来たれい子も、皿をテーブルの上に置いて、蓮実の耳をのぞいた。耳は本来の形を失っている。得体の知れぬ肉のかたまりで、蓮実が言ったように、さし当って形容するとなると、きくらげとでも言うほかはない。

「ね、ほら、こっちの耳も」

蓮実はこんどは反対側の耳を見せた。同じようにきくらげになっている。

「女がないと思えば、耳がこんなにつぶれても平気なんです。女があると思えば、誰だって、耳をこんなにするのは考えますよ」

「耳がどうしてこんなになるの？」

内儀さんが訊《き》いた。

「畳に擦《こす》り付けるからです。四高の柔道部にはいれば、誰でも十日間でこうなりますよ。両方ならなくても、片方は必ずなる。が、どちらかと言えば、両方なる方がいいんです。両方なるということは、時に応じて、両方の頭を使っているということですからね。ちょっと、やってみましょうか」

蓮実は立ち上って、テーブルを隅の方に押しやり、遠山を畳の上に仰向けに寝かせ、

「押えるにしても、締めるにしても、僕は遠山さんの体の横にくっつかねばならない。

が、遠山さんは脚でそうさせまいとする。こういう場合、僕は頭からはいって行く」

「ね、ほら」

蓮実は遠山の脚をよけ、顔の片側を遠山の体に沿って滑らせて行く。

蓮実は言った。なるほど、蓮実の顔の半面は畳の上を滑るようにして、相手の胸許《むなもと》にはいって行く。

「親から貰ったものをね」

内儀さんは言った。そして気付いたように、

「やめにしておくれ。ここは道場ではないんだからね」

と言った。

三人はテーブルをもとに戻して、トンカツを食べ出した。

「それにしても、何のために、そんなに柔道をやらなければならないのかね」

内儀さんが訊いた。

「判らない」

カツレツを頬張り出すと、蓮実の返事は簡単になった。

「判らないって、あんた、自分でやっているじゃないか」

「それが、判らないんですよ」

「判らんことないでしょう」

内儀さんはいつになく執拗《しつよう》だった。

「判らん。本当に判らんですよ。考えたら判らなくなる。それで、考えないことにしている。——ものは考えるな！」

それから蓮実は顔を上げ、

「僕ばかりじゃない。みんなも同じです。いっさい、ものは考えないことにしています。四高の柔道部へはいると、はいった日に上級生から言われます。学問をやりに来たと思うなよ、柔道をやりに来たと思え！　女はこの世にないものと思え！　いいか、いっさいものは考えるな！」

それだけ言うと、蓮実は残っているカツレツを頬張って、

「うまいなあ、これ」

と言った。内儀さんは手を叩《たた》いて、れい子を呼ぶと、カツレツのお替りを命じて、

「こんどのは、わたしが御馳走《ごちそう》してあげる」

と言った。そして暫《しばら》くしてから、ふいに溜息《ためいき》をついて、

「それにしても、たいへんな学校ね。よくそんなところへはいる者がいると思うね。勉強もしないで、柔道ばかりやって」

「そう思うでしょう。僕もそう思う。だから、考えたらだめなんですよ。考えたら、柔道なんて、やれません。別に柔道家になるわけじゃない。高専大会で優勝することだけ

が目当なんですからね。でも、練習量がすべてを決定する柔道というのを、僕たちは造ろうとしている。そういう柔道があると思うんです。そういう柔道があるかどうかは、僕たちが自分でやってみないことには判らない。それをやろうと思っている。僕などは体は小さいし、力はないし、素質は全くない。四高へはいって、初めて柔道着というものを着た。練習量にものを言わせる以外、いかなるすべもないわけです。どうです、協力してくれませんか。僕にはまだ高専大会が二回ある。その二回のうちで優勝したいんです。あなた方も一生のうちの三年間をないものと思って、四高の道場で過してみませんか」

蓮実は言った。洪作は黙っていた。黙っていたが、蓮実の言葉は体中にしみ渡っており、軽い酩酊《めいてい》感が洪作を包んでいた。内儀さんも、こんどは、

——だめ、だめ！

とは言わなかった。言わせないものが、蓮実の青白んだ表情と、熱っぽい口調の中にあった。

二枚目のカツレツを食べ終ると、下りの東海道線に乗る蓮実を送るために、三人は清風荘を出た。

「ここで浪人生活をしているくらいなら、金沢の方がいいでしょう。まわりは高校生ばかりですから、刺戟《しげき》にもなりますよ」

蓮実は歩きながら言った。

「考えてみましょう」

洪作は言ってから、

「両親にも相談してみます」

「両親に相談するのはまずいなあ。まずだめでしょうな。黙って来てしまわないと」

「本当のことは言いませんよ」

「本当のことは言わなくても、まあ、とめられるでしょうな。それより、さきに金沢に来てしまって、その上で両親に手紙を書いたらどうです。そうすれば、とめようが、とめまいが、本人はもうちゃんと金沢へ来てしまっているんですからね」

そんなことを蓮実は言った。

「そうしろよ、お前」

横から遠山が口を出した。洪作は黙っていた。

「どうせ浪人しているんだ。どこに居ても同じことだろう。俺なら、そうするな」

遠山は他人のことだと思うのか、無責任な勧め方をした。

「もし行くようでしたら、八月までに決めます」

洪作は、台北の両親に相談し、その返事の来るまでの時間を、頭の中で計算していた。

すると、

「来るなら早い方がいいですよ。七月の終りに京都で高専大会があります。その前の一カ月の練習が凄いです。この大会前の猛練習をいっしょにやって、それからいっしょに京都へも行った方がいい。それから京都から帰ると、夏期練習が始まります。七月末から八月中頃までですが、これだけはぜひやらないと」

「大会が終ってからも練習があるんですか」

洪作が訊くと、

「そうです。大会に優勝したら、優勝したで、夏の練習は充実したものにします。もし優勝できなかったら、その時は来年に備えて、相当な練習になります。寮の階段は立っては上れないでしょう」

「じゃ、どうして上る」

「――――」

「這《は》って上る」

「そしてその練習が終ったら、僕は能登《のと》の中学にコーチに行きます。あなたも一緒に行くと面白いですよ。能登はいいところですし、魚もうまい。昼は柔道をやって、夕飯にはうまい魚をたらふく食って、あとは眠りたいだけ眠る」

蓮実は言った。蓮実の話を聞いていると、どうも浪人生活とは無縁である。勉強の時間はありそうもない。

「あなたは、夏休みには家に帰らんですか」

遠山が訊いた。

「帰りますよ」

蓮実は答えた。

「帰りますが、家に居るのは二日か三日です。家というところは長く居ない方がいいです。長く居ると癖になる。——親父《おやじ》もおふくろも癖のつけようですよ。夏休みには帰らんものと思わせてしまえば、それで通ります」

「洪作は全然帰らんですよ。家の者は台北に居るんです」

遠山が言うと、

「全然帰らんですか」

蓮実は驚いた風に洪作の方に顔を向けた。

「ええ」

洪作が言うと、

「そりゃ、いいな。あなたは四高の柔道部にはいる何よりの資格を持っていますよ。僕などは、正月の休みにも、春の休みにも、やはり帰らなければなりません。二日か三日ですが、とにかく帰る。帰らんとうるさいですよ。僕の友達で、やはり柔道部に居る奴《やつ》ですが、これなどは、おふくろさんが合宿が終る日を、ちゃんと知っていて、金沢まで迎えに来て、連れて行ってしまう」

蓮実は言った。

「勉強は大丈夫ですかね。僕の場合」

洪作は、自分にとって最も大切なことを口に出してみた。

「大丈夫ですよ。でも、八月の練習までは付合った方がいいですよ。この練習でめっきり腕が上るんです。どうせ金沢へ来ているんなら、この八月の練習だけはやりませんとね」

「その間は勉強はだめですね」

「だめでしょうね。とても、そんな余裕はありませんよ。——その替り、九月からは勉強して下さい。勉強しないと言っても、僕たちがさせますよ。勉強しているかどうか、みんなで交替であなたの下宿を見廻ります。時にはさし入れもします」

「九月からは勉強専門ですか」

「昼、一時間ぐらいは道場へ来た方がいいでしょう。勉強にさし障《さわ》りにならない程度に、軽くどたんばたんやって、あとは勉強ばかり」

「理想的じゃないか」

遠山が洪作にけしかけるように言うと、

「さっき話した大天井さんなどは、柔道はいくらとめてもやるし、勉強の方はやらんです。いつ見廻りに行っても寝ている。忠告すると反対に憤られるんです。世が世なら、俺はお前たちの先輩だ！」

蓮実は言った。駅へ着くと、

「ホームに出る必要ありませんよ。入場券がもったいない。じゃ、待ってますよ。――いずれ手紙で連絡します」

蓮実は改札口を入って行った。ひどく颯爽《さっそう》としたものが、ふいに居なくなってしまった感じだった。

洪作は寺の自分の部屋へ戻ったが、何となく昂奮《こうふん》していて、遅くまで眠りにはいって行けなかった。蓮実という自分より一つ年下の青年が、今までに会った同年配のいかなる若者とも異《ちが》った、特別なものに思われた。金枝、藤尾、木部といった仲間たちとは全く異った雰囲気を身に着けている。

洪作より年が一つ若いのに高校の二年生というから、中学四年から高校に進んだものと見なければならぬ。それなのに、そうした秀才組がとかく持っている高慢ちきなところはみじんもない。口から出したことは柔道に関することばかりである。柔道以外、学校のことも、授業のことも、金沢の町のことも、何も話さない。そういうところはひどく徹底していた。

——練習量がすべてを決定する柔道。

この言葉を思い出すと、洪作は身内が痺《しび》れるような気がした。どうしてただこれだけの言葉にこんな魅力がはいっているのであろうか。

蓮実が考えている柔道というものは、恐らく自分たちがこれまで考えていた柔道とはまるで違うものであるに違いない。煙草《たばこ》もいけない。酒もいけない。それればかりでなく、

——女というものは、この世にないものと思え！

蓮実は確かにこう言ったのである。洪作は、またこの言葉にも魅力を感じた。毎日毎日、一回や二回、女がちらちらしないことはない。しかも慾望《よくぼう》という始末におえぬものといっしょになって思い出されて来る。追い払っても、追い払っても、女というものは眼の前に立ち塞《ふさ》がって来る。

——女というものは、この世にないものと思え！

なるほど、この世にないと思えば、それが一番いいことに違いない。しかし、いくらないと言っても、実際にはあるのだから、もともと無理な話ではあるが、ないと思うことは、ないと思わないよりいいに違いない。れい子もないと思うことである。あると思うからいけない。ないと思うことである。

洪作は何回も寝返りを打った。蓮実のいう練習量がすべてを決定する柔道をやってみたいと思う。蓮実たちは学問はやらないで柔道ばかりやっているらしいが、柔道をやら

ないで学問ばかりやっているより、洪作にはずっと向いているようである。

それにしても、そうした柔道をやるには、まず四高へはいらねばならぬ。それが厄介だが、どうしても入学試験だけは突破しなければならぬ。尋常なことをしていては、とてもだめである。蓮実が言ったように、ここで浪人生活しているくらいなら、金沢へ行った方が気がきいているかも知れない。——洪作は何回も同じことを考えていた。

次の日曜日の午後、洪作は教師の宇田の家を訪ねた。宇田は玄関へ出て来ると、

「そこらを歩こうか」

と言って、すぐ土間に降り立った。細かい絣《かすり》の着物を着て、帯をぐるぐる巻きにしているところは書生っぽの感じである。

二人は肩を並べて、ゆるい傾斜をなしている道を上って行った。間もなく人家が切れると、富士の裾《すその》野まで遮《さえぎ》るものなく原野が拡《ひろ》がっている。実際には幾つかの集落があるのであるが、すっかり大原野の中に包み込まれ、匿《かく》されてしまっているのである。宇田が自慢するだけあって、この辺で仰ぐ富士は立派である。

「何か用があって来たのかね」

宇田は言った。

「はあ、ちょっと相談にのっていただきたいことがありまして」

洪作は言った。

「ほう、なんの相談?」

宇田は言ったが、

「相談にのっていただきたい、——と言うんでなくて、やはり、ご相談させていただきたいと言うべきなんだろうね」

「はあ」

「丁度よかった。僕の方も君に連絡しようと思っていたところだ。さきに君の方の話を聞こう」

宇田は言った。

「実は、来年四高を受けてみようかと思いまして」

「うん」

「どうせ四高を受けるんでしたら、今から金沢へ行っていた方がいいんじゃないかと思いまして」

「四高というのは、金沢だったな。今から金沢へ行っている?」

「はあ。どうせ浪人生活しているんですから、ここで浪人しているより、金沢で浪人している方がいいと思うんです」

「どうして、いい?」

「刺戟にもなりますし」

「刺戟とは、どういう刺戟かな」

「町には四高生も居ることですし、いやでも勉強しなければならぬ気持になると思うんです」

「そんな刺戟か！」

宇田は投げ出すような言い方をして、

「いずれにしても、急に四高を受けたいと言い出したことはおかしいね。わざわざ四高を選ばなくても、もっと近いところに高等学校はある。静岡高校でいいだろう。静岡で結構じゃないか。君は今年静岡高校を受けて落第している。もう一度受験して、恥をそそぎなさい」

「でも、金沢の方がいいと思います」

「おかしいね」

宇田は言って、ゆっくりと顔を洪作の方に向けた。

「急に四高へはいりたくなったというからには、それだけの理由があるだろう。――それは、何かね」

宇田は言った。

「あそこの柔道部へはいりたいんです」

「柔道部!?　ほう」

それから、

「そう、そう、この間、四高の柔道部の選手が来たそうだね。——そうか、勧誘されたのか」

「別に勧誘されたわけではないんですが」

「勧誘されてもいいさ。勧誘にこたえて、受験し、合格するんだったら結構。が、別に、今から金沢へ行っている必要はあるまい。金沢へ行っている方が刺戟があると言ったが、刺戟があるから、勉強ができるものでも、合格しやすいわけのものでもあるまい。それにしても、どうして四高の柔道部へはいりたくなったのかな」

「練習量がすべてを決定する柔道というのが、四高の柔道部のモットーらしいんです。それが気にいりました」

「練習量がすべてを決定する柔道!? ほう」

宇田も興味を覚えたらしく、

「なるほどね。僕も気にいったね、その言葉は。——それで、四高へはいって、柔道ばかりやってやろうというわけだね」

「必ずしも、そうじゃないんですが」

「そうでないことはあるまい。そうじゃないか」

「はあ」

「四高を受験することもいい。受験して、合格して、練習量がすべてを決定する柔道部にはいることもいい。それで勉強をそっちのけにして、一生を棒にふるのも、まあ、いいだろう。人間、何をやってもいい権利がある」

「はあ」

「やったらいい」

「はあ」

「やんなさい。だが、今から金沢へ出掛けて行くことには反対するね。刺戟は刺戟でも、なんの刺戟か判《わか》ったもんじゃない。君の話を聞いていると、なんとなく臭いところがある。受験勉強しながら、一方で四高の道場へでも通う料簡《りょうけん》じゃないのかな。そんなことを、四高の学生から勧められたんじゃないのかな。どうも、そんな風に受けとれる」

洪作は黙っていた。全く宇田の言う通りに違いなかった。

「実はね、君のことで、僕は君のご両親に手紙を出した。その返事を、二、三日前いただいた。君は全然手紙というものを出していないらしいね。金の受取りも出していないそうじゃないか」

洪作は、この場合も黙っていた。これもまた全くその通りに違いなかった。

「ご両親に手紙を出したのは、お節介のようだが、僕としてはそうする方がいいと思ったからだ。僕の一存でやったことだ。——君がやっていることを、第三者としてわきから見ていると、何を考えているか見当のつかないところがある。この間も、教員室で二、三人の先生と君のことを話したんだがね、誰もよく判らない。卒業しても家へは帰らんで、沼津でぶらぶらしている。来年どこかを受験して上級学校へ進学するつもりらしいが、いっこうに勉強しているとも見受けられない。中学在校中と同じ恰好《かっこう》をして、いたってのんびりと道場へ顔を出し、中学生たちと一緒になって遊んでいる。学校で折角卒業させてやったのに、本人は迷惑そうな顔をしている」

宇田が言ったので、

「そんなことはありません」

と、洪作は遮った。

「だって、そうじゃないか。今年の卒業生のうちで、いまだに中学生の恰好をして、毎日中学へ来て、ぶらぶらしているのは君だけじゃないか。君一人だろう」

そういう点は、その通りであろうと、洪作も思った。

「先生たちの一致した結論は、結局のところは何も考えていないのではないかというところに落着いた」

「そんなことはありませんよ。考えていますよ」

「考えている？　たまに考えると、どうせ沼津でぶらぶらしているくらいなら、場所を変えて、金沢へ行って、ぶらぶらしてみよう。どうもその方が面白そうだ」

「うふ」

と、洪作は思わず笑い声を口から洩《も》らして、

「ひどいなあ」

「ひどいことはあるまい。その通りじゃないか。きょう初めて相談に来たと思ったら、相談の内容は、そういったものだった。先生たちが言うように、結局のところは、何も考えていないというところに落着く。それにしても、中学を卒業する年齢になって、何も考えないということはどういうことだろう。みんなで考えた」

「一体、みんなというのは誰ですか。その先生たちというのは」

「誰だっていい。――君みたいな、恐ろしく慾のない、のんびりしたのができたそもそもの原因は、やはり家庭にあるということになった。君には監督者がない。親もなければ、弟妹もない。親も弟妹もあるにはあるらしいが、いっこうにあると言えるような形においてはない。親も、君の親だから、似たところがある。息子のことなど、何も考えていないらしい。ただ金だけ送って来る。息子は自分で勝手に勉強し、どこか適当な学校へ進学するとでも思っているらしい。息子が中学を卒業したから家へ呼んでやろうでもなければ、家で勉強させてやろうでもない。そういうところは、親の方もひどく変っている」

宇田は言った。さっきは〝ご両親〟と言っていたが、いつかひどく邪慳《じゃけん》な言い方にな

っている。

「尤《もっと》も、親も手紙だけは寄越すらしいが、いっこうに君の方は返事を出さん。返事を出さんというが、返事を出す出さんより、問題はその以前にあるらしい。どうも、読まないんじゃあないか。──これは僕が言っているんでなくて、君のお母さんからの手紙に、そう書いてあったんだ」

訓戒が熱を帯びて来たためか、宇田はぶらぶら歩きを打ちきって、草叢《くさむら》の中に突っ立っている。ふところ手をし、顔は富士山でも仰ぐように仰向けているが、富士山を眺めているわけでもないらしい。

「そのほかには、どんなことが書いてありました」

洪作が訊《き》くと、

「そういうきき方をするものではない。君はものを知らん。──私のことを心配して、両親に手紙を出して下さったんですか、それはまことに相すみません、まずそう礼を言い、礼を言った上で、どんなことが書かれてあったかときくものだ。そうだろう。僕だって、酔狂や道楽で君の両親に手紙を書いたんじゃない。誰も君のことを心配してやる者がいないので、見るに見かねて、君の両親の注意を促す役を、自分で買って出たまでの話だ」

「すみません」

「いっこうにすまなそうな顔はしていないじゃないか」

「いや、そんなことはありません」

「どうかね」

「いや、本当です。先生って案外僻《ひが》みっぽいですね」

「僻みっぽい？　失礼なことを言ってはいかん。君はてんでものの言い方を知らん」

それから、

「これは話の本論からはずれるが、いま、君は僕のことを僻みっぽいと言った。確かに、僕には多少僻みっぽいところがあるんだ。――まあ、坐《すわ》ろうじゃないか」

宇田は足許《あしもと》の草叢を見廻した。適当なところへ腰を降ろすつもりらしい。洪作は小倉の服の上着を脱ぐと、それを草の上に敷いて、

「どうぞ」

と、宇田の方に言った。

「いいよ、君」

宇田は遠慮した。

「構いません。これ、もともと僕のではないんです。この間まで木部が着ていたもので、もうそろそろ捨てようと思っていたところです」

「捨てたら困るだろう」

「まだ二、三枚あります。藤尾が卒業した連中から取り上げてくれたんです」

洪作は言った。

「それでは、捨てる前に一度腰かけさせて貰《もら》おうか」

宇田は洪作の上着の上に腰を降ろした。洪作はズボンにランニング・シャツの姿で、その横に宇田と並んだ。原野を渡って来る風が肌に気持よかった。

「いま、君は僕のことを僻みっぽいと言ったが、確かに、僕にはそういうところがあるようだ。女房からも、よく言われる。僕は小さい時、両親を失って、親戚《しんせき》の家で育てられた。親戚の家で育てられたと言っても、別にひどい目にあったわけでもない、邪慳にされたわけでもない。いま考えると、けっこう可愛《かわい》がられて育ったような気がする。それなのに、君、やっぱりどこかに僻み根性があるというんだから、人間というものは悲しいものだね。育ててくれるのが両親でないということだけで僻んでしまう。両親だったら、この場合、こんなことは言わないだろう。両親でないから、こんなことを言うんだ、そんな考え方をする。人間という奴《やつ》は困ったものだ。そんな小さい時の考え方が、僕という人間のどこかに染《し》みついてしまっていて、時々、今でもそれが顔を出す」

宇田は言った。宇田がしんみりした口調で自分という人間を解説し始めたので、洪作は黙って聞いていた。

「僻むというのはいけない。人間の持つ感情の中で、最も感心できぬものだ。卑《いや》しい。

女の腐ったようなものだ。自分の友達が仕事をして、新聞で賞讃される。自分も一緒になって悦《よろこ》んでやればいい。それなのに悦んでやれないということは困ったことだ。あいつが有名になるくらいなら、自分の方がもっと有名になっていい筈《はず》だと考える。どっこい、そんなものじゃない。何と言っても、友達はそれだけのことをやったんだからね。こっちは、やっていないじゃないか。それをとやかく思うというのは、僻みというものだ。自分にも、もし金と時間があればと考える。なるほど、金と時間があれば、もっと自分の仕事に打ち込めるだろう。しかし、そう生れついていない以上仕方がない。金もなければ、時間もない。ないものを、もしあったらと仮定する、その考え方がそもそもおかしい。ね、そうじゃないか」

「そうだと思います」

洪作は返事をした。あまり黙っていても悪いと思ったので、相槌《あいづち》を打ったのである。

「だめな奴だよ」

「だめな奴というのは、先生のことですか」

「そう」

それから、

「君には僻むというようなところはないな」

「はあ」

「ないね。確かに、ない。少しでもあれば、もう少しましになるだろう」

宇田は言った。洪作はうっかり相槌の打てない気持だった。

「じゃ、少しは僻む方がいいんですか」

「いや、そういうわけじゃない」

「でも、いま、そう言ったでしょう。少しはましになると」

「いや、それ、僕の僻みだよ。僻んでみせただけのことだ」

宇田は言った。

「この間も、家内が言っていたんだが、どうも僕は君のようにはゆかないんだ。僻みっぽいし、とかく物ごとにくよくよする。そこへ行くと、君はからっとしている。怖《おそ》ろしいほどからっとしている。生れ付きなんだろうが、どうしてそういう人間ができたか、――」

宇田は言ったが、洪作は用心して黙っていた。

「どうしてそういう人間ができたか、研究に値すると思うね。――なんとか言いなさい」

「はあ」

「落第してもからっとしている。大きな顔をして中学へ遊びに来る。毎日、中学生たちと道場でどたんばたんやっている。寄宿舎の風呂《ふろ》にははいる。――最近は食堂まで使っているそうじゃないか」

「食堂で食べたのは二回だけですよ」

「二回にしても、みごとなものだ。普通の神経だとそうは行かない。――来年の受験もいっこうに気にしていない。普通なら、来年も落第したらどうしようかと、少しは心配になるものだが、そんな気配はいささかもない。――両親もあるのに、いっこうに会いたくもないらしい。弟も、妹もあるだろう」

「あります」

「家の者に会いたくないということは、これだけは余人の及ばぬ見上げたところだと思うんだがね」

「はあ」

「卒業したのに、家の者と一緒に生活しようという気を起さないということは、一体、どう説明すべきかね」

「さあ、たいして深い意味はないと思います」

「それ、そういう他人事《ひとごと》のような言い方をする。そういうところが、君の少し違っているところだ。――羨《うらや》ましい限りだ。僕などはそうは行かん」

「はあ」

「しかし、だね。こう言っても、必ずしも君を褒めてばかりいるわけではない」

「それはそうでしょう」

「判るか」

「その程度のことは判ります」

「僕は思うんだが、このまま君をほっておくと、まあ、永久に高校などにはいらんね。親が金を送って来ている間は、のんびりと遊び暮してしまう。毎年一つずつ年齢《とし》をとる。同級生が大学を出る頃になっても、沼津でぶらぶらしている。学校でも目障《めざわ》りだし、沼津の町でも目障りだよ。もう今でも、だいぶ目障りになりかかっている。そういうわけで、まあ、見るに見かねて、僕が君の両親に手紙を書いたということになる」


宇田は遠く下手の人家のある方に視線を投げていたが、

「おや、あれは家内じゃないかな」

と言った。洪作もその方へ眼をやった。宇田夫人に違いなかった。洪作は立ち上ると、ランニング・シャツから突き出ている手を、高く上げて合図した。それに答えて、宇田夫人も片方の手を高く上げた。

近付いて来た宇田夫人を見ると、片手にやかん、片手に風呂敷包みを持っている。

「お茶を持って来ました。まあ、気持がいいわね」

夫人は四方に拡がっている原野を見渡すようにしていたが、やがて、やかんを草の上に置き、風呂敷包みを解いて、茶碗《ちゃわん》と菓子包みらしいものを取り出した。

「何だい、それ」

宇田は菓子包みをさして言った。

「あんパンでしょう」

いきなり洪作が口を出した。

「そう。よく当ったわね」

夫人が言うと、

「驚いたね。そういうかんはあるんだね」

宇田は洪作のことを言った。

「食べものを当てるのはうまいんです」

と洪作。

「褒めるべきことかどうか知らんが、それも、まあ、一つの才能だろう。才能というものは、それが何であれ、ないよりはある方がいいだろう」

それから、

「さっきの続きだがね。——君のお母さんから返事が来た。台北に来て、親許で勉強するように勧めてくれと書いてある。小さい時から離れて他人任せにして来たので、躾《しつけ》もできていないし、言葉の使い方などもなっていないと思う。寺の娘さんからの手紙では多少不良がかっても来ているようだ。とにかく手許に引き取りたいので、よく言いきかせて、台北に来るように勧めてくれ。——なかなか達筆で書いてある」

宇田は言った。

「弱っちゃうな、それ」

洪作が言うと、

「弱ることはないだろう、親のところへ行くんだから」

「だめですよ、台北へなんて行ったって、勉強はできません」

「勉強できないことはないだろう。親許でこそ勉強できるというものだ。悪いことは言わないから行きなさい」

「だめですよ」

「だめということは、どういうことか。親がそう言って来たからには、その言葉に従わねばならぬだろう。結構なことじゃないか、来いという親があって。——僕などそういう言葉をかけて貰った経験がない。羨ましい限りだ」

「問題は金沢へ行って勉強するのと、台北の親許で勉強するのと、どっちがいいかということです。僕の場合は、親許はだめです。親父《おやじ》がちらちらちらするし、おふくろがちらちらするし、弟もちらちらするし、妹もちらちらする。決った時間にみんなで揃《そろ》って食事をする、だめですよ、そんなことをしていたら。風呂が沸くとはいらなければならぬ。電話がなると、ほっておくわけには行かない。そんなことをしていて、勉強できますか」

洪作は雄弁になっていた。

「大体、家族の者と一緒だったら、勉強はできないと思うんです。こっちは黙っていても、向うから話しかけて来る。向うから話しかけてくれば、それに対して答えなければならんでしょう。それも一人や二人ではない。親父も話しかけて来れば、おふくろも話しかけて来る。弟も話しかけて来れば、妹も話しかけて来る。いちいちそれに答える。たいへんですよ、そんなこと」

洪作がまくし立てると、

「これは、驚いた。まあ、待ちなさい」

宇田が遮った。

「ひと休みして、お茶をどうぞ」

夫人が言った。洪作はあんパンを二つに割り、宇田は茶のはいった茶碗を口に運んだ。

やがて、

「驚いたね、君の主張は」

と、宇田がおもむろに反撃に出た。

「驚いた！　と言うほかはない。君の言っていることは家庭否定だ。勉強ができないということは単なる口実で、とにかく台北へ行くのが厭《いや》なんだな。家族の一員として生活するのが厭なんだな。風呂が沸くとはいらなければならぬと言ったな。驚いた！　食事時間が来たら、みんなと一緒に食卓につかねばならぬと言ったな。驚いた！　家の人が話しかけてくると答えなければならぬと言ったな。驚いた！　家に居ると家の者がちら眼につくと言ったな。驚いた！　たいへんな青年ができあがったものだ。教育の罪か、社会の罪か知らんが、恐るべき若者ができあがった」

宇田はここで言葉をきって、あんパンに手を出し、

「結局のところ、両親や弟妹にいささかの愛情をも感じていないということになる。なるほどね、そういう料簡《りようけん》じゃ、卒業しても家へ帰りたがらん筈だ」

「いや、愛情はありますよ。両親にも、弟にも、妹にも会いたいです」

「じゃ、会いに行ったらいいじゃないか」

「会いに行って、会ったら、すぐ戻って来るんでしたら」

「すぐ戻って来なくてもいいじゃないか、そのまま、そこで勉強すればいい。どうせ上級学校へはいったら、また親許を離れなければならぬだろう」

「でも、勉強なんかできませんよ」

「できるかどうか、判らんじゃないか」

「まあ、絶対にできません」

「いやに断定的な言い方をするね。そんなら、できなくてもいいじゃないか。ここに居

ても、できないんだから、同じことだ」

「ですから、金沢へ行って——」

「金沢はいかん！」

こんどは宇田が断定的な言い方をした。

「金沢へ行ったら、どういうことになるか、判ったものじゃない。虎《とら》を野に放つようなものだ。——まあ、台北の両親の許へ行くことだね」

宇田が言った。

「困りますよ、そんなこと」

「困るという言い方がおかしい。両親が折角来なさいと言って来たんだ。子供として、それに応じるのが当然だ。困るも、困らぬもない。行くんだね」

「じゃ、考えてからご返事します。寺へ帰って、よく考えてみます」

「だめ、だめ、考えるなら、いま、ここで考えなさい。——五分ほど考えたら決ることだ」

「あなた、いいじゃありませんか。洪作さんには洪作さんの考えがあるんでしょう」

夫人が言うと、

「黙っていなさい。君が口出しすることではない」

宇田は言った。

「じゃ、考えます」

洪作は立ち上った。そして、

「これ貰って行きます」

洪作はあんパンを二個ズボンのポケットに入れ、ついでにお茶を飲んで、それから宇田夫妻の傍から離れた。

ゆるい傾斜をなしている原野を、ゆっくりと上の方へ上って行く。丈高い雑草地帯を脱けると、くるまの轍《わだち》の跡がついている小道へ出た。その小道に出ると、そこから平原は平坦《へいたん》になり、遠くに幾つかの集落の茂りが見えている。洪作は沼津で何年も過しているが、こんなところへ来たのは初めてだった。

さて、考えなければならぬと、洪作は思った。が、別段考えてみるほどのことはなかった。何とかして、金沢行きを宇田に承認させるだけのことである。台北へ行くなどということは、とんでもないことだった。台北へ行って、台北の高等学校でも受けさせられ、親許からそこへ通うようなことになりかねなかった。だいたい、父親からそういう要求を出された場合、それを拒絶できるという自信はなかった。父親というものをどう取り扱っていいのか、洪作には見当がつかなかった。

洪作は草の上に腰を降ろした。宇田夫妻が陣取っているところから、それほど遠く隔っているわけではないが、眺望はずっと大きくなり、全くの高原といった感じである。

陽の光を浴びて、仰向けに倒れていると、風はあるが、いささかも寒さは感じない。絶えず鳥の鳴き声が聞えている。近くの灌木《かんぼく》の茂みの中にでもいるらしい。洪作は煙草《たばこ》を二本のんで、腰を上げた。その時、洪作の眼の中にこちらに上って来る宇田夫人の姿がはいって来た。洪作は自分からその方に近寄って行った。

「こんなところにいらしたんですか。主人は、もう帰って来ないいんじゃないかと言っていましたわ」

夫人は笑いながら言った。その言葉を聞いた瞬間、洪作はなるほどその術《て》があると思った。

「まだ考えが纏《まと》まらないんです。もう少し考えた上で、ご返事します。いずれ、改めてお宅へ伺います」

洪作が言うと、

「あら、もう向うへいらっしゃらないんですか」

「今日は失礼します」

「では、これから、どうなさるの」

「夕方まで歩きます。このさきに友達の村があると思うんです。まだ行ったことがないので、そこへ行ってみます」

「では、家でお待ちしていましょう。夕御飯をあがっていらっしゃい」

「いや、今日は、これで、失礼します」

「大丈夫ですわ、そんなに敬遠なさらなくても、主人、あんな言い方をしていましたが、よくお話しになれば判《わか》りますわ。——でも、わたしも、ご両親のところにいらっしゃるのが一番いいと思ってますのよ」

「僕も、そう思います」

洪作が言うと、

「嘘《うそ》おっしゃい。だめ、そんな調子のいいこと言っても」

それから、

「どうなさいます？」

「やっぱり、今日は失礼します」

「でも、上着がありますわ」

「構いません」

「構いませんって？」

「捨てて下さい。あれ、もう捨てようと思っていたんです」

「ポケットに何かはいっているでしょう」

「何も入れてありません。ポケットに穴があいているんです」

「あーあ」

夫人は大きな溜息《ためいき》をついてみせて、

「その恰好《かっこう》でお寺へ帰るんですか」

「いつも、こんな恰好で町を歩いています」

「やっぱり、台北へいらっしゃる方がいいわ」

夫人はそんな言葉をのこして、再び平原を下の方へ降りて行った。

洪作は宇田の家の前の道を避けて、原野を斜めに突っ切って、沼津の町端《はず》れに降りることにした。

宇田への返事はさきに延ばすことができたが、と言って、突然眼の前に現れて来た問題が解決したというわけではなかった。

台北に来い、とは厄介なことを言って来たものである。こういうことになったのは、宇田が頼まれもしないのに、手紙などを出したりするからである。大体、宇田の誘いにのって、夕飯などを食べに行ったりしたのが間違いのもとだった。と言って、今更悔んでも、あとの祭りというものである。

絶対に俺は台北には行かないだろう。台北の生活と金沢の生活とを較《くら》べると、月とすっぽんである。

——練習量がすべてを決定する柔道。

蓮実の言葉ほど魅力のある言葉を耳にしたことはない。蓮実は高校三年間を、四高柔道部にくれと言った。

そのためには入学試験に合格しなければならぬが、金沢へ行ったら、そのための勉強ができそうな気がする。どんな猛烈な勉強にも耐えられそうに思う。沼津に居たらだめだが、金沢へ行ったらできないことはないだろう。

台北！　魅力のある北国の城下町に較べて、なんという窮屈で不自由な町だろう。窮屈で不自由なのは、台北の町でなくて、その町にある家庭というものであるが、いずれにしても、台北だけには行かないだろう。台北はごめん蒙《こうむ》る。

洪作は父親を考えても、母親を考えても、一緒に生活するということはやりきれない気持だった。家の人の眼が幾つも自分に注がれると思うと、それだけで窮屈だった。もの心がついてから、そんな窮屈な生活をしたことはない。いつもひとりで、しごく自由にのびのびと生きて来た。離れていても、親の愛情は充分感じている。いくら一人で居ても、愛情に飢えたりしたこともないし、淋《さび》しいと思ったこともない。

洪作は沼津の町にはいると、ランニング・シャツ一枚の姿に多少気がひけた。別に寒いわけでもないし、だらしない恰好でもない。上着を着ていないだけのことだ。上着を着ない奴《やっ》はいくらでもいる筈《はず》だ。

洪作は道を歩きながら、上着を着ていない人間を探したが、いざ探すとなると、なかなか現れて来ないものである。たまに現れて来てもワイシャツ姿で、ランニング・シャツという颯爽《さっそう》としたのは現れて来ない。ランニング・シャツ一枚で駈《か》け廻っているのは子供ばかりである。

洪作は寺の門をくぐったところで足を停めた。鐘楼の付近をぶらぶら歩いている男の姿が、どうも宇田らしく思えたからである。さっき別れた時の宇田は着物を着ていたが、いまの宇田らしい人物は洋服を纏っている。洪作は門のかげに身をひそめて、果してその人物が宇田であるかどうかを見極めようとした。

その人物は俯《うつむ》いてぶらぶら歩き廻りながら、時折両腕を左右にのばして、体操でもするような動作を繰り返している。そういうところは中学の校庭で見る宇田と寸分違わない。大体、これまでこのような人物を寺の境内で見掛けたことはなかった。

洪作は覚悟をきめた。何となく気が咎《とが》めるものがあるが、今更どうしようもない気持である。

やはり宇田であった。洪作が近寄って行くと、宇田はすぐ洪作に気付いたらしく、一カ所に立ち停って、煙草に火をつけている。

「驚いたですね」

洪作はそんな最初の言葉を口から出した。すると、

「驚く、驚かないは、君の勝手だがね」

それから、

「君のお母さんから来た手紙を持って来た。読んでおくがいい。上着と一緒に寺の人に渡しておいた。僕は帰る」

宇田はそれだけ言うと、門の方へ歩き出した。別に怒りを顔に現しているわけではなく、平生の宇田といささかも変らぬ態度であるが、言うだけ言って、さっさと帰って行くところは、心おだやかでない証拠である。

「先生」

洪作は呼び留めたが、宇田は振り向きもしないで、そのまま門を出て行った。

洪作はすぐ寺の玄関へ飛び込んだ。宇田を追いかけて行って、相手の怒りを解くにしても、上着だけは着て行く方がよさそうに思ったからである。

自分の部屋まではいって行く必要はなかった。玄関のあがり框《かまち》の上に、問題の上着は置かれてあり、上着の上に手紙が載っていた。

洪作は手紙をズボンのポケットに捩《ね》じ込み、上着をひっつかむと、そのまま玄関の土間を出た。

寺を出て、港町の狭い通りを半ば駈けるように歩いて行った。別段店舗が並んでいるわけでもないが、夕暮近いせいか、何となく人が出歩いていて、ざわざわしている。

「洪作さん」

うどん屋の内儀《かみ》さんが呼び留めた。この内儀さんは苦手である。洪作の顔を見る度に、相原という同級生から取るべき金があることを訴える。洪作は相原とは同級生だという だけの関係で、別段親しくはない。そんな事件にひっかかる筋合にはないし、大体、相原が卒業後どこへ行ったか知らなかった。

「洪作さん」

二度目に呼ばれた時、洪作は足をとめて、

「あとにしてくれ。――いま、急いでいる」

「急いでいるって？　嘘言いなさい、急いだりする柄かね」

うどん屋の内儀さんは言った。多少聞き棄《ず》てならぬ言葉ではあるが、洪作はそのまま歩いて行った。港町の通りは幾つか折れ曲っている。何番目かの角を曲った時、

「寺の若い衆！」

こんどは背後から声がかかった。指物屋の老人である。

「ついでの時寄って貰《もら》いたい。寺に届ける物がある」

「よし」

「よしって言っても、当てにならないな。せんだっても、お前さんに頼んだろう」

「よし」

「よし、じゃないよ」

ある。

「わかった。いま、急いでいる」

「なにを、急ぐことがあろうに。――毎日ぶらぶらしているじゃあないか。芋がある。食って行かんか」

「芋!?　それどころじゃないよ」

確かに、それどころではなかった。洪作は駈け出した。が、すぐ立ち停って、指物屋の老人のところへ引き返した。何となく下駄の鼻緒がもちそうもない感じがしたからである。

「草履を貸してくれよ。な、鼻緒が切れかかっている」

すると、老人は洪作の足許《あしもと》に眼を落して、

「店へはいって、ばあさんから紐《ひも》を貰いなさい」

「いま、急いでいるんだ。本当に急いでいるんだ。草履をかしてくれよ」

「じゃ、これ、履いて行くか」

老人は自分が履いている草履を示した。洪作は自分の下駄と老人の草履を交換した。

「あぶら足で汚くするなよ」

「大丈夫」

「困り者だ。何を急いでいるだか」

そんな声を背にして、こんどは本当に洪作は駈け出した。港町を脱けて、魚町にはいると、急に道は広くなり、人通りも多く、町にはいった感じになる。

宇田の姿は見えなかった。途中で多少の時間をロスしているにしても、宇田がそう早く歩こうとは思われない。魚町をぬけると、道は十字路になっている。宇田がどの道を通ったか判らないが、洪作は構わずまっすぐに歩いて行った。途中で宇田を捉《とら》えることができなかったら、直接宇田の家を目差せばいいと思った。

街に灯がはいった。薄暮の街に灯がはいると、いつも洪作は胸がきしむのを感ずる。それが今日は特に強かった。きゅうっと緊《し》めつけるように胸がきしんでいる。

宇田の家の門をくぐった時、洪作は丁度勝手口から出て来た夫人と顔を合せた。

挨拶《あいさつ》ぬきに洪作は訊《き》いた。

「先生はまだですか」

「あら、どうなさったの。あなたのところに行きましたのよ」

夫人は言った。

「会いました。寺で会ったんですが、先生がさきに帰ったんで、僕、あとから追いかけて来たんです」

洪作は幾つかに言葉をきって言った。駅のあたりから駈けづめに駈けて来たので、ひどく息切れがしている。

「どうして追いかけていらしたの？」

「先生を憤《おこ》らせたんで、謝ろうと思ったんです」

「あのひと、憤りませんわよ、めったなことでは」

「でも、さっき憤っていたでしょう」

「いいえ、憤ってなんかいなかったと思いますわ。お母さんからの手紙を早く読ませなければいかんと言って、散歩がてら出て行きましたのよ」

「そうかなあ」

「憤ってました？」

「と思うんです」

「見たいわ、憤った顔を。――たまには憤ればいいと思うのに、憤りませんのよ。一年に一回憤るかしら」

「じゃ、違うかな」

それはそれですんでしまったというように、

「御飯あがってらっしゃるでしょう」

「はあ」

「じゃ、お上りなさい」

「先生を見て来ましょう」

「いいわよ。子供ではあるまいし、もう帰って来ますわ。――それよりお風呂《ふろ》におはいんなさい」

「風呂ですか」

「丁度沸いたところよ。あなたにはいっていただいて、主人が帰って来たら、すぐ主人にはいって貰います。どうせ、御飯食べるなら、さっぱりして食べた方がいいでしょう」

「はあ」

「じゃ、そうしてちょうだい」

洪作は、半ば夫人から命令された恰好で、玄関の土間に、指物屋の老人の草履をぬいだ。

夫人がタオルと石鹼《せっけん》を出してくれた。洪作は風呂場に案内され、そこで上着を脱ぎ、シャツを脱いだ。小さい浴室いっぱいに風呂桶《おけ》が置かれてある。

洪作は風呂桶につかった。

「あつくありません？」

板戸の向うから、夫人の声が聞えた。

「丁度いいです」

洪作はのびのびと風呂につかり、ああ、宇田さんの奥さんはいいなあと思った。寄宿舎の風呂でも、寺の風呂でも、こうは行かない。

洪作がそろそろ風呂からあがろうとしている時、宇田の声が聞えて来た。

――なに、風呂へはいっている!?

洪作は手拭《てぬぐい》をしぼる手をとめて、宇田の声に耳をすました。

――ほう、風呂にはいっているか。

また同じような声が聞えて、あとは声を低くして何か言っていたが、

――あっぱれだ。みごとだ。見上げたものだ。

そんな感心しているのか、憤っているのか、簡単には決めかねる宇田の話し声が聞えている。

洪作は風呂場から出た。洋服は姿を消し、替りに浴衣《ゆかた》が置かれてあった。洪作は洋服の替りに浴衣を着ろということだろうとは思ったが、一応確かめてみる必要があるのを感じた。それで思いきって風呂場から居間の方へ、

「これを着ていいんですか」

と声をかけてみた。すると、

「どうぞ。――そこに浴衣があるでしょう」

そういう夫人の声が戻って来た。

洪作はいやにごわごわしている糊《のり》のついた浴衣を着た。浴衣というものを着るのは初めてである。いつか台北の母親から浴衣が二、三枚送られて来たことがあったが、その

まま行李《こうり》の中にしまい放しである。

居間にはいって行くと、縁近いところに宇田が坐《すわ》っていた。宇田は浴衣姿の洪作を見上げるようにして、

「いやに早手廻しだな」

と言った。

「はあ」

洪作は畳の上に坐ると、

「先生は、どの道を通って来たんですか」

と言った。

「ご挨拶だな」

「僕は先生を追いかけて来たんです」

「それは判っている。——なぜ追いかけて来た？」

「謝ろうと思ったんです」

「何を謝るんだ？」

「先生が憤っていたからです」

「憤りはしないよ。君に憤ったって始まらん。君に憤るくらいなら、その暇に他のことを考えるよ」

「はあ」

「憤りはせん」

「はあ」

「呆《あき》れてはいるがね。君のようなのをごくらく、、、、とんぼと言う」

「ごくらくとんぼ、ですか」

「聞いたことあるか」

「ありません」

洪作は実際にこんな言葉を耳にしたことはなかった。しかし、なんとなく意味は判るような気がする。

「人間というものは心に咎《とが》めることがあると疑心暗鬼になる。君にも、そういうものがあったんだろう」

宇田は立ち上ると、風呂場にはいって行った。洪作は宇田が入浴をすませるまで、縁側に坐っていた。夫人がビールを持って来て、栓をぬこうとするので、

「先生とご一緒にいただきましょう」

と、洪作は言った。

「もう出てまいりますわ、どうぞ」

「でも」

「構いませんわよ。案外遠慮深いんですのね」

夫人はビールをコップにみたしておいて、再び台所へ戻って行った。洪作は折角ついでくれたので、コップを取り上げた。縁側に坐って、浴衣がけでビールを飲むなどということは、ついぞないことである。こういうのを快適というのであろうと思った。

やがて、宇田も浴衣を着てやって来た。

「なかなか結構です」

洪作はそういう言葉で、いかに自分が満足であるかということを表現した。

「どれ、僕も貰おう」

宇田も縁側に坐った。

「どうだ、決心はついたか」

「は、なんの決心です？」

「なんの決心って、君、台北の両親の許に行くか、どうかということが、昼間から二人の間の問題になっている。君はそれについて考えてみると言って、どこかへ行ったと思ったら、そのまま居なくなってしまったじゃないか。もう決心はついたろう」

「はあ」

「どうする？　お母さんからの手紙を読んでどう思った？」

「はあ」

洪作はさっき寺の玄関の土間で、手紙をズボンのポケットに捩じ込んだことを思い出した。

「まだ読んでいません」

「どうして読まん？」

「いや、読みます。もちろん読みますが、その暇がなかったんです。いきなり先生を追いかけて来てしまったので、ほんとうに読む暇がなかったんです」

「手紙はどうした？」

「ズボンのポケットに捩じ込んであります」

「捩じ込むとは何だ。親の手紙を捩じ込んだのか。——風呂にはいったり、ビールを飲んだりして、結構だなんて言っている暇があったら、親からの手紙を読んだらどうかね」

多少、宇田の顔は気難しく歪《ゆが》んでいるように見える。夫人の言うところでは、宇田は一年に一回憤るか憤らないかだそうだが、その一年に一回のことが、いま起りかけているように見える。

「すみません」

「僕に謝ることはない。台北へ行って、親に謝りなさい、親に」

大体、状勢は不利に傾きつつあった。

食事の支度ができたという夫人の報《しら》せで、洪作と宇田は、未解決な問題はそのままにして、食卓に対《むか》うことにした。

「またスキ焼ですか、いいですね」

洪作が言うと、

「たまたま、君が来た時、スキ焼が重なったが、いつもスキ焼ばかり食っているわけではない。けちをつけてはいかん」

宇田は言った。洪作はこんどもスキ焼を御馳走《ごちそう》になれることで満足の意を表したつもりであったが、宇田の方はどうもそうとってはいないようである。

「先生って、確かに僻《ひが》みっぽいですよ。僕はけちなんかつけませんよ。絶対につけません」

洪作は言った。言うべきことは言っておく方がいいと思った。

「そうか、それなら、その点は謝る」

宇田は言った。

「そうですよ、けちなんかつけますか。ただで御馳走になるんですから」

「ただで御馳走になるとは何だ。ものの言い方を知らん奴《やつ》だ。——やっぱり、台北の両親のもとに行きなさい」

そこへ夫人がやって来て、

「お話、決りました?」

と、訊いた。

「台北行きのことですか」

洪作が返事をしかねていると、宇田が横から、

「それが、まだ決らんらしい」

と言った。すると、夫人が、

「大体、決るも決らぬもない問題なんでしょう。お母さんからお帰りなさいと言って来たんですから、いやでも何でも、お帰りにならなければなりませんわね。そうじゃありません?」

と言った。

「はあ」

「じゃ、そうなさいませよ。いいでしょう?」

「はあ」

「まあ、よかった。ではこれで決りましたわね。——お帰りになると決ったら、早い方がいいですわ。いつになさる?」

「はあ」

「まあ、お帰りになる日はあとで決めてもいいですわね。とにかく、そうと決ると、送

別会ですわね、こんばん」

「はあ」

「では、スキ焼はスキ焼として、別におさしみでもとって参りましょうか。送別会の恰《かっ》好《こう》をつけませんと」

夫人は言うだけ言うと、立ち上って行った。

「えらいものだね」

宇田が言った。

「女というものはえらいものだ。あっという間にひとりで決めちゃった。もうこうなったら、君、台北へ行く以外仕方ないだろう」

「はあ」

洪作は全く無抵抗になっていた。

「まあ、つごう、飲みなさい」

宇田が言ったので、洪作はコップを取り上げた。

「元気を出しなさい。いやに元気がなくなったじゃないか。しかし、もう決めてしまった以上、これだけは何ともいたし方ないことだ。もう、くよくよせんことだ。物事が決る場合は、いつもあっという間に決るもんだ。あれこれ考えていては決らん。——元気を出しなさい、元気を」

宇田はいつか優しくなり、洪作を慰める側に廻っていた。

「さ、つごう、飲みなさい」

「飲みます」

洪作は、しかし、あっという間に台北行きを決められてしまったことに、釈然としないものを感じていた。

「どうして、決ってしまったんでしょうねえ」

洪作が感慨を洩《も》らすと、

「どうして決ったか知らんが、もう考えないことだ」

「僕は返事はしなかったと思うんです」

「今更、そんなことを言ってはいかん。決ったものは決ったんだ」

その時、洪作の耳に半鐘の音が聞えて来た。

「火事ですね」

洪作が言うと、宇田も耳をすませていたが、

「そうらしいな。三つばんだから、そう近くもないが、そう遠くもない。行ってみるか」

と、腰を上げて、

「宵の火事はじき消えてしまうが、見ないよりいいだろう」

「じゃ、行ってみましょう」

二人は同時に立ち上った。宇田は玄関の戸に鍵《かぎ》をかけ、

「君、台所の方から出てくれ」

と、自分がさきに立って、台所の方へ廻った。洪作も指物屋の老人の草履を持って台所の方へ廻った。

戸外へ出ると、家の前の道を何人かの男が走って行く。近所の内儀《かみ》さんたちも路上に姿を見せている。

二人は男たちが走って行く方に歩いて行った。

「久しぶりの火事だ」

宇田は言った。

「火が見えませんね」

洪作が言うと、

「今日は風がないから火はまっすぐに上る。きれいだろう」

二人が駅のある方角に歩いて行くと、何となくざわざわしたものが路上に立ち籠《こ》め始めた。男や女が、うしろから走って来て、二人を追い越して行く。大人のあとから子供たちも走って行く。

「台北へ行く送別会の夜に火事とはね」

宇田の言葉で、洪作はまた台北行きのことが頭に戻って来た。

「冬の火事は、君、何となくものものしくて、いかにも火事場に駈《か》け付けるというところがあるが、夏の火事はいっこうに気分が出ないね」

宇田は言った。

「そうでしょうか」

洪作が言うと、

「そうじゃないか。こうしてぶらぶら歩いて行くと、縁日へ植木を買いに行くのと、さして変りはないよ」

そう言われてみると、なるほど縁日へでも行くような気持になって来る。

「もう消えたのではないでしょうか」

「どうして？　そんなことはあるまい。これからだろう」

「半鐘が鳴らなくなりました」

「いや、これからだ。いまひと休みといったところだ。——ほうれ、ごらん、鳴り出した！」

なるほど、また半鐘は鳴り出している。二人が駅の横手の木柵《もくさく》に沿って歩いて行くと、ふいに身近いところで、

「あら」

という声が聞えた。

「どこへいらっしゃるの」

暗いのではっきりと相手の顔は判《わか》らなかったが、宇田夫人であることだけは確かであった。

「ああ、おまえか。——火事だろう」

宇田は言った。

「火事を見にいらっしゃるの？」

「そんなつもりで出て来たんだがね」

「でも、遠いんですよ、千本浜の方ですって」

「そんなことはあるまい。もっと近い筈《はず》だ」

「いいえ、いま、そこで、誰か言っていました」

「そうか」

「家はどうして来ました？」

「玄関だけ閉めて来た。台所はあいてる」

「不用心ね」

「なあに、大丈夫さ」

「火は？」

「火は危くないようにして来た。スキ焼の鍋《なべ》を降ろしてやかんをかけて来た」

「お戻りになるでしょう」

夫人の言い方に命令的なものが籠められてあるのを、洪作は感じた。

「うん、ちょっと見て来て、すぐ帰る」

宇田は言った。

「千本浜まで行くんですか」

「わけはないよ」

「洪作さんは？」

「僕も先生と一緒に行って来ます。すぐ帰ります」

「だめ」

それから、

「洪作さんはだめ。戻って来ないつもりなんでしょう」

「そんなことはありませんよ。浴衣のままで出て来ています。洋服を置いて来てあります」

「そんなこと何でもないじゃありませんか。どうせ、昼間一度棄《す》てた洋服なんでしょう。——どうも逃げるつもりらしい」

宇田夫人は言った。

「さ、お帰りなさい。大体、学校の先生のくせに、火事見物なんて、みっともないわ」

夫人が、宇田にとも、洪作にともなく言うと、

「じゃ、帰るか、君、途中でみつかっちゃったのが不運だ」

宇田は洪作に言った。二人はそこから引き返すことにしたが、宇田は少し歩くと、

「また鳴り出した。さかんに鳴り出したよ。——どうする？」

いかにも残念そうに、足を停めた。

「だめですよ、だめ、だめ！」

夫人が宇田の体を押した。すると、宇田は仕方なさそうに歩き出したが、

「自分がせっかく行きたいと思う方に歩き出したのに、途中でそれをひとの意志で、捩《ね》じ曲げられてしまうということは、あまり気持のいいことじゃないね」

と言った。夫人は取り合わないで黙っていた。

「もう引き返しかけたから、このままおとなしく家に戻るが、本当は引き返すべきではなかったと思うね。あのまま行っていたら、今頃は火事場の近くに行っている。ついでに浜も散歩できた」

「勝手なことおっしゃってるわ。そんなに行きたかったら、行ってらしたらいいでしょう」

「今になって、何を言うか」

「まだ遅くはありませんわよ。——ほうら、また鳴り出した！」

夫人はそんなことを言った。どこかに夫をからかっているところがあった。

家に帰り着いた時は、もう半鐘の音はやんでいた。一時何となくざわめいた戸外も、すっかりもとの静けさを取り戻していた。

「さ、これから洪作さんの送別会よ」

夫人は言った。洪作は夫人の言葉で、またあまり面白くない台北行きのことを思い出した。

「そうだったな。洪作君の送別会か。よし、大いに飲もう、やけくそだ」

その〝やけくそ〟というのは、火事見物ができなかったことを言っているらしかった。

「何をぶつぶつ言ってらっしゃるの。男らしくもない」

夫人が言うと、

「そりゃ、多少浮かない顔もしているだろう。——なあ、洪作君、君だって浮かない顔をしている」

「はあ」

洪作が言うと、

「洪作さんは浮かない顔なんてしていませんわ。するわけがない。ね、そうでしょう」

「はあ」

「せっかく、決心したんですから、もう心をひるがえしたら、だめよ。わたし、あす、お母さんにお手紙書いてあげます」

「はあ」

洪作は仕方なく頷《うなず》いた。異性というものが苦手であることは判っていたが、これほど無抵抗にさせられようとは、ついぞ思ったことはなかった。

夏

洪作が沼津の生活を切り上げ、台北に行って、両親のもとで浪人生活を送る決心をしたのは六月の中頃であった。化学教師の宇田の勧めで、已《や》むなくそういうことになったのでもなかったし、宇田夫人から送別会を押し付けられてしまったからでもなかった。

金沢の蓮実から手紙が来た。

――受験勉強を金沢でするようにお勧めしたが、よく考えてみると、必ずしも最良の方法とは言えないように思う。よほど意志が強固であればともかく、そうでないと、却《かえ》って四高生ののんきな生活の影響を受けて、一緒になって遊び暮してしまう怖《おそ》れがある。と言って、今まで通り沼津に居ることもお勧めしかねる。この間、ほんの僅《わず》か生活の一端を覗《のぞ》かせて貰《もら》ったに過ぎないが、それから推して考えるに、今のような毎日を送っていたのでは、とうてい高校受験に合格するとは思えない。台北にご両親が居るということであるから、やはり台北に行って、ご両親の許《もと》で勉強した方が、受験勉強を充実したものにできるように思う。切に台北行きをお勧めする次第である。

それからまた、次のようなことも書かれてあった。

——台北行きはお勧めするが、台北へ行ったからといって、台北高校などを受験されては困る。台北行きをお勧めするのは、四高にはいって貰いたいからである。私の方からも、ご両親にはよく納得行くように手紙を差し上げるが、その点、本末顚倒《てんとう》することないように、意志強固であることを望みたい。

蓮実の手紙は大体こうしたことでつきていたが、別に大天井なる人物からの手紙が同封されてあった。初め、大天井というのは、何年も金沢で浪人生活をしている年齢《とし》とった受験生であった。初め、大天井という名を眼にした時は、いかなる人物か判《わか》らなかったが、手紙を読んで行くうちに、蓮実から聞いた豪傑であることが判った。

——相棒がひとりできたことを悦《よろこ》んでいる。だが、金沢へは来ない方がいい。来るとろくなことにはならぬ。俺はもう体中に金沢の苔《こけ》が生えてしまったが、いっこうに試験には受からぬ。まともな試験問題が出れば、俺などいの一番で合格するんだが、毎年毎年ろくな問題が出やあがらぬ。一年一年、問題の出し方がへたになり、くだらぬことばかり書かせやあがる。だが、俺も来年ははいる。今年は八月一日から勉強を開始するつもりだ。去年はスタートが少し遅すぎたが、今年は早くから机に向う。お前さんも、沼津などでごろごろしないで、早くおやじさんとおふくろさんのところへ行って、栄養のあるものを食って、そのエネルギーを勉強の方へ廻せ。ほかの方に廻してはいかん。蓮実が、お前さんは体が小さいが、〝おくりえり〟専門にやらせたら、ものになるだろうと言っていた。勉強して、四高にはいり、四高にはいったら、稽古《けいこ》にはげみ、大方の期待に応《こた》えよ。

大天井の手紙を読んで、洪作は驚いた。今までにこれほど不作法な、失礼極まる手紙を貰ったことはないと思った。神経というようなものはさらさら感じられぬ。ふざけて書いているわけでも、酔っぱらって書いているわけでもなさそうである。どうも大真面目《おおまじめ》に書いているとしか思われぬ。

蓮実から手紙が来た翌日、東京から一泊の予定で沼津に帰った木部が寺を訪ねて来た。木部も大天井の手紙にはすっかりどぎもを抜かれた風で、

「えらいものが舞い込みやあがった！」

と、背後にひっくり返った。そして、木部は両手を頭の下に敷いて、

「いずれにしても、文学とも、哲学とも無縁だな。受験勉強とも無縁だよ。お前、忠告通り台北へ行くんだな。お前なんか金沢へなど行ってみろ。ひどいことになる。大天井

はだしだよ。大天井以上になる。大天井が辞を低くして、お前の門を叩《たた》くようになる」

「多分にそうなりかねないな」

洪作は言った。

「自分で判ってるか」

「判らんことはない」

「いや、俺が判っているほどには、お前は自分というものが判っていない。大天井の方は、まだ頭のどこかに受験というものがひっかかっている」

「俺だって、ひっかかっている。毎日、とにかく参考書を開いている」

洪作が言うと、

「そりゃあ、ここに居るからだ。金沢へ行ってみろよ。そして、柔道をやりながら受験勉強しようなどと虫のいいことを考えてみろよ。お前なんて、全然だめだと思うな。いっさい勉強の方はお留守になるに決っている。お前は厭《いや》なことはしないで、好きなことばかりやるところがある。受験なんて、どうにでもなれといった気になって、柔道ばかりやる。お前は特別に育っているから、少し普通の人間とは違っている。——台北の両親のところへ行くんだな。俺も勧めるよ。蓮実大人が勧めるように、大天井親方が勧めるように、俺も勧める。ゆめ金沢に行って勉強しようなどと思うなよ」

木部らしく、冗談を装《よそお》った言い方だったが、どこかに真情が感じられた。それから木部は思いがけないことを言った。

「お前、ウーちゃんのところへ行ったそうだな」

と言った。ウーちゃんというのは化学教師の宇田のことである。

「うん、二回、御馳走《ごちそう》になってる。いいひとだぞ、あの先生。——金枝も、藤尾も、君も知らんが、なかなかできた人物だ」

洪作が言うと、

「冗談じゃないよ。——お前、ウーちゃんのところで送別会をして貰ったろう」

「よく知ってるな」

「知ってるさ。彼から俺のところへ手紙が来て、一度沼津へ来て、台北行きを説得してくれと言うんだ」

洪作は、その時、送別会事件以来、ずっと会わないようにしている宇田の顔を眼に浮かべていた。

「彼はお前のことを心配している。送別会までしてやったら、その時はその気になったらしかったが、ただそれだけのことで、あとはもとの木阿弥《もくあみ》らしいと書いてあった」

木部は言った。確かに、その通りであるに違いなかった。

「俺は何もお前に意見をしに来たんじゃない。ウーちゃんに頼まれたんで、そのことを伝えるだけの話だが、——まあ、台北へ行った方がいいだろうな」

「よし、行く」

洪作は言った。宇田がそれほどまでに心配しているのなら、彼の言うところに従わねばならぬと思った。

「よし、行く。行ってやる」

「威張るなよ。——いつ行く？」

「なるべく早く行く」

「行く日を決めておけよ。俺、ウーちゃんに返事しなければならぬ」

「そんなことを言っても、いまは決らん」

実際に台北行きが決定すると、郷里の伊豆の山村にも帰省しなければならなかった。二、三時間で行けるところに、親戚《しんせき》はたくさんちらばっていたが、考えてみると、もう一年以上、どこにも顔を出していない。母の実家もあれば、父の育った家もある。父方も母方も、両方とも、祖父母は健在である。伯父も伯母もたくさん居る。従兄弟《いとこ》となると、すぐには算《かぞ》えられぬほどの数である。とにかく伊豆半島の天城山の北麓《ほくろく》の狩野川沿いに、十軒以上の親戚がばら撒《ま》かれているのである。

いくらずぼらを決め込んでも、台北へ行くとなると、挨拶《あいさつ》だけはして来なければならぬと思う。黙って台北へ行ってしまったら、さぞ憤《おこ》ることであろう。親戚という親戚の家の人たちが、老いも若きも、男も女も、いっせいに喚《わめ》きたて、がなりたてることであろう。洪作はふとおかしくなった。

「何を笑ってるんだ。それにしても、不思議だな。みんながお前のことを心配している。蓮実なる人物だって、大天井だって、ウーちゃんだって心配している。俺まで心配し出したんだからな」

木部はそんなことを言って帰って行った。

それから二、三日して、洪作は台北の両親に手紙を書いた。何回も書き直した。台北行きの決心を伝えると共に、余分に金を送って貰わねばならなかったからである。何回書き直して読んでみても、台北へは行ってやるから、その替り余分に金を送ってくれというような文面になっていた。

六月の終りに、洪作は相変らず中学の小倉の夏服を着、無帽に下駄ばきといういでたちで伊豆の親戚廻りに出掛けた。いよいよ台北へ行くとなると、次はいつ帰省できるか判らないので、挨拶だけはしておこうという気持だった。それにまた台北へ行って、両親から伊豆の親戚の模様を訊《き》かれた時、何ひとつ返事ができないのでは困るので、そのためにも何軒かの親戚に顔出しをしておく必要があった。

鞄《かばん》は持たなかった。手拭《てぬぐい》は腰に吊《つる》し、歯ブラシはハンケチに包んで、上着のポケットに入れた。三島から大仁《おおひと》行きの軽便鉄道に乗った。三島には大社前に中学二年のころ一時期世話になった伯母の家があったが、この方はあと廻しにして、一応ほかの親戚を廻ることにした。三島の伯母の家が一番敷居が高かった。何度呼び出しがかかって来たか判らなかったが、一度もそれに応じたことはなかった。伯母はすっかり腹を立てているに違いなく、去年の秋あたりからは、呼び出しもかかって来なくなっている。

三島から軽便鉄道に乗り、一時間ほどで大仁駅に降りる。大仁から下田行きのバスに乗る。バスに乗ると、いきなり郷里の匂《にお》いが立ち籠《こ》めているのを感ずる。郷里の村人と同じ顔が、郷里の村人と同じ訛《なまり》で話している。

洪作は、いつもこの郷里の匂いを嗅《か》ぐと、懐《なつか》しいと思う気持より、肩身狭い妙に不安な気持に襲われる。別に郷里に対してうしろ暗いことがあるわけでもないが、何となく心重いのである。中学の三年生頃までは、このバスに乗ると、心は郷里の土を踏めるという悦びで弾んだが、それ以後は次第に鬱陶《うっとう》しくなっている。

「あんた、湯ケ島の洪作さんずら」

ふいに女の声がかかった。ぞうっと悪寒《おかん》が洪作の全身を貫いた。これだから、このバスに乗るのは厭だと思った。

「そうです」

洪作は、その声の主の方へ顔を向けた。意地の悪そうな顔をしている五十ぐらいの女である。

「そうずらが。どうも、そうじゃねえかと思った。ごまかそうと思ったって、そうやすやすとはごまかされんぞ。大きくなったな、あんた。ちっとも顔を見せんじゃないかい。沼津に居るずらが、どうして顔を見せん」

洪作は黙っていた。車内の客の眼がいっせいに洪作に注がれている。相手は憤っているわけではなかった。親愛の情をこのような言い方で表現するのである。

「大きくなったな、立派な若い衆だ。もうそろそろ嫁さんが欲しかんべえ」

冗談じゃないと、洪作は思った。それにしても、このような顔には見覚えはなかった。同じような顔はいくつでも思い出せるが、ぴったりとこれに当てはまる顔は記憶にない。

するとと、別の声が、洪作の背の方で聞えた。

「あんた、湯ケ島の、おうらの坊か」

「そうです」

洪作はその方へ顔を向けた。こんどはすっかり体が小さくなっている老人である。この顔も見憶えがあるような、ないような、はっきりしない顔である。

「いま、どこにいなさる」

「沼津です」

「中学か」

「そうです」

「いつ卒業する？」

「この春、卒業しました」

「そうか。お父さん、お母さんは、いまどこに居なさる」

「台北です」

「ふーむ。遠いところに居るもんだな。あんた、ずっと両親と離れて育ったんだったな」

「そうです」

「おぬい婆《ばあ》さんに育てられたのは、あんたか」

「そうです」

「おぬい婆さんが亡《な》くなってから何年になる？」

「六年です」

「もう、そうなるか。じゃ、今年か来年が法事だな、もう故人になっているから言ってよかんべえが、気の強い婆さんじゃったな。気が強いくらいだから、若い時はべっぴんじゃった。――そうか、あんた、湯ケ島の、おうらの坊か」

老人は最初口から出した言葉をもう一度言って、それで口を噤《つぐ》んだ。言うだけ言ってしまって、もう言うことがなくなってしまったといった恰好《かっこう》だった。

バスは狩野川に沿った下田街道を、白い砂塵《さじん》を上げて走っている。停留所はやたらに多い。少し走ると、停留所があって、どこにも客の姿は見えないが、それでもバスは几帳面《きちょうめん》に停って行く。

「洪作さんや」

さっきの女がまた声をかけて来た。悪寒がまた洪作の体を走った。

「あんた、中学へ行っていて、月々いくら親から仕送り受けとるか」

「知りません」

「知らん？　まあ、豪勢なことを言っとるぞ、この若い衆は」

「本当に知らんです。要るだけ三島の親戚から貰っている。いくら親戚へ送って来ているか知らん」

洪作は言った。実際に三島の伯母から貰っていたのは三年までのことで、あとは直接に台北から送金して貰っていたが、洪作は事実を曲げて答えたのである。送金額を口にするのが厭だったからである。

「親戚へ送っているって、そりゃ、危ねえもんだ。ちょろまかされても、あんた、判らんだろが」

洪作は、どこでもいいから次の停留所で降りようと思って、降車口の方へ移動して行った。

次に停ったところで、洪作はバスから降りた。どこか判らなかったが、バスの中でくだらないことを話しかけられるより、歩く方がよかった。下車して判ったことであるが、郷里の湯ケ島より一里ほど手前の月ケ瀬という集落の外れだった。注意しなければならぬのは、この集落に親戚が二軒あることだった。一軒は農家で、一軒は造り酒屋だった。どちらも街道に沿って家が建てられてある。どうせ、いつか顔出しをしなければならぬが、ひとまず湯ケ島の母の実家に落着いて、その上のことにした方がいいと思う。

洪作は、その二軒の親戚の前を足早に通り過ぎた。幸い誰も道には出ていない。

月ケ瀬から門《かど》ノ原《はら》という集落にはいる。ここにも一軒ある。父親の実家である。この親戚が、洪作にとっては一番の鬼門であるが、家は街道からずっと奥に引込んだ山際《やまぎわ》にある。この方は別に用心しなければならぬことはない。よほど運が悪くなければ、まず家の人と顔を合せることはない筈《はず》である。

洪作は門ノ原の集落のまん中を走っている下田街道を歩いて行った。道には全く人影がなかった。洪作の下駄の音が、集落のはしを流れている狩野川の川瀬の音にまじって響いている以外、なんの物音も聞えていない。ひどくしんとした集落である。

洪作はその集落を脱けたところで、道から少しはいったところにある駄菓子屋にはいって行った。ラムネを飲もうと思ったのである。

「ください」

店先で、洪作は奥に向って叫んだ。

——はーい。

そういう返事と一緒に、

——じゃ、わたしはこれでごめん蒙《こうむ》りますよ。

そんなことを言いながら、小柄な女が出て来た。瞬間、洪作は店から外に後退《あとずさ》りした。伯母に違いなかったからである。

伯母は店から出て来ると、洪作の方に視線を投げたが、そのままそこに立ち停っていた。洪作も伯母の方へ顔を向けたまま突っ立っていた。ずいぶん長い時間が経《た》ったような気がする。伯母は近寄って来て、ひどくひんやりとした低い声で、

「あんた、洪作じゃないかい」

と言った。

「伯母さん」

仕方ないので、洪作は名乗りをあげる替りに、相手に声をかけた。すると、伯母は少しも動じないで、前と同じような低い声で、

「あんたが洪作なもんかね。たぶらかそうと言っても、その手にはのりませんよ。洪作が門ノ原の伯父さんの家をす通りして行くようなことがありましょうか」

最後ににやっと笑った。おはぐろの黒さが、伯母を鬼の面にしている。伯母はさっさと歩き出した。洪作はそのあとについて行くほかはなかった。

洪作は小さい伯母の体をうしろから眺めながら歩いて行った。内股《うちまた》にちょこちょこ歩いて行くが、一歩一歩の歩幅が狭いので、あまり早くは進まない。洪作は時々立ち停っては、伯母との距離を調整しなければならない。

それにしても、みごとな黙殺ぶりだと、洪作は思った。駄菓子屋の前からだらだら坂を上り、街道に出、何軒かの農家の前を過ぎるまで、一度も振り返らない。自分のうしろを洪作がついて歩いていることを知らない筈はないのであるが、まるで、そんなことは知らないかのような歩き方である。

街道から小道にはいったところで、伯母は足を停めた。向うから近所の内儀《かみ》さんが荷車をひいてやって来たので、道をよけてやるためである。

「どこへ行くんか。くるまなど引っ張って」

伯母は相手に声をかけた。

「まきをとりに行って来ますだ」

内儀さんが答えると、

「なんにしても、精が出るこっちゃ。いい若いもんが、学校へも行かんと、のらくらしている世の中に」

伯母は言うと、すぐまた歩き出した。洪作はうんざりした。これだから、この伯母は嫌いだと思った。

それにしても、伯母と顔を合せたとたんから、伯母のあとをついて歩き出さねばならぬということはどういうことであろうか。まるで綱をつけられて引っ張られて行くようなものである。第三者には、艀《はしけ》が汽船でも引っ張って行くように見えるかも知れない。

伯母は道を二つ折れ、自家の山茶花《さざんか》の生垣のところへ出た。そして土蔵の横手を通って、前庭へはいって行く。洪作もそのようにした。

母屋から伯父が出て来た。伯父は珍しいものでも見るように、洪作の方に眼を当てていたが、誰にともなく、

「洪か」

と、低い声で言った。すると、

「洪か、洪でないか、知らんが、菓子屋の前で拾って来ました。大方、己が父親の出た家が門ノ原にあることを忘れてしまったのでしょう。わしがたまたま菓子屋に居たからいいようなものの、わしが居なかったら、門ノ原をすず通りして行ったに違いない」

それから、

「のう？」

と、相槌《あいづち》を求めるように、初めて洪作の方を振り返った。振り返った伯母の口許《くちもと》に笑いが走ったが、洪作にはまたそれが鬼の面のように見えた。

伯父の方は、伯母に話すだけ話させておいてから、おもむろに口を開いた。

「拾った方はいいとして、拾われた方の身になってみな。――迷惑だに」

確かに迷惑だった。

「伯父さん、少し肥《ふと》りましたね」

洪作は言った。適当な挨拶の言葉を思い付かなかったので、当り障《さわ》りないことを口から出したのである。

「肥った!? 肥ったのはこの春からで、去年の秋は痩《や》せていた。夏から患《わずら》ってな」

伯父は言った。しまったと思ったが、もう遅かった。果して、伯母が言った。

「洪が知っとりますかな、そんなこと。伯父さんが痩せようが、肥ろうが、なあんにも知らん。それはその筈でしょうが、この家のことなど、すっかり忘れてしまって、わしに会ったからいいようなものの、会わなかったら、ここに来る道も判《わか》らんに決っとる」

するとそれを受け取って、

「ここへ来る道は忘れても、わしが患ったことぐらい知っているだろう」

「なにを知っておりましょうに。この家に寄り付かなくなって、何年になるだか」

何年という言い方はひどいと思ったが、洪作は黙っていた。

「いくら寄り付かんでも、わしの方からは手紙を出してある。病気したぐらいは知らせてある」

「ほう、病気を知らせてある!? それじゃ、洪も伯父さんの患いを知っていたわけですかいな」

「知っていたか、知らんか、そこまではひとのことだから、わしにも判らん」

「でも、あんたの方は手紙を出したでしょうが」

「手紙は出しても、先方が読まんということもある」

「いくらこの世がひろくても、伯父さんから来た手紙を読まんような者はありますまい」

「ないと考えるのが普通だが、今のような末世になると、ちょこちょこそんなのが出て来る」

「まさか」

「いや、ほんとだ。時たま出て来る」

「あんたの甥《おい》からは、そんなのは出ますまい」

「そりゃ、わしの甥からは出んじゃろう。出たら一家一門の名おれだからな」

伯父と伯母のまるで二人だけで話しているような、一種独特のひっそりしたやりとりを洪作は拝聴していなければならなかった。伯父に肥ったと言っただけで、これだけの反響があったわけである。うっかり不用意なことを言うと、たいへんなことになる。

「なにせ、珍しい客人だから、ぼた餅《もち》でも作ってやんなさい」

伯父は初めて伯母とのやりとりを打ちきって、洪作の訪問を認めるような言い方をし

た。すると、伯母の方も多少浮き浮きした口調になって、

「変なものを拾って来たお蔭《かげ》で、この伯母さんも忙しくなる。拾って来れば、棄《す》ててもおけない。——ぼた餅はあすかあさってにして、きょうはすしでもつくりましょう」

と言った。こういうところは伯母の抜目のないところである。どうやら一泊では自由にして貰《もら》えそうもない。

洪作は逃れられぬものと覚悟を決めた。どうせ囚《とら》われの身となってしまった以上、いくらじたばたしても同じことである。

「二晩泊めて貰います。今晩とあすの晩、土蔵の二階に寝せて貰って、あさって帰ります」

洪作は言った。初めから帰る日をはっきりさせておいた方が無難である。

「あさって、どこへ帰る？」

伯父は言った。

「湯ケ島へ行って、湯ケ島で二泊し、それから沼津に帰って、台北行きの支度をします」

「台北へ行くんか」

「沼津に居るより、台北に行った方が勉強できると思うんです」

「そんなことは、初めから判りきったことだ。——そうか、台北へ行くんか。そう決心

したんだな」

「そうです」

「まあ、それはよかろう」

するとと、伯母が横から、

「調子のいいことを言って！　――伯父さんや、騙《だま》されんとおきなさいよ」

それから、鬼の面はにやっと笑って、

「二晩と言わずに、三晩でも四晩でも泊って行って下され」

「そうはしていられないんです。本当に台北へ行くんです」

「行ったらええが、どこの台北だか知らないが、どうぞ随意に行かっしゃれ」

伯母は言った。伯父も苦手だが、伯母の方が一層苦手である。身から出た銹《さび》だから仕方ないが、信用というものが全くない。

「じゃ、台北へ行くとなると、当分先祖の墓詣《はかまい》りもできんことになる。あすでも墓地を掃除しなさい」

伯父が言った。

「何でもします」

「盆前にいつもわしが掃除するが、今年は洪にやって貰おう」

「やります。今からでもいいです」

「今日は土蔵の方をやらんと」

「土蔵も掃除するんですか」

「自分が寝るところだ。きれいに掃除して、さっぱりして寝なさい」

いずれにせよ、こうなったからには、土蔵の掃除と、墓地の掃除は逃れられぬところである。

「じゃ、これから土蔵の掃除をしましょう」

洪作が言うと、

「なにも、そう、門ノ原に来たからと言って、まめなところを見せんでもいい。家へはいって、お茶でも飲みなさい。口に合わぬお茶だろうが、飲んで下され。家にも上げんと、土蔵や墓の掃除させたとあっては、台北の両親から恨まれましょうが。さ、家にはいんなされ」

伯母は母屋《おもや》の中にはいって行った。洪作もそのあとに続いた。

洪作は門ノ原の父方の伯父伯母の家で、久しぶりに神妙な三日間を過した。うっかり変なことを言うと、すぐ伯父伯母独特の皮肉が、時にはやわらかく、時にははっとするほど痛烈な鋭さをもって飛んで来た。食事をする時も、お茶を飲んでいる時も、気を許すことはできなかった。

しかし、伯父と伯母とが取り交す独特な味をもった会話の中に身をさらしていると、やはり肉親の愛情の中に身を置いているということも感じないわけには行かなかった。針はちくちく洪作の全身を刺していたが、それでいて、どこかに労《いたわ》りもあれば、叱責《しっせき》もあり、説諭もあった。

洪作は最初の日、かび臭い土蔵の内部を掃除し、自分が使う寝具を取り出して、それに日光を当て、その夜は早く寝、翌朝は八時の朝食前に起きなければならなかった。

二日目には墓地の掃除をした。ここの墓地へ来たのは二度目であった。水汲《く》みも、草むしりも、墓地に通じている路地の清掃も、みなひとりでやった。

洪作が墓地の掃除をした二日目の夕方、伯父は墓地へやって来て、

「なかなかきれいになった。墓の掃除をすることは、何とも言えず気持いいものだ。どうだ、墓掃除の気持いいことが判ったろう」

と言った。

「はあ」

と、洪作が返事をすると、

「ついでに、あすももう一日やって貰おうかな」

冗談ではないと、洪作は思った。

「もう、これでやることはありません。一応、これで掃除は終りました」

洪作が言うと、

「ほら、この石垣が危くなっている。前から人手を入れなければならぬと思っていたが、ついでにこれもやって貰えると、たいへん有難いんだが」

伯父が視線を落しているところは、上の段の他家の墓地とを境している石垣である。石を二、三列に積んである石垣とも言えぬような石垣であるが、なるほど崩れかかっている。しかし、これを積み直すとなると、完全にこのために一日の労働が必要だろう。

「お前ひとりで手に負えぬとなれば、わしも手伝う」

「いや、僕ひとりでやります」

洪作は言わざるを得なかった。実際問題として、伯父に手伝って貰っても何の役にも立たないことは明らかであった。

墓地の石垣の石積みのおかげで、洪作は二泊の予定を三泊にした。

三日目に、洪作が顔も手もまっ黒にして、石垣の石を崩したり、積んだりしていると、伯母が弁当とお茶を運んで来た。

伯母は墓地にはいってくると、

「あれさ、ご先祖さんがきもをつぶしてござらっしゃろうに。洪が掃除をしてくれた！　箸《はし》のほかには重い物を持ったことのない洪が、草をむしったり、石垣を直したりしてくれた！　ご先祖さんはおったまげて、恥しそうな顔をしてござらっしゃることずら」

伯母は言った。洪作が汗を拭《ぬぐ》って、煙草《たばこ》に火をつけると、

「そうしていると、いい若い衆だ。台北へなんかやるのは勿体《もったい》ない。いつまでも門ノ原に居て、村中の墓の掃除をして貰いたいくらいだ」

「冗談じゃありませんよ」

洪作が言うと、

「さぞ、伯父さん、伯母さんを恨んでいることずら。ちゃんと顔に書いてある」

伯母は笑った。

「別に有難いとも思っていませんが、恨んでもいませんよ。――台北の両親の替りだと思えば、まあ、当然なことですからね」

「あれ、うまいこと言うとる」

「本当にそうだと思うんです」

「じゃ、あすも一日やって貰いましょう。まだやって貰いたいところがある」

「いや、もう断わります」

「それ、みなさい」

伯母はさもおかしそうに笑って、

「もう二度と、門ノ原には来ないと思っているでしょうが、でも、これで伯父さん、伯母さんは、お盆のお墓詣りの時、洪がこんなにきれいにしてくれましたと、ご先祖さん

に報告できる。親戚中で持て余している子が、こんなにきれいにしてくれましたと申し上げることができる」

「親戚中で持て余していますか」

洪作は訊《き》いた。聞き棄てならぬことだったからである。

「伯父さん、伯母さんはそう思っておらん。どうして、そんなことを思いましょうに。――ちっとも寄り付かぬが、なかなかいいところのある坊だと思っている。小さい時から親から離れているので、少しは面倒みてやろうと思っているのに、本人はまことにいい気なもんで、いっこうにそんなことは考えぬらしい。人間というものは、それぞれ持って生れた気性というものがあって、どうにもできぬものらしいが、それにしても、ごくらくとんぼというものは困りもんだ。つける薬がない。――これは、この伯母さんがいい、いい、いいことではなくて、伯父さんが言ったことだ。――伯父さんはいい人だ。伯父さん言ったことを大切にせんと、洪や、罰があたるぞ」

伯母は言った。ごくらくとんぼと言われたのは二回目である。

伯父伯母の家に三泊したあと、洪作は門ノ原から湯ケ島に向った。一里足らずの道なので、下田街道を歩いた。丁度午《ひる》刻下りの時刻で、少し歩くと汗ばんだ。上着を脱いで肩にかつぎ、ランニング・シャツ一枚の恰好《かっこう》になった。門ノ原から湯ケ島までの間には親戚《しんせき》はないので、どんな恰好をしても平気だった。

湯ケ島には親戚が何軒か固まってある。一番の親戚は母方の祖父母の家である。洪作の母はそこの長女として生れているので、これ以上血の濃い親戚はないわけであった。洪作は幼少時代を、湯ケ島で過したが、と言って、この祖父母の家で生い育ったわけではない。祖母ぬいと、母の実家より少し離れたところにある土蔵に住んでいたのである。洪作はぬいを〝おばあさん〟と呼んで、二人だけで土蔵に暮していたが、村人は洪作の〝おばあさん〟のことを〝おぬい婆さん〟と呼んだ。面と向っては〝おぬいさん〟と言っていたが、蔭では〝おぬい婆さん〟と、多少冷たい呼び方をしていた。その頃はとうに曾祖父《そう》は亡《な》くなっていたが、とにかくその曾祖父の囲い者であり、半島の突端部の下田からこの村にやって来て、曾祖父の歿後《ぼつご》も、この村に住み着いてしまった女性であったので、彼女に対する村人の眼が温かかろう筈《はず》はなかった。

ぬいは、若い頃曾祖父の愛情を独占したくらいだから、小柄ではあったが、田舎には珍しい整った顔立ちをしていた。いつも小綺麗《ぎれい》に身づくろっており、立居振舞もきびきびしていた。

封建的な物の考え方で固まっている田舎で、しかも本妻一家が眼と鼻のさきに居る同じ部落で、村人の冷たい視線を浴びながら、一生を過したのであるから、当然のこととして、性格は強かった。彼女は他郷からやって来て、敵ばかり居る村で、曾祖父の愛情をただ一つの頼りとして生きたのである。よほど性格が強くなければ、こうした生き方は考えられない。

洪作が彼女に引き取られた頃は、曾祖父が亡くなってから十年ほど経《た》っていた。そして洪作が小学校三年生の時に、本妻である曾祖母も亡くなった。八十歳近い高齢の他界であった。曾祖父も曾祖母も亡くなって、彼女はひとりになった。愛も憎も、彼女の周囲に於《おい》て、それなりの落着きを持つことができた。

曾祖父が亡くなる時、彼女のひかげ者としての一生の代償として、曾祖父が彼女に為《な》してやったことは、分家として一家を樹《た》てさせ、自分が可愛《かわい》がっていた孫娘、つまり洪作の母親を戸籍の上で彼女の養女にするということであった。そして当時新築した家と屋敷とが与えられた。与えられたといっても、その名義は、ぬいではなくて、洪作の母親になっていた。曾祖父は別に自分の亡きあと、彼女が困らないだけの金を彼女に与えたと噂《うわさ》されたが、どれだけの額が与えられたかは誰も知らなかった。たくさんの金が与えられたという噂もあれば、結局は何も与えられなかったという噂もあった。

いずれにしても、ぬいが確実に得たものは曾祖父と同じ姓を名乗ることを許されたという一事でしかなかった。住む家と屋敷はあったが、自分の養女ということになっている洪作の母親の物であった。一物といえどもぬいの自由にはならなかった。

そうした境遇のぬいの許《もと》に、洪作は預けられ、充分大切にされ、可愛がられて育ったのである。

洪作は集落の入口にある橋を渡った。いよいよ幼少時代を過した郷里に帰って来たという思いが、いきなり洪作の胸を締め付けて来た。

下田街道から旧道にはいる。道はかなり急な坂になっている。

「おや、まあ、珍しい。洪ちゃじゃないか」

向うから来た農家の内儀《かみ》さんが立ち停った。

「あんた、大きくなったな。見違えてしまうが、ひげまで生やして」

洪作は手を頬にやって、

「ひげなんて生えていませんよ」

と言った。抗議すべきことは抗議しておかないと、村中にデマが流れる怖《おそ》れがあった。

もう一人が立ち停った。これは鍛冶《かじ》屋の老人であった。この方はしげしげと洪作の顔を見守っていたが、

「これは、これは、おくらの若旦那《だんな》さまでございますか」

と言った。土蔵に住んでいたので、〝おくらの〟と言われても不思議はなかったが、若旦那の方は困った。若旦那と言われたのは、生れてから初めてのことである。若旦那にふさわしい恰好はしていない。ランニング・シャツ一枚である。

「そうですか。お墓詣りに来なすったか。それは、それは、婆《ばあ》ちゃが悦《よろこ》ぶことでござい

ましょう。今ごろ、墓の中で、背のびして、こっちを見てござらっしゃいましょう。そうですか。それは、それは、感心なことでございます。お墓詣りですか。そうでございますか。婆ちゃが、墓穴から出て、今ごろ墓地の坂をまろび降りてござらっしゃいましょう」

洪作はびっくりした。老人が勝手に墓詣りのための帰省と決め込んで、べらべら変なことを喋《しゃべ》り出したからである。それにしても、おぬい婆さんが墓の中で背のびしているとか、墓地の坂をまろび降りているとか言われると、実際そんなことでもしていそうに思われた。言うことに、妙に実感があった。

二、三人駈《か》けて来た。近所の内儀さんたちであった。早くも洪作の来たことを知ったらしく、駈けながら着物の襟《えり》を合せたり、首に巻いている手拭をとったりしている。これだから、郷里というところは苦手である。

「いま、おばあちゃんには報《しら》せました。よく来なさった。お忙しいのに」

一人が言った。別に一刻も早く自分が来たことを祖母に報せなければならぬ理由はなかった。しかし、報せていけないということもないので、咎《とが》めだてするわけには行かなかった。

「別に忙しくはありません」

洪作は言った。

「いま、どこに居なさる？　もう大学は卒業しなすったか」

内儀さんの一人が言った。

「まだです」

「まだですと、何と長いことずら」

「まだ中学を出ただけですよ、これからです」

「うまいこと言って。大方、もう豪《えら》い役人になったんだべ」

そう簡単には行かないと思った。洪作は歩き出した。みんながあとからついて来た。

家の前に祖母は出迎えていてくれた。まだ六十歳そこそこの年齢だが、腰は少し曲り始めている。

「おばあさん」

洪作が声をかけると、

「洪か。あんたが来たと隣から報せがあったが、まさかと思ったら、やっぱりほんとだった。けさがた、あんたの夢をみて、みんなに話していたところだった。見たところ患《わずら》ってもいなさそうだし、五体も満足らしい。結構なことだ」

祖母は言って、それから洪作のあとについて来た近所の内儀さんたちに、

「お忙しいに、有難うございます。おかげで洪も帰って来ました。——さ、どうぞ、上って、お茶なと」

それから、さ、どうぞ、さ、どうぞ、と、みなに土間にはいるように勧めた。二、三人が玄関の土間にはいった。祖母は台所と玄関を二、三回往復して、お茶と茶菓子を運んだ。

「なんにしても、おめでたいことです。立派に成人して、洪作さんが帰らしゃった。ばあちゃも、ひと安心なことでごぜえます」

そんなことを言う者もあれば、

「どうも、虫の報せか、洪作さんが今日あたりやって来るんじゃないかと思ってましただ。そしたら、あんた、用足しに家の前に出たとたん、向うから洪作さんがやって来るじゃありませんか。きもをつぶしただ」

そんなことを言う者もあった。勝手なことを言っていやあがると、洪作は思った。

近所の人たちが引き揚げて行くと、祖母は仏壇に燈明《とうみょう》を上げ、その前で何かぶつぶつ言っていたが、それが終ると、

「おじいさんという人は、若い時から、大事な時は、いつも姿を見せていない人だった。洪が帰って来たというのに、一体、どこをほっつき歩いていますことだか」

と、ひとり言のように低い声で言い、それからサイダーをとりに井戸端に行った。

洪作は畳の上に仰向けに寝転んでいた。沼津ではめったに寝転ぶことはなかったが、郷里の祖父母の家に来ると、寝転んでいるのが一番自然である。

「おばあさん、今日は御馳走《ごちそう》は要らないよ」

洪作はサイダー罎《びん》とコップを運んで来た祖母に言った。いまの祖母の頭は、いかなる御馳走を作るかで混乱しているに違いなかったからである。

「なにを、洪が帰って来たからと言って、御馳走なぞを作りましょうに」

口では言ったが、

「おじいさんという人は、いつでも使いに行って貰《もら》おうと思う時には、家に居たためしはない。困った人だ」

祖母は洪作に付合って、サイダーをひと口飲むと、すぐ忙しそうに立ち上ろうとした。

「どこへ行くの？」

「ちょっと、そこまで」

「何か買いに行くんだろう、僕のために。まあ、いいから、坐《すわ》っていなさいよ」

洪作は言った。

そこへ、祖父がやって来た。背が低く、顔は酒やけして、鼻が少し赤くなっている。

祖父は洪作を見ると、

「洪か。ろくなものも食べていまいに、よく肥《ふと》ってるな。頭も体もだめな者もあるが、お前の方は仕合せなことに、体の方はよさそうだ」

と言って、

「ひと休みしたら、風呂《ふろ》に水をくんで貰うべ」

すると、祖母は、

「いいじゃありませんか。洪はいま来たばかりだ。今日一日は、あんた、お客さまですが」

と言った。

「お客さま!?　とんだお客さまがあったものだ。中学を卒業したというのに、郷里にも帰らんと、――先生に心配かけ、寺の人にも心配かけ、台北の親にも心配かけ、このわしにも心配かけ、――本来なら、出て行けと言うところだが、出て行けと言ったら、ほんとに出て行ってしまうに違いない。出て行けと言うこともできん」

「うふ」

と、洪作は笑った。

「おじいさん、僕のことを心配していたのか」

「なんだと、心配せんと思っとったのか。ばかもん」

「そりゃ、少しぐらいは心配しているだろうと思っていた」

「そう思ったなら、なぜ顔を見せん」

「だから、今日帰って来たじゃないか」

「なににしても、ろくでなしめが。――ばあさん、ビールを冷やしておきなさい。ろくでなしでも帰って来たとあれば、ビールぐらい飲ませねばならぬ。もの要りなことじゃ」

「うふ」

「何がおかしい？」

「ビールは自分が飲みたいんじゃないか」

「そりゃ、わしも飲みたい」

祖父は言った。祖父はいかなる言葉を口から出す時でも、苦虫を嚙《か》みつぶしたような顔をしている。あらゆる商売に手を出し、そのすべてに失敗し、いまは何もしないで暮している。祖母に言わせると、祖父が何もしないでぶらぶらしている時が、生活が一番らくだというから不思議である。

祖父の苦渋そのものの顔も、失敗続きの過去の生活から来たものであり、祖母のあらゆることに耐えしのび、何事も自分が悪いのだと思い込む性格も、過去の生活から来たものである。祖父は失敗すれば失敗するほど傲慢《ごうまん》になり、祖母は反対に気弱く善良になって行ったのである。

洪作は背戸の井戸端の据え風呂に水を汲《く》みこむ作業に従事した。もとは釣瓶《つるべ》井戸だったが、二、三年前にポンプ式の井戸にかえたので、風呂の水汲みはすっかりらくになっている。

風呂桶《おけ》に水が満たされると、あとは風呂沸かしの作業にとりかかる。焚口《たきぐち》に薪《まき》を投げこんでおいて、あとは煙草をくわえて、そこらをぶらぶらしている。

洪作が風呂を焚《た》いていると、時々祖母が姿を見せて、

「たまに帰って来たのに、ご苦労さんなこっちゃ。おかげで、じいちゃも、ばあちゃも、らくをして風呂にはいれる」

そんなことを言った。

「風呂を焚くなんて、何でもないよ。門ノ原では、二日間、墓場の掃除をやらされた」

洪作が言うと、

「何も、墓場の掃除までもやらせなくていいのに。因業《いんごう》なこっちゃ。あそこの伯父さん、伯母さんは、一体洪のことを何と思っているずらか。うちのおじいさんにしても同じだ。洪が寄り付かなくなっても当り前だ。勉強しなければならん身が、風呂を焚いたり、墓場の掃除をしたり、——誰が寄り付きましょうに。——いたわしいことじゃ」

祖母は言った。いかにもいたわしくて堪らぬといった顔をしている。心からそう思っているのである。

一度祖父も井戸端に顔を見せた。洪作が門ノ原に三泊して来たということを祖母から聞いたらしく、

「墓場の掃除をしたと？　さすがは門ノ原の伯父さん、伯母さんだけのことはある。あ

の夫婦も、人の顔さえ見れば愚痴ばかり言って困り者だが、墓場の掃除をさせたとは大出来だ。——それにしても、お前、門ノ原に先に顔を見せたんか。ちょっと順序が逆じゃないか。——門ノ原はお前の父親の出た家には違いないが、父親はこっちに聟《むこ》に来た人間だ。こっちの家の人になっている。——お前は郷里に帰ったら、まずこの家に来て、その上で暇があったら、門ノ原の方に顔出しすればいい。まあ、そういった関係だし、それが順序というものだ。あの夫婦にも困り者だ。ばか者！」

最後の〝ばか者〟は、門ノ原の伯父、伯母に向けられたものか、洪作に向けられたものか、はっきりしないところがあるが、恐らく両方に対して言われたものなのであろう。

「おじいさん、こんど台北に行くことにした」

洪作が言うと、

「台北に!?」

祖父は急に真顔になった。

「台北に行くんだと？　子供が両親のもとに行くのは一番自然なことだ。そう決心したとあれば、それに越したことはない。そりゃあ、いい、いいことだ」

いかにもほっとしたような顔をして、

「何にしても、それはいい、いいことだ。お前のところは、父親も母親も少し変っとる。父親、母親が変っとるくらいだから、子供のお前も変っとる。考えてみな、どこの世界に親と子が何年も離れて住んでいるかよ。離れて住んでいて、互いにさして会いたいという気持も起さんというのだから、不思議なことじゃ。奇妙きてれつじゃ。――ばあさん」

最後の〝ばあさん〟は大声で怒鳴った。そして祖父はそのばあさんに報告するつもりらしく、母屋《おもや》の方へ、せかせかと歩いて行った。

洪作は自分が沸かした風呂にまっさきにはいった。野天風呂の気持よさは久しぶりのことである。

祖母が時々やって来て、水を汲んだり、焚口に薪を突っ込んだりした。

「いいから向うへ行ってて！」

洪作は祖母を追い払いたかったが、なかなか祖母は洪作の言葉に従わなかった。

「いいんだよ、もう」

洪作が腹立たしげに言うと、そんなことにはお構いなく、

「背中をながしてあげよう」

祖母は言った。

「要らん」

「要らんと言っても、背中などながしてもらうことはないだろう」

「そんなことしてもらうか」

「それみなさい」

「判《わか》らないおばあさんだな」

「何が判らないのかね」

「何が判らんか、そんなことは知らないが、とにかく判らないんだよ」

洪作は邪慳《じゃけん》に言うほかなかった。自分でもなぜ祖母が傍に居るのが厭《いや》かよく判らないが、厭であることだけは確かだった。肉親の者にまっ裸でいるのを見られるのが厭なのに違いないと思う。たとえ祖母でも厭である。

しかし、そういう自分の気持を相手に伝えることは難しい。幼少時はこんなことはなかったが、二、三年前からのことである。いつも郷里に来て風呂にはいる時、こうした悶着《もんちゃく》を起している。

いつかこのことを藤尾に言ったことがあるが、藤尾さえ理解しなかった。

「変な奴《やつ》だな。俺など親父《おやじ》の前だろうが、おふくろの前だろうが、すっ裸になることなんか平気だ。お前、よっぽどどうかしているよ」

それから、藤尾はこの事に対して藤尾らしい解釈を示した。

「お前がそんなことになったのは、色気が出たからだろう」

「そうだろうか」

「やっぱり一種の性的変態現象だと思うな。普通なら他人の前で裸になることには多少抵抗を感じるものだが、その点お前は逆だ。俺の家などで、お前は平気で裸になるじゃないか。それなのに自分の肉親の者の前で裸体を見せるのが厭だというのは、これは世界的に珍重すべき事例だ。性学者の実験材料になるべき価値をそなえている。どうもその原因は、お前が家族の者たちから離れて生い立ったことにあると思うんだ。親がなくても子は育つなんて言っているが、多少違って育つんだな」

そう言われると、そうかも知れないと洪作も思った。その原因が何であるにせよ、厭なものは厭である。祖父でも祖母でも厭であるくらいだから、両親弟妹となると、もっと厭だろうと思う。

風呂から上ると、久しぶりで洪作は祖父、祖母と一緒に夕食の卓を囲んだ。食卓は縁近いところに出されてあるので、庭を見ながら食事をとることになり、何とも言えず気持がよかった。

「明るくて気持がいいなあ。庭を見ながらご飯を食べるなんて、贅沢《ぜいたく》だな」

洪作が言うと、

「別に贅沢なことでもなかろう。お前は時々変なことを言う」

祖父はビールのコップを口に運びながら言った。

「だって、寺ではいつも庫裡《くり》で食べる。年中薄暗いんだ」

「親と離れて、そんな生活をしているから、頭が悪くなる。こんど親許《おやもと》に行って、人なみの生活をすれば、人なみの人間になるだろう」

祖父が言うと、横から、

「何もそんなつけつけ言わなくてもいいじゃありませんか。洪も、折角、台北へ行くことを決心したんだから」

と、祖母は言った。

「決心したと言って、感心することはあるまい。当り前のことじゃ。これで、わしも厄払いできる。長い間、明けても暮れても気になっていた。いまに両親は両親でなくなり、子供は子供でなくなる。とんでもないことになる。そう思うと、いつも気が重かった」

それから、

「こんなばかなことになったのも、おぬい婆《ばあ》さんというのがいけなかった。みんなあの婆さんが悪い」

祖父が言うと、

「何も、おぬい婆ちゃひとりが悪いわけではない」

祖母は言った。おぬい婆さんの話が出ると、洪作は幼い頃からのことだが、いつも相手を警戒した。もしおぬい婆さんのことを悪く言う者があるなら、一戦を交えてもいいといった気になる。いまの場合もそうだった。祖母の方はおぬい婆さんを優しくかばってやっているが、祖父の方は遠慮会釈《えしやく》なくやっつけている。洪作は、もう一度祖父がおぬい婆さんの悪口を言ったら、戦を挑んでやろうと思った。

「あの婆さんにも困り者だった。いまは亡《な》くなっているからいいが、もっと長生きしていたら、とんでもないことになった」

祖父が言った。その祖父の言葉とは無関係に、

「俺、この夏はここで勉強しようかな」

と洪作は言った。

「ここで勉強するとはどういうことだ」

「ここの方が涼しいから、勉強の能率があがると思うんだ」

すると、果して、祖父の顔色が変った。

「お前、台北に行くんじゃなかったのか」

「ううん」

「なに！」

「行くもんか、あんなとこ」

洪作は極めて何でもないといった言い方をした。

「台北へなんか、おかしくて行かれるもんか。台北へ行くなんて決心したことはないよ。決心しようかと思ってみただけだ。思ってみたのと、決心したのとは違うよ」

洪作が言うと、

と、祖父は大きな息を吐いて、傍に置いてあった濡《ぬ》れ手拭《てぬぐい》を取り上げ、それを幾つかに畳んで、頭の上にのせた。祖父は腹を立てた時には、いつもこういう奇妙なことをする。そして、何回か口をもぐもぐさせていたが、

「ば、ばか者」

と怒鳴った。

「お前という奴はどこまでばかか判らん。そんなばかな孫は家におくわけには行かん。出て行きなさい」

祖父は言ったが、すぐ言い直した。

「出て行けと言ったら、お前は本当に出て行くだろう。そういうところは始末におえぬ。箸《はし》にも棒にもかからん」

「出てなんか行くものか。折角おばあさんに会いに来たんだもの。おじいさんに会いに来たんではなくて、おばあさんに会いに来たんだ」

「なんで、ばあさんに会いに来た？」

「だって、相談があるんだもの」

「相談、ろくな相談じゃあるまい」

それから、祖父は、

「ふー」

「ふー」

と、また大きな息を吐いて、

「ばあさん、どうせ、ろくな相談じゃない。金のことだったら、びた一文も出してはいかん」

「金のことじゃないよ。もっと大切なことだ」

「じゃ、なんだ」

「おばあさんにだけ台北行きのことを相談するんだ。おばあさんが台北へ行けと言ったら、台北へ行くよ。おばあさんがやめておけと言ったら、やめとく」

「ふー」

祖父は頭の上の濡れ手拭をとって、それで顔をなで廻し、それから、

「ばあさん、相談にのってやんなさい」

と言った。柔道の仕合なら、さしずめ一本とったたというところである。

洪作が祖父とやりとりしている間、祖母は何とも言えず悲しい顔をして黙っていたが、

「台北へ行くも、行かんも、洪が考えて決めたらいい。洪は小さい時から親とは離れていた。中学を出たからと言って、すぐ親のところへ行く気にもなるまい。誰が悪いのでもないが、こういうことになってしまった。どうしても厭だったら、行かんでもいいさ。ただ湯ケ島にはもっと度々顔を見せてくれんと、みなが心配する」

祖母は言った。いかにも思ったことをそのまま口に出したといった恰好《かっこう》だった。祖父は祖母の言葉が気にいらなかったに違いなかったが、顔をしかめただけで黙っていた。

「厭だったら、何も無理して台北へ行くことはあるまい。小さい時から今日まで、親と離れていて、いまになって急に一緒になれと言ったって、そうそううまく行くもんじゃない。そのうちに自然に両親にも馴《な》れるようになりましょう。血を分け合っている親子だもの、心配するには当らんと」

祖母は言った。洪作に言っているというより、半分は祖父に言いきかせているようなところがあった。祖父は相変らず苦虫を嚙みつぶしたような顔をして、ふーむと、何回も大きな吐息を吐いている。

「俺、台北へ行くことに決めた。来月行くよ。おばあさん、心配しなくても大丈夫だよ」

洪作は言った。祖父の方は大分とっちめてやったので、このへんで許してやろうという気持だった。

「洪が行くと言うんなら、そりゃあ、それに越したことはないが」

祖母が言うと、

「そうさ、それで初めて親子というものだ。ばか者！」

祖父は言ったが、すぐ洪作を刺戟《しげき》することを警戒して、

「洪もあんまり利口じゃないが、台北の両親の方はもっと困り者だ。ばか者めが」

と言い直した。洪作は祖父のコップにビールを満たし、自分のコップにも注いだ。祖母は井戸端に冷やしたビールをとりに行った。

「さっきから見ていると、お前は何ばいもビールを飲んでいる。少しは飲んでもいいが、たくさんはいかん」

「大丈夫だよ」

「お前はすぐ大丈夫だというが、ちっとも大丈夫だった験《ため》しはない」

「おじいさんこそ、もう余り酒は飲まん方がいい。中風になったら大変だ」

「だから酒は飲まんで、ビールを飲んでいる」

「ビールだって、酒だって、同じだよ。ころりと行ったら大変だ」

「ころりと行くなら、ころりと行ってもいいさ」

「おじいさんはよくても、おばあさんが可哀《かわい》そうだ。あんな神さまみたいなおばあさんを悲しませてはいけない」

「お前は、こんど会ってみたら、口だけは達者になっている。このわしに意見をする気か。わしは一生みんなに意見されて来た。とうとう孫のお前にまで意見をされるようになった。しかし、酒はいかん。酒というものは確かにいかん。わしは酒で失敗した。お前は酒は慎しまねばならぬ。わしの方は慎しんでも、もう遅い」

祖父は言った。

翌日、洪作は、祖母に土蔵の鍵《かぎ》を出して貰《もら》おうと思って、そのことを何回も口に出しかけては躊躇《ちゅうちょ》していた。ただ、鍵を出してくれと言うだけのことであったが、何となく言いにくかった。

洪作はおぬい婆さんと何年かを過した土蔵にはいってみたかった。現在その土蔵は空家になっていて、がらくたものが詰め込まれてあるだけの存在になっている。その土蔵へはいらなければならぬ用事はなかった。ただそこへはいってみたいだけのことである。が、洪作としては、祖父、祖母に対して多少の遠慮があった。いまだに自分がおぬい婆さんに執着している気持を表明することに他ならなかったからである。祖父や祖母にとっては、おぬい婆さんは敵であった。若い時は一家の平和の攪乱《かくらん》者でもあったし、晩年においては洪作を奪いあげたやはり一家の平和の攪乱者でもあった。

そうしたおぬい婆さんが亡くなってから、もう六年経過している。今更、自分がおぬい婆さんと幼少時代の毎日を過した土蔵にはいったからといって、祖母がそれをどう受け取ろう筈のものでもなかったが、洪作は妙にそれにひっかかる自分を感じた。

遅い昼食をすましてから、

「おばあさん、土蔵の鍵を貸してくれよ。土蔵の匂《にお》いを嗅《か》いで来る」

思いきって洪作は言った。

「土蔵はいつにも掃除せんから、さぞ鼠《ねずみ》の糞《ふん》がたまっていることずら。――行ってみなされ。台北へ行くと、もう当分土蔵ともお別れだ。行ってみなされ。あんたがおぬい婆ちゃと一緒に暮したところだ」

祖母は言った。

村人は祖父母の住んでいる家を本家と呼び、母の名義になっている、現在は他国から来た医師一家に貸している家の方を分家と呼んでいる。この分家の方の土蔵に、洪作はおぬい婆さんと一緒に住んでいたのである。

洪作は医師一家が住んでいる家の門からははいらないで、横手の田圃《たんぼ》の方に廻って行った。母屋と土蔵は同じ敷地内にあるが、土蔵のある方の庭は小さい溝を境にして、母屋からは完全に独立している感じである。母屋の庭は一面に苔《こけ》に覆《おお》われていて、一応庭らしく造られてあるが、土蔵の周辺は全く農家の背戸の感じである。土蔵の裏手には敷地を取り巻くようにして流れている小川の水を利用して水車が廻っている。水車小屋には昔から近所の農家の人たちが出入りして、交替で米を精白したり、粉をひいたりしている。

洪作は田圃の畦道《あぜみち》づたいに水車小屋の横手に出、田圃より一段低くなっている土蔵の敷地へ降りた。

洪作は大きな鍵を使って、土蔵の重い戸を開いた。かび臭い湿った空気が暗い内部に漂っている。洪作は狭い急な階段を上ると、すぐ横手の窓の戸を開けた。窓には何本かの鉄の棒がはめ込んである。祖母は鼠の糞だらけだろうと言っていたが、誰が掃除したのかきれいになっている。二階は四畳半と三畳ぐらいの部屋が続いているが、その間に襖《ふすま》がないので、九畳か十畳ぐらいの細長い部屋が一つあると思えばいい。

洪作は奥のもう一つの窓の戸を開けた。この方の窓にも細い鉄棒がはめられてある。いずれにしても、二階の採光は、向い合っている二つの小さい窓が受け持っているわけである。

洪作は奥の窓際《まどぎわ》の畳の上に坐ってみた。いつも土蔵に入る度に思うことであるが、土蔵の二階はひどく狭く、薄暗く感じられる。以前はこんなではなかったと思う。しかし、土蔵が勝手に小さくなったり、薄暗くなったりする筈《はず》はないので、自分はこの狭く薄暗い中で、毎日毎日を過していたのであろう。

——洪ちゃ。

どこからかおぬい婆さんの声が聞えて来そうな気がする。おぬい婆さんと二人だけで、ここに住んでいたのである。階段に近い方の部屋にはランプが吊《つ》り下げられてある。ランプのホヤを掃除するのは、学校から帰って来た洪作の日課であった。

洪作は部屋の隅に置いてある小さい机を窓際に置いてみた。この机もひどく小さい。よくこんな机で勉強できたと思うほど小さい。洪作は小学校に上った日、この机が届けられて来たのを覚えている。三島の家具屋から買ったものであった。

この机以外、洪作は自分の机を持った記憶はなかった。いま沼津で使っている机は寺の机である。その前に三島の親戚《しんせき》に厄介になっていた時期があるが、そこで使っていた机も借りものである。

洪作は小さい机の前に坐《すわ》り、前屈《まえかが》みになって、肘《ひじ》を机の上についてみた。土蔵の内部は暗かったが、窓外の景色は明るかった。階段状に拡《ひろ》がっている稲田の上に明るい初夏の陽が降っている。遠くに隣部落の家々の茂りが見え、その家々の茂りを縫うようにして白い下田街道が走っている。家も森も街道も、みな明るい陽光を浴びて静まり返っている。

洪作は何も変っていないと思った。遠くに中空に浮き上るようにして形のいい小さい富士が見えているが、洪作は久しぶりで本当の富士を見たような気がした。これが本当の富士である。これに較《くら》べれば沼津で見る富士などは、大きいだけで、本当の富士とは言えない。いま自分が見ているこの富士こそ本当の富士である。

窓から右手に視線を向けると、柘榴《ざくろ》の木が見える。花はもう散ってしまっているが、その枝の一部が窓に届こうとしている。自分はこの柘榴の葉の茂りを見ながら、鉛筆を嘗《な》め嘗め、宿題をやったものである。

——もう勉強はやめときなさい。遊びたい盛りの子に宿題なんて出して、——学校の先生なんて、一体、何を考えているずらか。

婆《ばあ》ちゃの声が聞えて来る。

――さあ、ここに飴玉《あめだま》を置くよ。これをしゃぶりながらやりなさい。飴ぐらい食べたって、坊の歯がむし歯になってたまるかい。

そんな婆ちゃの声も聞えて来る。祖母の期待を裏切って、洪作はいま余り自慢にならぬ歯を持っている。洪作の歯が悪いのは、どうやらおぬい婆さんに責任があるようである。

しかし、洪作はおぬい婆さんのことを思い出していると、何とも言えず温かいものが心の底からこみ上げて来るのを感ずる。土蔵の中にはおぬい婆さんがいっぱい居る。あちらからも、こちらからも出て来る。簞笥《たんす》は以前置かれてあった場所に置かれてある。曾《かつ》てはそこにおぬい婆さんと洪作の衣類が入れられてあったが、いまはそれが失《な》くなっているだけの違いである。

小さい茶簞笥もあり、小さい食卓もある。それにしても、少し小さ過ぎるように思う。こんな小さい茶簞笥から食器を出し、こんな小さい食卓の上に並べたのであろうか。

――婆ちゃ。

洪作は低く口から出してみた。何かおぬい婆さんに報告したかったが、別に報告するようなことはなかった。自慢するようなこともなかったし、悦《よろこ》んで貰えるようなこともなかった。しかし、久しぶりで土蔵の中にはいったので、何かおぬい婆さんに報告したい気持だった。

——婆ちゃ、中学の受験でも落第し、高校も四年の時と、卒業した時と、二回受験して、二回とも落第したよ。

洪作は言った。

——いいさ、いいさ。坊を入れてくれんようなところへは、はいってやらんこっちゃ。

すぐおぬい婆さんの声は返って来る。

——お蔭《かげ》でどこへ行っても評判が悪い。門ノ原でも、さんざん厭味《いやみ》を言われた。

——いいさ、いいさ。門ノ原の伯父さん、伯母さんに何が判《わか》ろうさ。ああいうのには、言いたいことを言わしておけばいい。何を言われても聞かんこっちゃ。聞かんでおけば腹も立つまい。どれ、婆ちゃが坊の耳の穴にコルクの栓を詰めてあげよう。

——湯ケ島のおじいさんにも憤《おこ》られた。形なしだ。頭ごなしにやられた。

——ああ、あの何をやってもしくじってばかりいるじいちゃか。あのじいちゃに褒められるようになっては、人間も、もうお仕舞じゃ。

——こんど台北へ行くことに決めたよ。

こんどはおぬい婆さんの声は聞えて来なかった。

——仕方ない。厭だけど、行かないと具合が悪いんだ。ひとりでのんきにやっている方がいいに決っているが、親父《おやじ》もおふくろも心配しているらしいんで、可哀そうだから行ってやることに決めたんだ。

するとおぬい婆さんの声が、少し今までと違ったしんみりした口調で聞えて来た。

——そうか、坊は台北の親許《おやもと》へ行くんか。実の親であってみれば、それも致し方あるまい。浮世の義理と言うもんじゃ。まあ、仕方ない。行ってやんなさい。行っても、小さくならんと、大きな顔をして、威張っていることっちゃ。何も悪いことをしたわけじゃない。本来なら親が育てるところを、この婆ちゃが手塩にかけて育てただけのことじゃ。言っておくが、親というものは、どこの親でも意地が悪いものじゃ。自分の子だから、自分の思うようになると思い込んでいる。坊は長男だ。総領息子だ。何も小さくなっていることはない。一番うまい物を食べ、一番いいべべを着て、ふんぞり返っていることっちゃ。それにしても、坊一人やるとなると気がかりじゃ。いっそ、この婆ちゃが一緒についていってやることにしよう。この婆ちゃがついて行けば、もう何も案ずることはない。無理難題を言ったら、この婆ちゃが化けて出てやる。

——それにしても、婆ちゃが死んでから、もう六年になるな。もっと生きていてくれたら、よかったにな。湯ケ島に来ても、ちっとも面白いことはないよ。

——おお、おお。

おぬい婆さんの声は泣き声に変っている。

——坊は何と可愛《かわい》い、何と優しいことを言ってくれるずら。この婆ちゃももっと生きたかった。生きて、いつまでも坊の傍に居たかった。死んでも死にきれなかった。坊が大臣になるまで生きていたかった。

洪作はおぬい婆さんに話しかけることはやめて、窓際に坐っていた。洪作が話しかけぬ限りおぬい婆さんの声は聞えて来なかった。

翌日、洪作は墓地のある熊《くま》ノ山に登った。部落の中ほどにある生薬屋《きぐすりや》の横手に登り口があり、そこから石の露出しているでこぼこ道が山の背に向って走っている。洪作は手ぶらだった。祖母が水と線香を持って行くように言ったが、多少面倒臭かったので手ぶらで来てしまった。

洪作がその墓地への道を三分の一ほど登りかけた時、十人ほどの子供たちが追って来た。小学校一年ぐらいの小さいのから、五、六年ぐらいのがき大将まで居る。子供たちは洪作が熊ノ山に登ることを知って、自分たちも一緒に登ろうと思ってついて来たのに違いなかった。それが証拠には、子供たちは洪作のあとになったり、さきになったりするが、決して洪作から遠くに離れることはなかった。子供たちの何人かは蟬《せみ》とりの竹の棒を持っている。竹の先端にはもちがついていて、それで木にとまっている蟬を捉《とら》えるのであるが、かなり慎重さと敏捷《びんしょう》さを必要とする作業である。しかし、子供たちはそれを器用にやってのける筈であった。

「おい、お前たち、どこまで行くんだ」

洪作が声をかけると、二、三人が近寄って来て、一人が答えた。

「洪ちゃのとこのお墓に行くんだ」

洪作は自分が洪ちゃと呼ばれたことに面くらった。

途中で子供たちは二匹蟬をとった。洪作も子供の竹の棒を借りて、何回か蟬をねらったが、いつも失敗した。子供たちの方がうまかった。

洪作は墓地の入口に近いところにある曾祖父《そう》と曾祖母の墓所に行き、ただ墓石の前で頭を下げた。そのあと、少年たちもひとりひとり、洪作に倣《なら》って、頭を下げた。

おぬい婆さんの墓所は、この村有墓地の一番奥の端《はず》れにあった。曾祖父母の墓所からはかなり離れていて、その間にぎっしり詰まっているたくさんの墓石の間を縫って行かねばならなかった。

おぬい婆さんの墓所へ行くと、洪作はここでもまた黙って墓石の前で頭を下げた。子供たちもひとりひとり、神妙な顔で墓石の前に立って、頭を下げた。そしてそれが終ると、足音をしのばせて墓所を出て行った。近くの木で蟬が鳴き出したからである。

洪作はおぬい婆さんの墓所で、上着をぬいで、地面に腰をおろし、煙草《たばこ》に火をつけた。墓所の暗さはなかった。時々涼風が渡って、汗ばんでいる肌に気持がよかった。

洪作には、おぬい婆さんの墓が、曾祖父の墓から離れていることで、何となく淋《さび》しそうに見えた。おぬい婆さんが時々口にしていた〝浮世の義理〟といった言葉が頭に浮かんで来た。

——な、婆ちゃ、仕様がないじゃないか。浮世の義理だものな。

洪作は口からは出さないで、心の中で呟《つぶや》いた。洪作がおぬい婆さんに、このように大人の言葉で話しかけたことはなかった。

——そうともな、そうともな。

おぬい婆さんの言葉が聞えて来るような気持だった。

——婆ちゃ、淋しいか。

——なんの、淋しいことがあろうか、坊の言うように浮世の義理だものな。

洪作は立ち上った。子供たちの歓声が風に乗って流れて来ている。いつか子供たちは墓地の右手の方に移動していた。

見ると、子供たちは洪作を真似《まね》たのか、みんな着物を脱いで、全裸、半裸の姿で墓石と墓石の間を駈《か》け廻っている。がき大将たちは、時々木馬でも跳ぶように、手頃な墓石のところへ行くと、それを跳び越えている。あとに続く一年坊主《ぼうず》や二年坊主は、それを跳び越えることができないので、墓石をよけて廻ったり、わざわざ骨を折って墓石をまたいだりしている。

よくしたもので、駈け廻っている子供たちを配してみると、墓地は墓地というより、遊園地といった方がぴったりする。陽光は明るく降っているし、時々墓地の周辺の雑木の葉をゆるがせて、風が渡っている。

洪作はおぬい婆さんの墓詣《はかまい》りもすませたので、そろそろここを引き揚げたくなっていたが、子供たちがあまり楽しそうに遊び惚《ほう》けているので、それを打ちきることが躊躇された。

そのうちに山の上の遊園地には異変が起きた。子供たちはいっせいに、

——うわあっ！

と、口々に叫びながら、洪作の方へ駈けて来ると、一人が、

「西平《にしびら》のおじいが来たぞ」

と、息を弾ませながら言った。がき大将の一人が、

「逃げろ！」

と叫んで、駈け出した。子供たちはそれに従った。墓石と墓石の間を着物を首に巻いたり、頭から被《かぶ》ったりして駈けて行く。

——こらっ！

大人の怒鳴り声が風に乗って聞えて来る。

子供たちが四方に散って行ったあとに、洪作も顔を見知っている西平部落のくめさん

という老人が姿を現した。仕事着を着、首に手拭《てぬぐい》を巻き付けて、手には鉈《なた》を持っている。

「こら、がき共！」

くめさんは、もう一度子供たちの駈けて行く方向にどなっておいて、それから洪作の方に近寄って来た。

「あんた、洪作さんじゃねえか」

くめさんは言った。

「そうです」

洪作が答えると、

「争われねえもんだな。おふくろさんの七重《ななえ》さんにそっくりだ。よくまあ、これほど似たと思うほど似ている。――いつ来なすった？」

「二、三日前です」

「ほう、それで今日は、おぬい婆ちゃの墓詣りか」

「そうです」

「そりゃ、いいことをした。気の強い、みんなに余りよく言われなかった婆ちゃだったが、あんただけは、よく面倒みた。眼の中に入れても痛くないほど可愛がった。――そりゃ、いいことをした。婆ちゃも、さぞ悦んでいることずら。今ごろ、墓の中で身を起し、出べえか出まいか、とつおいつ思案してござらっしゃるべえ」

くめさんは言った。

「出るって、どこへ出るの」

「ここへさ。あんたの顔を見べえと思って、ここへ出て来る。ほかのどこに出ましょうに」

それから、

「それにしても、よく七重さんに似たもんだ。生き写しとはこのことだ」

くめさんはしげしげと洪作の顔を見守った。洪作は母親に似ていると言われたのは、これが初めてだった。これまでに誰からも、こんなことを言われたことはなかった。

「そんなに似ているかな」

「似ているどころじゃない。同じ顔をしとる」

くめさんは腰から煙管《きせる》入れをとって、煙管に煙草を詰めた。そして一服吸ってから、急に思い出したように、

「あのがき共、悪戯《わるさ》しおって、――墓石を二つ倒しやがった！」

と言った。

「きょうは何しに来たんです」

「うちの墓地に隣の墓地の木が被さっているんで、そいつを切ってやろうと思ってな」

それから、

「あんた、いま、どこに居なさる」

「沼津。でも、じきに台北に行こうと思ってる」

「両親のところか」

「そう」

「やめときなさい。若い時は親許から離れている方がいい。修業中、親許に居る奴《やつ》は、ろくな者にはならん」

くめさんは言った。考え方が少し違っている。

これまでいろいろな人から、親許に行って家族と一緒に生活するようにと勧められて来たが、親許から離れているようにという忠告を受けたのは、こんどが初めてである。

「あんたは小さい時から親と離れている。とかく親と離れて育つと、変に僻《ひが》んだ子ができるものだが、あんたはのびのびとしている。のびのびし過ぎるくらいのびのびしている。屈託がない。いつでも春みたいな顔をしている」

「厭になっちゃうな」

洪作は苦笑した。春みたいな顔というのがどういう顔であるか判らないが、いずれにしても、くめさんの言い方には安心して受け取りかねるもののあるのが感じられる。

「いや、わしは何も悪口を言っているんじゃない。人間には春の顔もあれば、秋の顔もある。冬の顔も、夏の顔もある。門ノ原のあんたの伯父貴などは冬の顔だ。何もあんなにしかめ面《つら》していなくてもよさそうなもんだが、いつでもしかめ面をしている。あそこは似た者夫婦だ。夫婦揃《そろ》っていつでもぶつぶつ文句ばかり垂れている。どこか豪《えら》いところもあるだろうが、あれじゃあ、なあ」

「くめさんの顔は？」

「わしか。わしは夏の顔だ。年中暇なしで、こうして働いている。毎日汗ばかし拭《ふ》いて生きている。いっこうに芽は出ねえ。まあ、一生金には縁がなさそうだ。が、これも生れ付いたものだから仕方がねえ。だけんど、文句は言わねえ。夏の顔で結構だ。日蔭にはいれば涼しいし、昼寝もできる」

「うちのおじいさんは？」

「ああ、あんたとこのじいさんか。そうだな、あれも夏の部類だろう。ずっとこれまで汗を拭きどおしだ。これからも同じことずらよ。おばあちゃの方は秋の顔だ。嫁に来たての若い時から秋の顔だった。苦労性でな。なかなかべっぴんだったが、ちょっと淋しそうな貧相なものがあった。人間、ああ苦労性じゃあかん。他人のことばかり心配している。他人の不幸も、もとをただせば、みんな自分が悪いのだと思い込んでござる。そういうところは、神さまみたいな人じゃ。が、いくら神さまみたいになったって、この世ではうまく行くもんじゃない。年がら年中、苦労は絶えねえ。あっちの心配をし、こっちの心配をし、肝心のわが身はちっとも恵まれねえ。そこへ行くと、あんたは春の顔だ。底のけにのんきなところがある。わが身の苦労もいっこうに苦労にならねえ」

くめさんは煙管に煙草を詰めては、ひと口ふた口吸うと、すぐ掌《てのひら》の上でぽんぽんやっている。

「わが身の苦労が苦労にならねえ。苦労が身につかねえ。結構なことだ」

ここでもまた洪作は、くめさんの見方には誤りがあると思った。全部が全部誤りとは言わないが、多少の誤りがあることだけは確かである。

「苦労だって、あるんだがな」

「そりゃ、人間だから、ちっとは苦労だってあるさ。だけんど、あんたの場合は、その苦労が身につかねえ。苦労が苦労にならねえ。苦労の方で根敗けして引込んでしまう」

その時、風に乗って、子供たちの声が聞えて来た。

——洪チャ。洪作サン。

節をつけて、子供たちは洪作を呼んでいる。洪作は立ち上って、声の聞えて来る方に視線を投げた。墓地の向うの隅に子供たちの固まっているのが見えた。

——待ッテロヨ。

洪作も節をつけて怒鳴っておいて、またくめさんの横に腰を降ろした。くめさんとの話を打ち切る気持はなかった。くめさんと話しているのが楽しかった。

「春の顔を持っている者は、そんなにたんとはねえ。苦労が苦労にならねえんだから得な性分だ。ただ春の顔で困ることは、とかくのんべんだらりと一生を送ってしまいがちなことだ。たいして金にも困らない替りに、どうもなんにもしねえで一生を終ってしまいがちだ。結構と言えば結構だが、やっぱり人間というものは何かしねえとな」

それから、ちょっと口調を変えて、

「わしは思うんだが、人間という奴は、一生のうちに何かに夢中にならんとな。何でもいいから夢中になるのが、どうも、人間の生き方の中で一番いいようだ。女に夢中になるのもよかろうし、金山を掘り当てようと、一生山の中をほっつき歩くのもよかろうさ。そうすりゃあ、人間、死ぬ時悔いはなかんべ」

くめさんは言った。

「夢中になれるものにぶつかればいいが、――」

洪作が言いかけると、

「何でも捜したらええが。若いんだから、何にでも夢中になればよかんべ」

「いま夢中になれるのは柔道ぐらいしかない」

「柔道、あんたがか」

くめさんは顔を洪作の方に向けて、

「柔道とは、また変なものを捜し出したもんだな。体が小さかんべ」

それから、

「柔道とは、な。もうちっと増しなものはないもんかな。——が、まあ、それもよかんべ。どうせ親の脛《すね》をかじってやるこっちゃ。柔道でもよかんべ。子供と墓地で遊んでいるよりよかんべ」

くめさんは言った。

くめさんが子供のことを言ったので、洪作は立ち上って、

——待ッテロヨ。

と、また同じことを節をつけて叫んだ。子供たちはさっきより大分近いところに移動して来ている。

「まあ、親の脛をかじれるうちは、好き勝手なことをするんだな。そのうちに親の脛はかじれなくなる。かじれるうちは、遠慮しないで、たんとかじるこっちゃ」

くめさんは言った。こういうことを言うところも、くめさんは他の人と違っていた。

「親の脛をかじって、好きなことをやるこっちゃ」

「そういうわけにも行かないな」

洪作が言うと、

「なんの、そんな分別臭いことを言っても始まらんぞ。わしなどは、かじる脛がなかったんで、十三の時から人夫に出た。それからとうとう一生人夫の足を洗えなかった。親の脛は神さまが与えてくれたもんだ。遠慮なくかじって、わが身の栄養にするこっちゃ。

たっぷり栄養をつけて、大きく育つことじゃ。それが、あんたの運じゃ」

「運!?」

「そう、運というものは、どうにもできねえもんだ。運はそれを持って生れて来た者だけのものだ。わしは運は持って来なかった。この村でも誰も運は持っていない。そうずらが、運があったら、誰がこんな山の中の村で、一生を送るべえ。運がなかればこそ、みんなこの山の中で、あくせくしとる。あんたは小さい時から〝坊、坊〟と言われて育った。わしらのところのがき共とは違って生れ付いている。育っているうちに、ちゃんと親は出世してくれている。上の学校へ行けるように、ちゃんと道は開けている。自然にこういうことになってしまっている。こういうのが運というもんじゃ。この運を大きく育てるか、育てないかは、これはこれからのあんたのやり方だ。自分が持って生れた運は大切にせずばなるまい。あんたはこせこせしとらんから、運は育つかも知れん。三十ぐらいで山でも当てて、大金持になるかも知れん。その時はわしが訪ねて行くから、金を貸して貰《もら》いてえもんだ。そういう時断わるようだったら、それで運は離れて行ってしまうべ。気前よく貸してくれるようだったら、末は怖《おそ》ろしいことになる。紀国屋《きのくにや》文左衛門ぐらいにはなる。ええか、判《わか》ったかな」

あたかも、それが結論ででもあるかのように、くめさんは喋《しゃべ》るだけ喋ると立ち上った。洪作も立ち上った。喚声があがった。墓石と墓石の間を、子供たちの駈けて行くのが見えている。蝉とりの竹の棒が大きく揺れながら走っている。

熊ノ山から降りて家へ帰ると、近所の内儀《かみ》さんたちが四、五人台所で働いていた。洪作は家にははいらないで、井戸端へ廻って行ったが、そこで洗いものをしていた祖母に、

「きょうはなんのお振舞があるの？」

と訊《き》いてみた。

「なんのって、あんたのお振舞じゃないか」

祖母は言った。

「俺の何のお振舞なんだ」

「あんたがこんど台北へ行くのに、黙ってもいられないしね」

「驚いたな。どんな人が集まるの？」

「集まると言っても、親戚《しんせき》とあとはほんの近所の人だけ」

「いやになっちゃうな。何も俺が台北へ行くのに、振舞なんかしなくてもいいじゃないか。長野のおじさんも来るのかな」

「そりゃ、来ますよ。あそこは」

「俺、あれは嫌いだな。持越のおばさんは？」

「来ますよ」

「嫌いだ、あのおばさんも。新田のおじさんは？」

「来ますよ」

「ろくなのを招《よ》んでいないんだな」

「これこれ」

「大体、振舞なんてする必要はないんだよ。おばあさんときたら、やたらに振舞をしたがるんだな。だから貧乏するんだ」

洪作は気持がこじれていた。どうして、こんなに気持がこじれたか判らなかったが、妙に腹立たしくなっていた。すると、祖母はちょっと悲しそうな顔をして、

「悪かったかね、みんなに知らせて」

「大体、知らせたりするからいけないんだ」

「そうかえ。そりゃ、いけなかった。あんたにも相談しないでやって、すまなかった。——困ったことになったねえ」

本当に祖母は当惑した表情をして、

「今更お振舞はやめられないし、洪は厭《いや》だと言うし」

その祖母の顔を見ていると、さすがに洪作も祖母が気の毒になった。

「御馳走《ごちそう》の中におすしがあるかな」

「そりゃ、あるさね。あんたが好きだもの」

「それじゃ、いいや。我慢してやるよ。おすしが食えるんなら」

洪作は言った。

「ほんとに、このおばあさんは、あんたの言うように、お振舞が好きで困りますよ」

祖母はほっとした表情で言った。こんな言い方も、いつかおぬい婆《ばあ》さんに似て来ているると思った。

そこへ手伝いの内儀さんの一人が来て、

「今日は、また、ご丁寧に」

と挨拶《あいさつ》をし、それから、

「おぬい婆ちゃのお墓詣りもなさったそうで、何かとお忙しいことで」

と言った。


夕方になると、親戚の人たちと近所の家の人たちが集まって来た。大体において男女とも老人ばかりである。

――このたびは、洪作さんがおめでたいことになりまして。何と申し上げてよいやら、本当によろしいことでございました。

そんなことを言ってはいって来る者もあれば、反対に、

――このたびは、洪作さんがとんだことになりまして。じいちゃも婆ちゃも、さぞお力落しでございましょう。

そんな悔みのようなことを言ってはいって来る者もあった。また中には、

——いいことです。これで洪作さんも世の中というものが判りましょう。万事、じいちゃ、婆ちゃの傍に居るようなわけには行かないということが判りましょう。可愛《かわい》い子には旅をさせろとは、よく言ったものでございます。やはり子供というものは、一回は放してみませんと。

そんな奇妙な言い方をする者もあった。両親の許《もと》へ行くのであるが、その点を多少誤解しているところのある挨拶である。また、

——遠い遠いところに行かっしゃるそうですが、くれぐれも道中お気を付けなさって、気持だけですが、路金の足しになさって。

そう言って、餞別《せんべつ》の金のはいった紙袋を出す者もあった。開けてみなくても、旅費の足しになるような額でないことは判っている。餞別金はほとんど全部の者が持って来た。祖母はそれを受け取ると、その度に押し戴《いただ》くようにして、神棚に供えた。

——じいちゃ、婆ちゃも、さぞご苦労なことでございましょう。聞くところによれば、台湾というところは満州よりも遠いところだそうで、そんなところに何もわざわざ行かっしゃるには及ばないという考え方もありますが、といって、そこに両親が居れば、これまた致し方ないことで、やはり、子としては行かずばなりますまい。嫁が長野の地蔵さんに道中無事の願をかけまして、今日から詣《まい》り始めております。

そういう挨拶もあった。

――洪ちゃ、えらいことになったたな。とうとう台北へ行くんだって？　どえらいことになったもんじゃ。よう決心がついたことじゃ。こりゃあ、見ものだ。どんなことになるか見せて貰いたいものじゃ。娘が嫁に行くようなものじゃ。気心は判らねえし、味噌《みそ》汁《しる》の味から違っている。まあ、我慢しなせえ。ここが本当の俺の家だと思うことじゃ。これが本当の自分の親だと思うことじゃ。実際にまた本当の親だものな。それにしても、えらいことになったもんじゃ。人間、何事も諦《あきら》めが肝心じゃ、我慢しなせえ。

こういう脅迫めいた挨拶もあった。祖父は、いかなる挨拶にも、

――お蔭《かげ》でな。

と答えていた。他の言葉は口から出さなかった。そして相変らず苦虫を噛《か》みつぶしたような顔をして、

――いいことか、悪いことか、このわしにも判らんが、洪が自分で決めたことだでな。

と言った。

階下のふた部屋を、襖《ふすま》を取り外して一つにし、そこに宴席が作られた。食膳《しょくぜん》がコの字型に並べられ、めいめいが思い思いの席についた。床の間もなかったので、席には上も下もなかった。

酒宴が始まると、昼間料理方に廻っていた近所の内儀さんたちも席につき、給仕は近

所の娘たち三、四人が受け持った。

「この蒟蒻《こんにゃく》は誰が煮たんだ。おそろしく醬油《しょうゆ》がきいてるぞ」

誰かが言うと、

「坂下の内儀さんが煮たに決ってるじゃないか。嫁を憎い憎いと思っていないと、こうからくは煮られねえもんだ」

誰かが言った。すると、当の坂下の内儀さんが、

「うちの嫁に食わせる時は、こんなもんじゃないぞ。醬油なんて使うかや、もったいない。とうがらしで三日三晩煮しめたのを食わせてやる」

そんなことを言った。

振舞と言っても、特に御馳走があるわけではない。ちらしずしを別にすると、あとは酒は男も女も飲んだ。話題がはずんで一座が賑《にぎ》やかになった頃、品数が多いだけのことである。

――こんばんは。

いやに大きな声の闖入者《ちんにゅうしゃ》が現れた。

――こんばんは。

入口の土間で怒鳴っておいてから、あとは一気にまくし立てた。

「こりゃ、また、何事が起っているだか、何か祝いごとでもあるんかな。わしの家はこ

の家とは、先々代からの付合で、鼠《ねずみ》が一匹出たといっても、互いに知らせ合って来たものだ。それがどうしたことでこういうことになったんか知らんが、この家に祝いごとがあるというのに、このわしは知っとらん。こうなっちゃあ、ご先祖さんに申しわけないばかりでなく、恥しくて村も歩けん。この土間で首でもくくらせて貰うべ」

一座はしんとしていた。

「そう言わずに、はいって飲めや」

祖父が言うと、

「何の酒もりか知らんで、はいって飲めるかや」

相手は答えた。すると、誰かが、

「洪作さんが台北へ行くんでな、その振舞だ。まあ、はいんなされ、はいんなされ」

と言った。すると内儀さんの一人が、

「お前さんを誰が忘れように。——ここの婆ちゃに頼まれて、このわしがお前さんの家に報《しら》せに行った。家の前まで行ったが、ふと考えて、餞別もいるこったし、こりゃ声をかけん方がいいと思って、それでやめて来た。このわしが言うことだから、これ以上確かなことはないわな。さあ、上んなされ。招ばれて来たんじゃないから、餞別も要らん。まあ、まる儲《もう》けや。わしのお蔭だべ。さあ、上っていっぱい飲みなされ」

「何か知らんが、洪作さんが台北へ行くとなれば、そりゃ、上らんわけにも行くめえな」

闖入者はのっそりと上って来た。

暫《しばら》くすると、もうひとりの闖入者が現れた。こんどは女だった。台所の方からはいって来て、

「この度は洪さんが遠くに行きなさるそうで」

と、大きな声で挨拶し、餞別の包みを出して、

「気持だけですが、受け取って貰いますべ」

と言った。祖母が出て行って礼を言い、はいるように勧めたが、相手は上ろうとしなかった。

「わしは招ばれておらんで、はいるわけには行きません。今晩はこれで失礼させて貰いましょ」

すると誰かが、

「お前さん、餞別持ってくれれば大威張りだがな。なんの遠慮することがあろうか。餞別だけ置いて帰ったら、まる損だが。――そんな勿体《もったい》ないことするもんでねえ」

と言った。

「いくら損したって、招ばれてないものをはいれるかや」

闖入者は言った。

「それじゃ、こうしなせえ」

一人が言った。

「いいか。餞別の分だけ食って帰ればいいがな。いくら包んだか、誰も知らんが、本人のお前さんは知っとる。適当に食って飲んで、帰れや。たんと包んだら、あす朝まで居ることさ。ぽっちりだったら、蒟蒻でも食って帰るさ」

「いいや、わしは――」

「いやに頑張るじゃねえか。いいか、言っておくがな、お前さんがこのまま帰ると、餞別、餞別と大きなこと言っていたが、実際は一銭か二銭しか入れてなかったんだと、みんなが思うぞ。それでもいいかや。――まあ、強情張らんと上るこっちゃ。洪ちゃともお別れだ。会ってやれや」

冗談じゃない、と洪作は思った。どこの婆さんか知らんが、こういうのと会うのはごめんだと思った。

「洪ちゃに会えと言われれば、そりゃ、上らんわけにも行くめえ。じゃ、ごめんなさいよ、みなさん」

そんなことを言って、老婆《ろうば》は上って来た。腰が曲って体は二つに折れている。すぐに老婆の前に膳が運ばれた。すると、向い側の席から、

「婆さんや、よく洪ちゃの顔を見ておきな。別れだからな。洪ちゃの方は若いから、こ

れからいくらでも生きるが、お前さんの方はそうは行くめえ。いくら頑張ったって知れたもんだ。今日あすということもあるめえが、そうたんともつめえ」

こう言った者がある。前の闖入者である。餞別などを持って来て、それを一座の話題にさせた恨みを、こういう言い方で晴らしていた。しかし、老婆の方はいっこうに応《こた》えなかった。宴席にはいってから、急に耳が聞えなくなってしまっていたからである。何を言われても聞えない振りをしていた。

洪作はいつ果てるとも判らぬ宴席から立ち上った。もうこれだけ付合えば、あとはもういいだろうと思った。勝手もとに出て、そこにあった下駄をひっかけて、そのまま戸外へ出た。そして家の横のだらだら坂を小学校の方へ歩き出した。道に沿ったどの家も静かだったが、祖父母の家だけが賑やかで、その騒ぎが遠くまで聞えている。

洪作は小学校の門にはいって行った。月は出ていないが、校庭は暗くはなかった。ほの明るい光線がただよっており、その中に校舎だけが黒く浮かんでいる。

洪作は夜の校庭にはいるのは久しぶりのことだった。幼い頃は、夏の夜、よく学校の裏手に蛍をとりに来たものである。

――ほ、ほ、ほたる来い
あっちの水はからいぞ
こっちの水はあまいぞ

ほ、ほ、ほたる来い

子供たちは歌いながら、小さい青白い光を求めて、あっちに走ったり、こっちに駈《か》けたりしたものである。

洪作は器械体操のところへ行って、鉄の棒に飛びついた。洪作の幼い頃には鉄棒というようなものはなかった。今は鉄棒のほかに、それと並んで遊動円木が設けられてある。鉄棒にぶら下った時、さあ、いよいよ、この学校ともお別れだなという気がした。これまで台北へ行くということが実感として迫って来たことはなかったが、なぜかこの時、この郷里の小学校ともいよいよお別れだなという思いがしたのである。

洪作はぐるりと校庭をひと廻りして、再び家の方へ引き返した。

「こんばんは」

向うから来た誰かに声をかけられた。

「こんばんは」

洪作も答えた。

「洪作さんかや」

女の声である。

「そうです」

「台湾へ行かしゃるそうで。――道中気を付けて行きなされや。向うに着いたら、お父さん、お母さんによろしく言って下されや。あんたも、当分湯ケ島には来れんな」

「はあ」

「こんど来なさる時は豪《えら》くなっていなさることずら。県知事さんみたいに豪くなって来なされや。おぬい婆ちゃが居なくて、いけませんなあ。でも、考えものだ。婆ちゃが生きていたら、婆ちゃも連れて行かんならん。あのひとは乗りものに弱かったから、そりゃ、たいへんだ。あんたが苦労せんならんとこだった」

相手は言った。どこの内儀さんか判《わか》らなかったが、その言葉が洪作の胸に迫って来た。郷里の村を代表して、送別の言葉をおくられたような気持だった。

潮

伊豆の親戚《しんせき》廻りから沼津の寺に帰ると、机の上に三本の封書が置かれてあった。これまで手紙が三通も一度に舞い込んだことはないので、洪作は急に身辺が忙しくなったのを覚えた。

一つは台北の母親からのものであった。便箋《びんせん》にぎっしりとこまかいペン字が詰まっている。

台北へ来ることを決心したとのこと、たいへん結構なことである。船は信濃《しなの》丸、扶桑《ふそう》丸、香港《ホンコン》丸などいろいろあるが、扶桑丸が一番大きいので、扶桑丸を選ぶのがいいと思う。佐官以上の軍人の家族は一等に乗ることになっているので、あまりみっともない恰《かっ》好《こう》で乗船しないようにして貰《もら》いたい。船賃は軍人の家族は半額になるので、二等の料金を払えばいい。船の手配はこちらでするから、大体の渡台の時期を折り返して報《しら》せて貰いたい。荷物はどれだけあるか見当はつかないが、机や本箱などは持って来るに及ばないから、長いこと世話になった寺にあげて来るようにしたらどうか。書物もどれだけあるか見当はつかないが、たくさんあるなら梱包《こんぽう》して先に送り出すようにしたらいいと思う。ビール箱ぐらいの大きさの梱包なら、何個あっても、送料は知れたものだから、書物は一冊残らず送るようにした方がいい。台北にも大きい書店があるから、大抵の書物は入手できると思うが、何分外地のこと故《ゆえ》、万一の用心に、書物は全部送り出すようにして貰いたい。

手紙の前半には、大体以上のようなことが書かれてあった。洪作は半分ほど読んで、見当違いも甚しいと思った。机は寺から借りたものであるし、本箱などというものはついぞ持ったことはない。それから書物であるが、送り出したくても、送り出すほどの量は持っていない。全部で十冊ほどなので、鞄《かばん》に入れて手で持って行ける。

洪作は引き続いて手紙の後半に眼を通した。船の中ではボーイが靴を磨いてくれるとは思うが、一応靴ブラシも靴クリームも持参した方がいい。それから食堂のボーイと室付きのボーイにはチップを出さなければならぬが、その額は他の船客に相談して、多からず少なからず出すこと。また船には医者が乗っているから、急病の場合の用意は要らないが、船酔いの薬ぐらいは持参した方がいい。最近シー・シックという船酔いの予防薬が売り出されていて、たいへんよく利《き》くそうだから、それを忘れないで買うようにすること。土産ものの心配は不要である。但《ただ》し、妹と弟には何か手頃の物を考えて持って来てやった方がいい。さぞ悦《よろこ》ぶことだろう。

洪作は手紙を読み終ると、背後にひっくり返りたくなった。

洪作は母親からの手紙をもう一度ねめ廻した。わが子のことを知らざるも甚しいと思った。中学に入学した時、暫《しばら》く靴を磨いたが、それ以後今日まで靴にクリームなどというしゃれたものをつけたことはない。それからチップとは何事であるかと思った。チップを出したら、ボーイの方が困るだろう。こっちが貰いたいくらいである。それから妹と弟へ土産を持って来いと書いてあるが、これも難題である。何か品物を指示してくれば、それを購入して行くが、考えて買って行くとなると、幾何の難問よりもっと始末が悪い。いっさい見当というものがつかない。

——だから、俺は初めから台北などというところへ行くのは厭《いや》だったんだ。

洪作は実際に言葉に出して言った。急に台北に行くことが、耐え難いほどの重荷になって押し被《かぶ》さって来た。

もう一通の手紙は京都の藤尾から寄越したものだった。

――七月早々沼津に帰る。九月中頃まで学校は休みだから、大いに泳ぎたいと思う。前半は沼津で泳ぎ、伊豆の三津《みと》で泳ぐ。それから後半は逗子《ずし》で泳ごう。逗子で泳ぐのは初めてだが、金持のどら息子の家があるので、そこへ行って泳ぐつもりだ。お前も連れて行ってやる。東京の木部も誘って大いに楽しく夏の後半を逗子で送ろう。もし逗子が期待外れだったら、すぐそこを引き揚げて、興津《おきつ》に行って泳ごう。興津にも友達の家がある。この方は別荘なので、自炊しなければならぬが、ここにはメッチェンも何人か集まるらしい。あるいは初めから逗子の方はやめて興津にしてもいいが、逗子は逗子で棄《す》て難いところがある。ボートも持っていれば、ヨットも持っているそうだ。親父《おやじ》とおふくろが居るのが少し鬱陶《うっとう》しいが、なかなかシャンな妹も居る。つまり、ボートとヨットと妹が魅力である。いずれ近く拝眉《はいび》の上、ゆっくり計画を錬《ね》って、この夏を楽しく過すことにしよう。お前はよく泳ぎ、よく勉強しろ。俺の方はよく泳ぎ、よく遊ぶつもりだ。もう入学試験はないからな。

藤尾の手紙には、遊ぶことしか書いてなかった。甚だ誘惑に満ちた手紙である。行間から磯の匂《にお》いがぷんぷん立ち昇って来る。

――泳ぎたいな。

この場合も、洪作は口に出して言った。台北へ行くのと、沼津や三津や逗子で泳ぐのとは、なんという大きな違いだろう。

——泳ぎたいな。

しかし、この誘惑に敗けてはならぬと洪作は思った。宇田にも送別会をして貰い、郷里でも送別会をして貰ってある。すべてはもう遅いのである。

もう一通は金沢の蓮実からのものであった。

——前便で台北へ帰ることをお勧めしておきましたが、いかがなりましたか。ただ今、高専大会前の猛練習の最中です。ひどく瘦《や》せていますが、元気です。あと大会まで半月を残すのみであります。勝敗の帰趨《きすう》は天に任せております。七月二十日から次年度に備えて夏期練習を始めます。その頃、もしまだ台北にお発《た》ちでなかったら、稽古《けいこ》を覗《のぞ》きに来ませんか。金沢滞在中の費用はいっさい不要です。来年四高を受験するのでしたら、その前に金沢という土地を踏んでおくこともいいことでしょうし、四高柔道部の空気に触れておくことも無意義ではないと思います。以上取り急ぎ要用のみ申し上げます。

手紙にはそう認《したた》められてあった。高専大会は蓮実の話では、七月の中頃、確か十五、十六、十七の三日間であったと思う。そうなると、仕合に勝とうが、敗けようが、仕合を終えて金沢に帰るや否《いな》や直ちに夏期練習を始めるというわけである。

洪作はこの蓮実からの手紙を何回も読み返した。藤尾の誘惑より蓮実の誘惑の方が、

いであろう。

洪作を惹《ひ》き付ける力を持っていた。

洪作は三通の手紙を机の上に重ねておいて、あとは畳の上に仰向けにひっくり返った。そして、台北へは行かねばならぬ、しかし、台北へ行く前に、金沢へ行こうと思えば行けぬことはないと思った。確かに来年受験する高等学校の所在地である北陸の城下町を眼に収めておくことも無駄ではあるまい。遊びに行くと考えるからいけないのである。場慣れするために出掛けて行くと考えれば、これも受験準備の一部と言えないことはないであろう。

——ああ、行きたいな。

洪作はこの場合も、口に出して言ってみた。が、すぐ、

——行くぞ。

洪作は起き上った。行こうと思った。行かねばならぬと思った。行って、すぐ帰って来ればいい。そして帰って来たら、その時こそ、すぐ台北に発つことである。問題は簡単である。僅《わず》か二日か三日の日数を、金沢のためにさくかさかないかである。

洪作はまた蓮実の手紙を読み返した。猛練習の最中で、ひどく痩せたと書いてある。洪作は痩せたという蓮実の顔を想像してみた。もともと肥《ふと》っているとは言えぬ蓮実の体から、もう少し肉を落してみると、眼ばかりぎょろぎょろした精霊のような変な生きものができあがった。精悍《せいかん》でもあり、不気味でもあった。

精霊はふわふわと道場を浮游《ふゆう》している。目差す相手と触れた瞬間、精霊は全く別の生きものになる。電光石火のすばやさで、くるくるとひっくり返り、跳ね廻り、またひっくり返る。ぴたりと動きがとまった時は、相手は泡をふいて気を失っているのである。そんな蓮実を眼に浮かべて、洪作はいつまでもじっとしていた。

翌日、洪作は何日かぶりで道場に出掛けて行った。稽古を終って、寄宿舎の浴場へ行こうとすると、道場の横手でぱったりと宇田と顔を合せた。

「久しぶりで、今日柔道着を着ました」

洪作は言った。幾らか弁解じみた言い方になった。

「君は一体いつ台湾に行くんか」

宇田は言った。この方は幾らか咎《とが》めるような口調になっている。

「七月の終りに発とうと思っています」

「いやにゆっくりだな」

「昨日伊豆から帰って来ました。もう郷里には行かなくていいようにして来ました」

「そりゃ、そうだろう。郷里には台北行きの挨拶《あいさつ》に行ったのだろう」

「そうです」

「挨拶というものは一回すれば、それで充分だ。二回も三回も挨拶をしに行く者はないだろう」

「はあ」

「郷里への挨拶もすましてしまったのなら、もう格別、沼津に留まっている必要はない筈《はず》ではないか」

「はあ」

「早く引き揚げた方がいい。まごまごしていると、いろいろと誘惑がある。藤尾とか、木部とか、悪い連中が舞い戻って来かねないな」

「はあ」

「ああいうのがやって来ると、勉強どころではなくなる。決心した以上は一日も早く台北へ行くことだね。木部や藤尾などといっしょになって泳いだりしていると、来年もどこへもはいれなくなるだろう」

「泳いだりはしません。絶対にあの連中の仲間にははいりません」

「それなら、早く沼津から引き揚げたらどうだ。これから夏の間は、沼津は騒がしくて勉強どころではなくなる。落着かない厭な町になる。もうそろそろ東京から人がやって来始めているだろう」

　宇田は言った。宇田の言う通りであった。沼津の町は七、八、九の三カ月は東京から来る連中によって占領されてしまう。沼津の町は沼津の町でなくなってしまう。沼津の町の人は影が薄くなり、レストランも喫茶店も海水浴の客たちでいっぱいになる。書店までも東京の学生たちに占領されてしまう。町中をわがもの顔にのし歩いているのは、ひと目でそれとわかる派手な恰好をした都会の人間たちである。

「いつ発つか、日が決ったら、連絡しなさい」

宇田は言って、向うへ歩いて行った。しかし、洪作は七月末までは発てないと思った。何とかして七月末まで出発を延期する口実が欲しかった。

浴場への入口で、洪作は遠山に声をかけられた。この日、遠山は珍しく道場に姿を見せていなかった。

「この間から、お前に連絡をとろうと思っていたが、ちっとも顔を見せなかったな、どうしていたんだ」

遠山は言った。

「郷里へ帰っていた」

洪作は言って、

「お前こそ、きょう稽古を休んだな」

「いま試験だよ。柔道どころじゃないよ。青息吐息だ」

遠山は深刻な顔をして言った。

「二度目だかららくだろう」

「らくなもんか。去年の方がまだましだった。しかし、及第点はくれると思うんだ、二度目だからな。まさか二回も落第させんと思うんだ」

「わかるもんか」

「邪慳《じやけん》なことを言うなよ。——まあ、いいや、できてもできなくても、一学期の試験だ。たいしたことはないや」

「俺と連絡するって、何の用事だったんだ。英語でも教えて貰おうと思ったのか」

洪作が言うと、

「まだお前にきくほど落ちぶれないよ。英語の方は俺の方ができると思うんだ」

そう言ってから、

「実は重大な用件があるんだ。驚くなよ、れい子がお前に会わせてくれと言うんだ。どうしても会いたいと言うんだ」

遠山はにやにやしながら言った。

「嘘《うそ》を言え」

洪作は言った。

「嘘だと思うだろう。俺も初め信じられなかったんだ。てっきり人違いだと思ったんだが、どうもそうでないらしいんだ。いろいろ聞いてみたが、どうもお前らしい。——驚いたよ、俺。座敷にトンカツなどを運んでいると、少し頭の調子がへんになってくるらしい。——いやになっちゃうよ、会わしてくれと言いやあがる」

それから遠山は〝うえっ！〟と奇声を発して、

「全く世の中はへんになったもんだよ。あのれい子がお前に会いたいんだとさ」

「それで、どうした？」

洪作は訊《き》いた。

「会わしてくれと懇願されたから、会わしてやろうと言ったんだ。頼まれた以上、仕方がないよ。――千本浜で会ってやれよ」

遠山は真顔で言った。

「会ってどうするんだ」

「そんなこと知ってるもんか。会いたいと言うんだから、何か用件があるんだろう」

「厭だ」

洪作は言った。言いながら、自分でも顔に血の上るのが判《わか》った。

「厭だよ、あんなのに会うのは」

洪作はあかい顔をして言った。

「ほんとに厭か。――あかくなってるじゃないか」

遠山は洪作の顔を覗きこむようにした。洪作にはそうした遠山がひどく意地悪く憎々しげに見えた。

「ほんとに厭か」

「厭だ」

「よし、ほんとに厭なら、俺、今夜、彼女にそう言ってやる。お前は、確かにいま、あんなのに会うのは厭だと言ったな、その通り伝えてやる。いいか」

「――――」

洪作は黙っていた。

「れい子の奴《やつ》、泣くだろうな。生れて初めて惚《ほ》れたのに、相手からは、あんなおっぺしゃんこに会うのは厭だと言われた。泣くだろうな、さめざめと。――泣くだけならいいけれど、千本浜に身投げをするかも知れない。あんなおっぺしゃんこと言われたら、身投げぐらいしかねないぞ」

「おっぺしゃんこなんて、いつ言った？　俺はそんなことは言わん」

「なるほど、おっぺしゃんことは言わなかった。しかし、言ったも同じだ。あんな奴に会うのは厭だと言ったろう。確かに言ったな」

「――――」

「あんな奴という言い方の中には、そういう意味がはいっている。大体、あんな奴とはなんだ。れい子は清純だぞ。お前にはろくでもなく見えても、彼女は汚《けが》れない心を持っている。あの眼を見ろ。あの口もとを見ろ。あの笑い方を見ろ。藤尾だって、木部だって、みんなれい子には惚れているんだぞ」

「お前も惚れてるじゃないか」

「そうよ、俺は惚れてる。俺、好きだな、彼女は」

「じゃ、お前、会え！」

「俺に会えだと。お前のかわりに、俺に会えと言うんだな。おおきにお世話だ。俺は毎日トンカツを食いに行って、れい子に会っている。よし、――」

遠山はあたりを見廻すようにして、

「よくも彼女にけちをつけやがったな。会いたくないんなら、ただ素直に会いたくないと言え。――あんな奴とはなんだ。俺は本気で、彼女の気持をお前に伝えてやっただけのことだ。トンカツ一枚ごちそうになったわけじゃないんだぞ。れい子にかわって、俺がいっぱつかましてやる！」

遠山はいつか昂奮《こうふん》していた。れい子のことを喋《しゃべ》っているうちに、どういうものか、不思議な昂奮が遠山を捉《とら》えてしまった恰好であった。遠山は青くなっていた。洪作も、こんなに激昂した遠山を見たことはなかった。

洪作は、遠山が上着のボタンをはずすのを、ぼんやり見ていた。

洪作は、上着のボタンをはずし終った遠山が、ふいに襲撃者に変じるのを見た。遠山は隙《すき》があらば襲いかかって来る体勢をとったまま、ゆっくりと右に廻った。眼は血走っている。

「おい、待てよ」

洪作は右に廻る遠山に応じて、自分は左に廻りながら言った。洪作には多少のひけ目があった。遠山をこのように憤激させた原因は自分にあることがよく判っていた。

「おい、待てよ。——憤《おこ》るな」

「遅い！」

遠山は言った。

「今になって何を言いやあがる。ふざけるな」

「待て！」

しかし、相手は待つ様子はなかった。

と、洪作は相手が身を起して、ふいに二、三歩近づいて来たと見ると、瞬間、烈《はげ》しい殴打を左頰に感じた。洪作はよろけた。また烈しい殴打を反対の右頰に感じた。洪作は二つの強打を受けたことによって別人になった。闘わぬと敗けてしまうからである。勝つか敗けるかである。敗けるのがいやなら勝たなければならなかった。

洪作は身構えた。また左頰で拳《こぶし》が鳴った。続いて右頰でも鳴った。ふしぎなことだが無抵抗だった。右と左によろける度に、遠山の拳がとんで来た。どうしても相手の拳を避けられなかった。

遠山は喧嘩《けんか》がうまいという評判で、自分でもそれを自慢していた。千本浜で名古屋の修学旅行の中学生と乱闘し、三人殴って逃げたとか、近くの村祭りに出掛けて行って、土地の青年たちと喧嘩をして相手の前歯を折ったとか、よくそんなことを話していた。

柔道では明らかに洪作の方が強かった。洪作は遠山と、とったりとられたりの稽古をしていたが、もしその気になれば、洪作は一本もとられない自信を持っていた。左のはね腰をかけると、ふしぎなくらい軽く遠山の大きい体は飛んだ。だから、洪作はめったに遠山に対して左のはね腰は使わなかった。多少の遠慮があった。たいていの時左の背負で攻めた。うまくかかることもあれば、背負ったままつぶされることもあった。背負の稽古にはいい相手であった。

だから、洪作はいくら殴られても、相手に敗ける気はなかった。相手の体さえつかまえれば、どうにか捌《さば》けると思うのであるが、どうしても相手の体にさわることさえできなかった。いやにすばやかった。

むしょうに飛びついて行くと、ぽんぽんと左と右の頰が鳴り、その度によろめき、よろめくと、また殴られた。

洪作はこのまま殴られていると、いつか倒れるなと思った。何となく頭がぼうっとしてきている。全く一方的な闘争であった。

いつか二人の闘争を、十人ほどの生徒たちが遠巻きにしている。

洪作は倒れた。どうして倒れたか判らなかったが、右の頰に何回目かの強打をくった瞬間、自分でもそれと判るほど、いやに軽く体は浮き上り、そう高く上ったとも思わないのに、体は横たおしに地面に倒れた。

洪作はそのまま地面の上に横たわっていた。起き上るのが大儀であった。横たわっている方がらくで、のうのうとしている気分だった。

洪作は上から覗きこむようにしている遠山の顔を見ていた。遠山は大きく息をはずませ、何か言おうとしているらしいが、息がはずんでいるので言葉にならないらしかった。

――ど、ど、どうだ！

遠山は言った。

――れ、れ、れい子を！

遠山は両手を腰に当て、勝利者として立っていた。

洪作はのびていた。下から遠山の顔を見上げているが、体を動かす気にならなかった。動かす気にならないというより、動かなかったのかも知れない。

「水をくれ」

洪作は言った。

「なにを！」

遠山の脚が頭に来た。痛いと思った瞬間、洪作は遠山の脚にしがみついた。そうだ、いまは喧嘩の最中だと思った。

遠山に頭を蹴《け》られたお蔭《かげ》で、洪作はぼんやりしている状態から、われに立ち返ったのである。

遠山の脚を抱えたまま、洪作は半身を起した。遠山が上から殴りかかって来た。洪作はもう相手の脚を離さなかった。洪作は相手の脚の一本にしがみついたまま、中腰になると、いつどうしたのか判らないが、背負にはいっていた。遠山の体が洪作の背に沿って一回転した。

洪作は倒れた遠山を引きずり上げるようにした。遠山が起き上って来たところを、足払いをかけ、相手が膝《ひざ》をついたところを、上から二つ三つ殴りつけた。

洪作は相手の体から絶対に手を離さなかった。相手はまた起き上って来た。また何か知らぬが技をかけた。二人いっしょになって、地面につぶれた。

二つの体は地面を転がった。動きがとまった時、二つの体は同時に立ち上った。洪作は相手の体から手を離していた。いきなり、洪作は相手の拳の強襲を受けた。やたらにふらふらして、それからまた地面に坐《すわ》った。

その洪作の眼に、松の木の幹に背でもたれかかった遠山の姿が見えた。口を少しあけ、息をはずませ、暫《しばら》く闘争は休憩であるといった恰好《かっこう》であった。上着の片方の袖《そで》がちぎれてなくなっている。

洪作は松の木にもたれている遠山の姿をぼんやりと眺めていた。今の今まで全力をつくして闘っていた相手であったが、ふしぎに仇敵《きゅうてき》がそこに居るという感じはなかった。敵意を感じないわけではなかったが、相手が襲って来ない限り、こちらから襲いかかって行く気持はなかった。

遠山は腰に下げていた手拭《てぬぐい》で、しきりに口もとを拭《ふ》いていた。遠山の口からは血が流れている。さっき遠山を組み敷いた折、上からめったやたらに相手を殴りつけたことを、洪作は思い出した。

洪作は地面に坐ったまま首を振り、それから両手で頬を押えてみた。どこもかしこも痛かった。

地面に坐っている洪作と、松の木にもたれている遠山を大きく取りまくようにして、生徒たちがちらばっている。初めは十人ほどであったが、いつか三十人ほどになっていた。補習授業でも受けていた生徒らしく、みんな鞄《かばん》を肩にかけている。三年か四年の生徒たちである。

——こら！

遠山が顔をその連中の方に向けると、すぐ大きい輪は崩れた。そしてみんな立ち去りかけたが、少し遠くに行くと、また立ち停った。

——てめえら、そこで何をしているんだ。

遠山が荒っぽい口調で怒鳴ると、生徒たちはまた動き出したが、こんどもまた少し遠くに行くと、再び立ち停ってこちらを振り返っている。

その時、洪作は向うからやって来る宇田の姿を認めた。厭《いや》なものがやって来ると思った。宇田のあとから二人の生徒がついて来るところを見ると、その生徒たちが洪作と遠山の格闘を教員室に報《しら》せに行ったものと思われた。

宇田はゆっくりと足を運んでいた。平常と少しも変らぬ歩き方であったが、洪作にはそれが却《かえ》って不気味に見えた。

洪作は立ち上ろうとしたが、腰部を痛みが走ったので、そのままそこに坐っていることにした。こうなってしまっては、立ち上っても、立ち上らなくても、同じようなものであった。

遠山の方は大急ぎでちぎれた上着の袖を拾って、それに腕をさしこみ、上着のボタンをはめ、宇田を迎える準備をした。洪作は卒業生であったが、遠山の方は在校生であった。そこにそれだけの差があった。しかし、そんなことをしても、たいした効果があろうとは思えなかった。袖のちぎれていることは、ひと目で判《わか》ったし、口から血が出ていることも、ひと目で判った。

洪作は地面に坐ったままで、ポケットからバットを取り出して、それをくわえた。別に煙草《たばこ》をのみたかったわけではないが、何となくそういう態度をとってしまったのである。

宇田はやって来て、洪作と遠山の間に立つと、初め洪作の方に眼を向け、洪作をまじまじと見守ってから、次に遠山の方に顔を向けた。そして遠山の方をも同じように見守った。遠山は首をうなだれ、神妙な態度をとっていたが、両腕を垂れると、ちぎれた袖が下って来るので、それを反対の手で支えており、どう見ても敗残兵の恰好だった。

「煙草がうまいか」

洪作の耳にそんな宇田の声がはいって来た。

「友だちと喧嘩をし、相手をやっつけてのむ煙草の味はどんなものかね。僕はそうした経験がないので知らんが、さぞうまいだろう」

洪作は煙草を地面になすりつけて火を消した。

「ここは中学の校庭だから、吸いがらをそんなところに置かれては困る」

洪作はすぐ吸いがらを拾いあげて柔道着の帯の間に入れた。

「僕は君がこんなに喧嘩が強いとは知らなかった。遠山の方はかねがね喧嘩が好きだとは聞いていたが、君のことは知らなかった。遠山をやっつけるとは、なかなかみごとだ」

宇田が言うと、

「やっつけられはしません」

遠山は抗議した。

「こんな奴にやっつけられますか」

「ほう」

宇田は遠山を見上げ、

「口から血が出ている。拭きなさい」

と言った。すると遠山は平手で口のあたりを拭い、

「唇が切れただけです」

「袖もちぎれている」

「袖なんてちぎれたって、何のことはありません。二本メリケンをかましています。もう一本かましたら眠っていますよ」

「眠る？」

「もう一本で気絶していると思うんです」

遠山が言った。

「冗談じゃないよ」

洪作は遮って言った。

「お前などに眠らせられるかい。――じゃ、もう一度、やるか。腕をへし折ってやる」

洪作は言った。こんどは本当に腕を一本へし折ってやろうと思った。

「こりゃ、面白い。やってみなさい。やって見せてくれ」

宇田は言った。

「僕はまだ喧嘩で気絶するのも、腕をへし折るのも見たことはない。ぜひ、やってくれ。やって見せてくれ」

そしてかわるがわる遠山と洪作を見守り、

「さあ、やんなさい。遠慮は少しも要らない」

宇田は言った。

「さあ、やんなさい。何をぐずぐずしている。もったいをつけないで、さっさとやりなさい。眠らせたり、腕をへし折ったりするところを見せてもらいたい」

それから、宇田は、いつかまた近くに寄って来た生徒たちの方に、

「君らも見物させてもらうといい。何か参考になることがあるかもしれない」

と言った。生徒たちは宇田から声をかけられると、叱《しか》られでもしたように、あわててうしろにさがった。

すっかり宇田に機先を制せられてしまった恰好で、洪作は地面に坐ったままで、

「すみませんでした」

と、宇田の方に頭を下げた。遠山も同じように、

「すみませんでした」

と言って、それから頭をかいた。

「何も僕に謝ることはあるまい。僕はいっこうに君たちから謝ってもらう筋合にはない。——二人とも、もうやらんのか。やるのはやめたのか」

「はあ」

洪作が頷《うなず》くと、

「そりゃ、残念だな。折角面白いものが見物できると思ったのに、やらんというのでは仕方がない」

それから、そこらにちらばっている生徒たちの方に、

「もう何もやらんそうだ。いつまで待っていても同じことだ。——帰んなさい」

と言った。その言葉で生徒たちは、こんどは本当にその場を立ち去って行った。あとは、宇田と遠山と洪作の三人だけになった。

「いったい、何で喧嘩した？」

宇田が言ったので、

「何かよく判らないんです。話しているうちに、遠山の奴《やつ》、急にいきり立って来たんです。急にかっかして来たんです」

洪作は言った。すると、

「君、立って話せ。いつまでそんなところに坐っているんだ」

「はあ」

洪作は立とうとしたが、また腰部に痛みの走るのを感じた。むりに立てば立てないことはなさそうだったが、何となく立つのがためらわれた。

「どうした」

「このまま、暫くこうしています」

「立てないのか」

「立てます」

「それなら、立ちなさい」

「はあ」

洪作は地面に両手をついて体を浮かそうとしたが、すぐまたやめて、

「もう暫くこうしています」

と言った。

宇田は地面に坐っている洪作を、上から覗《のぞ》き込むようにして、

「立てないんだな」

「立てます」

「だって、立てないじゃないか。ばかな奴だ。腰の骨でも折っているのだろう。呆《あき》れた奴だ」

それから、

「当分、そこに坐っていなさい。立てないと言うのなら、坐っている以外仕方あるまい。二、三日坐っていたら、また立てるようになるだろう。僕はもう君たちみたいな愚か者と付合っているのはごめんだ。帰る。あとは遠山に何とでもしてもらうがいい」

宇田は言った。すると、

「だらしない奴だな。立てよ」

遠山が近寄って来た。いつかちぎれた袖はズボンのポケットにでも捩《ね》じ込んでしまったのか、片袖のないへんな恰好になっている。

「こいつ、むりに技をかけて来たんで、つぶしてやったんです。思いっきり抱きかかえて、地面に叩《たた》きつけたんです。大体、喧嘩に柔道の技なんぞかけて来るのがむりなんです。喧嘩は殴って逃げればいいんです。こいつ、しろうとなもんで、武者ぶりついて来るんです」

遠山が言った。

「なにを！」

言うなり洪作は立ち上った。思わずすっくりと立ち上ってしまったのである。遠山はうしろに飛びのいた。

「やるか」

洪作が言うと、

「もう、俺はいやだよ」

遠山が言った。

「ほう、立てたな」

宇田は感心したように言って、

「歩いてみなさい」

言われるままに、洪作は四、五歩歩いてみせて、

「もう何でもありません」

と言った。

「僕は帰る。もう喧嘩《けんか》などするな。判ったな」

宇田は言うと、すぐ背を見せて、教員室の方へ歩いて行った。ひどくあっさりした態度だった。

「風呂《ふろ》に行くか」

遠山が言った。

「うん」

洪作は応じた。もともと風呂にはいるつもりのところを、遠山に呼びとめられたお蔭で、こんなことになってしまったのである。

この頃になって、寄宿舎の方から何人かの生徒たちが駈《か》け出して来るのが見えた。大

方、二人の乱闘事件が伝わったためであろうと思われた。

浴場へはいって行くと、何人かの寄宿舎の生徒が風呂にはいっていたが、いっせいにあがってしまった。物騒なものがはいって来たので、一刻も早く退散する方が無難だというその場の感じだった。

洪作は遠山といっしょに誰も居なくなった浴槽に体を沈めた。体の方々に小さい傷でもできているのか、それに湯がしみた。遠山も同じことらしく、右手を湯につけないで上にあげている。唇も切れているらしくまだ赤くなっている。

「口から血が出ているぞ」

洪作は注意してやった。

「うん」

遠山はまだ固い表情のままで、

「お前だって首から血が出ている」

と言った。洪作は首に手を持って行った。なるほど湯がしみる。すると、遠山は、

「おい、こら！」

と、まだ着物を着終らないでうろうろしている生徒たちの方にどなってから、

「誰かヨードチンキを持って来い」

するど、何人かの生徒たちは、あたふたと着物をかかえて、逃げるように浴場から出て行った。こんどこそがらんとした浴場内に二人きりになった。

「なんでお前、あんなに憤《おこ》ったんだ」

洪作は遠山に言葉をかけた。

「憤ったのはお前だ。俺は憤りはせん」

遠山は言った。

「そんなことがあるもんか。お前の方が先に殴りかかって来たんだ」

洪作は訂正した。まさにその通りだった。先に手出しをしたのは遠山の方である。すると、

「そうかな、俺の方かな」

遠山は言って、

「なんだか知らないが、かあっとしたんだ」

「厭な奴だ。俺がれい子のことを、あんな奴と言ったら、急に憤りやあがって！」

「そりゃあ、憤るさ。――嬉《うれ》しいくせに、へんなことを言いやあがるからさ」

「嬉しいもんか」

「本当に嬉しくないか。れい子に好きだと言われて、本当に嬉しくないか」

遠山はまた烈《はげ》しい眼をして言った。いかにも、はっきりと答えろ、ごまかしは許さな

いぞといった真剣な問いつめ方だった。

「嬉しいもんか」

洪作が言うと、

「なに！」

遠山はまたいきり立った。

「もう、厭だよ、俺は」

洪作が相手のいきり立つのを避けるように言うと、

「俺だって厭だ」

遠山も言った。

二人が浴場から出ると、下級生の一人がヨードチンキの罎《びん》を持って来て、

「これでいいですか」

と、おそるおそる遠山の方にさし出した。

「よし、そこへおいて行け。それから、この俺の洋服を寄宿舎のおばさんのところへ持って行って、袖をつけて貰《もら》って来い」

遠山は命じた。

「袖をつけて貰うんですか」

「そうだ。すぐつけて貰って、すぐ持って来い。早く持って来るんだぞ。早くしろ」

遠山は凄《すご》みを利《き》かして言った。

「そんなに威張るな！」

洪作が言うと、

「威張っているんじゃない。腹が立っているんだ。——俺は、これかられい子に会いに行って来る」

遠山は言った。下級生は遠山の上着をかかえて、戸外に出て行った。

「俺もついて行ってやる」

洪作が言うと、

「ふーん、自分が会いたいんだな」

「会いたいもんか。ただ、お前にへんなことを言われるのは厭《いや》なんだ。何を言うか判らんからな」

「当り前よ。俺はへんなことを言うだろう」

「誤解されるのは厭だから、ついて行く」

「誤解、誰に誤解されるのが厭なんだ？」

「れい子さ」

「なに、れい子に誤解されるのが厭だって！」

それから、

「驚いた。れい子に誤解されるのが厭か。誤解もくそもあるもんか。俺は本当のことを言ってやる。お前がこう言ったとれい子に言ってやる」

「俺もついて行く」

「ついて来たければ、勝手について来い」

「ついて行く」

洪作は、自分の立場が甚だ意気揚がらぬものになっているのを感じていた。ただ、ついて行くということを主張する以外方法はなかった。遠山ひとりをれい子に会わせることは、どう考えても避けなければならぬことだった。

洪作はさっき湯がしみた箇所をさがして、そこにヨードチンキをつけた。首に二カ所、腕に三カ所あった。

遠山も同じようにした。小さい傷は遠山の方が多かった。背中だけでも十カ所あった。

「うしろを向け」

洪作は言って、遠山の背にヨードチンキをなすりつけてやった。

「痛くないようにつけろ」

遠山は言った。

「顔にも傷がある。こっちを向け」

洪作が言うと、

「冗談言うな」

遠山は身をそらして言った。

洪作は裸体のまま柔道着を持って、誰も居ない道場に引き返した。洪作が小倉の洋服を身に着けていると、遠山がやって来た。見ると、上着にはちゃんと袖《そで》がついている。

「おい、行って、トンカツ食って、仲直りしようや」

遠山が言った。

「どこへ行くんだ」

洪作が言うと、

「厭な奴だ。わかっているくせに」

「よし、行ってやる」

「へんな言い方をするな」

「だって、行ってやるんじゃないか。金はお前が払うんだぞ」

「よし」

「さきに言っておくが、俺は口をきかないからな」

「俺と口をきかないのか」

「お前じゃない」

「れい子か」

「そうだ」

「口をきかないのは、お前の勝手だよ。俺は干渉しない。俺の方は口をきくよ。口をきいたからと言って、憤るなよ」

遠山は言うと、いきなり道場の畳の上で受身の型をして、もんどり打って、大きな体を投げ出した。大きな音がひびいて、畳が上下に揺れた。遠山は起き上りながら、

「おかげで、体中が痛いや」

と言った。洪作も対抗上何かしなければならなかった。

「やっ！」

と叫ぶと同時に、体を宙間にひるがえして、一回転して立った。とんぼをきったのである。この芸当は柔道部で洪作しかできなかった。洪作は続けさま、二、三回体を宙間に回転させ、道場の向うの端まで行くと、そこにすっくりと立って、

「どうだ！」

と言った。

「どうだもくそもあるもんか、そんなこと」

遠山は言った。

「そんなら、やってみろ」

洪作が言うと、

遠山は上着を脱いだ。そして、畜生めと、畳の一カ所を睨《にら》んで立っていたが、やがて調子をとって五、六歩足を運んでから、

「よし」

——ぎやっ！

としか聞えない不思議な叫び声を上げると、同時に反動をつけて飛び上った。

洪作の眼にもぶざまに見えた。宙間で回転しそこねた遠山の体は、奇妙な恰好《かっこう》で畳の上に落ちた。落ちたというより叩きつけられたといった感じだった。

遠山は畳の上に仰向けに倒れたまま起き上って来なかった。

「どうした？」

洪作が近寄って行くと、

「起き上れん」

遠山は言って、体を動かしかけて、

——いた、た、た。

と、顔をしかめた。

「ほんとうに起き上れんのか」

洪作が遠山の体に手をかけると、

——いた、た、た。

と、遠山は悲鳴をあげ、

「腰の骨が折れたらしい」

と言った。真顔だった。

「俺の肩につかまってみろ」

「だめだ」

「仕様がねえな。どこが痛い？」

洪作は遠山の腰に手を持って行った。

――いた、た、た。

遠山はまた叫んだ。

「そんなに痛いか。ほんとうに折れたのかな」

「折れると、どうなる？」

遠山は畳の上にのびたまま言った。

「どうなるんかな。俺も知らん」

「折れても、くっつくか」

「そりゃ、くっつくだろう」

「歩けるようになるか」

「そりゃ、なるだろう」

「不具者にはなるまいな」

「そりゃ、ならんだろう」

「他人のことだと思って、いい加減なことを言うな。——あいた、た、た」

そう言って、

「どうかしてくれ」

今や、遠山は哀願の口調になっていた。

「困ったな」

洪作もこんなに困ったことはないと思った。喧嘩《けんか》の相手が、自分で勝手に身動きできなくなって、のびて横たわっているのである。

「教員室に誰か居るだろう。ちょっと待っていろ」

洪作が言うと、

「教員室か。あんまり有難くねえな」

遠山は言った。

「じゃ、家の人を呼んできてやる」

「家に報《しら》せるのか」

遠山は浮かない顔で言って、

「おふくろが可哀《かわい》そうだ」

と言った。

「おふくろは、俺が落第した時、泣きやあがった。こんど、腰の骨を折ったと知ったら、また泣くに決ってる」

　それから、

「いいや、俺、ここに居る。あしたまで、こうしていたら起きられるようになるかも知れん。お前、付合ってくれよ、な」

　遠山は言った。顔が少し青ざめている。

「このまま、ここに居られるもんか」

　洪作が言うと、

「居られようが、居られまいが、こうしている以外仕方ないじゃないか。――俺は、こうしている。な、付合ってくれよ」

　付合ってくれと言われても、洪作としては、簡単に承諾の返事を与えるわけには行かなかった。

「起きてみろ、そうっと」

「だめだ」

「起きられんか。ぱあっと起きてみろ」

「起きられん」

「厭になっちゃうな。誰か先生に来てもらった方がいい」

「よくても、厭だ」

「先生が厭なら、家の人に来てもらえよ。いまなら癒《なお》るかも知れんが、あすになってみろ、手おくれになるぞ」

「手おくれになると、どうなる」

「一生起きられんだろう」

「一生かたわになったら、さぞおふくろが泣くだろうな」

それから、

「畜生め、起きるぞ、俺は」

遠山は凄《すさ》まじい形相をしたが、

「だめだ！　やっぱり折れているらしい」

と言って、

「教員室にも、家にも報せないでくれ。お前は卒業生だからいいが、俺はまだ在校生だ。お前と喧嘩しただけでも停学になりかねない。卒業生と喧嘩したんだからな。おまけに骨まで折った」

「何も、俺が折ったんじゃない。自分で自分の腰の骨を折ったんじゃないか」

「いや、俺の場合はだめだ。喧嘩したということだけで放校になる。こんど、どんな事件でも、事件と名のつくものを起したら、放校にすると言い渡されているんだ。腰の骨を折ったことが知れたら、喧嘩で折ったと思われるに決っている。実際に喧嘩しているところを宇田に見られているんだからな」

「宇田は大丈夫だ、俺がよく話す」

「お前はよくても、俺はだめだ。こんなことになるなら、俺も卒業しておけばよかった」

遠山は勝手なことを言った。

「駅の近くに骨つぎがあったな。あれを呼んで来たらどうだろう」

洪作が思い出して言うと、

「あの骨つぎのおっさんか。俺、いつか、あそこの道場に通っている町のあんちゃんを殴ったことがある。あの骨つぎ、俺のことを憤っていると思うんだ」

遠山は言った。

「かまわんだろう。俺、頼んでみてやる」

「来てくれんだろうな」

それから、

「ああ、こんなことになったのも、みんな、お前のせいだ」

遠山は恨めしそうに下から洪作を見上げた。

洪作は町道場を開きながら、傍ら骨つぎの看板をあげている清水という柔道家のところへ行き、わけを話して、ここに来てもらう以外、いかなる方法もないと思った。果して来てくれるかどうか判《わか》らなかったが、骨つぎの看板をあげている以上、商売ならやって来ないわけには行かないだろう。

「とにかく、行って来る」

洪作が言うと、

「行ってくれるのはいいが、必ず帰って来てくれよ」

遠山は心細そうな声を出した。

「当り前じゃないか。それにしても、惨《みじ》めなことになったもんだな。処置なしだ」

「全く処置ねえや」

それから、

「帰りに何か食うものを買って来てくれ。腹が減っている」

「よし、あんパンでも仕入れて来てやる。金はあるか」

「上着のポケットにはいっている」

洪作は、畳の上に投げ出されてある遠山の上着を取り上げて、そのポケットから何枚かの硬貨を摑《つか》み出した。

「俺のラーメン代も貰っておくぞ」

「ラーメンを食うのか」

「腹だけはつくっておかないと、どんなことになるか判らない。俺もお前に付合って、ここで寝なければならぬかも知れんからな」

「すぐ帰って来いよ」

「すぐ帰れと言っても、そうすぐは帰れん。寺の方へも今夜外泊するかも知れないということを連絡しておかなければならん。最近、寺の坊さん、うるさくなっているんだ」

「ラーメン食ったり、寺へ行ったりしていると遅くなるな」

「寺へは、藤尾の家で自転車を借りて行くから、そう時間はかからないと思うんだ。ラーメンを食って、寺に行き、それからあんパンを買って、骨つぎのところへ行く。そして来てくれるようだったら、骨つぎをここに案内して来る」

それから、洪作は戸外にいつか夕闇《ゆうやみ》がしのび寄っていることに気付いて、

「提灯《ちょうちん》か懐中電灯を持って来ないとだめだな。これも藤尾の家から借りて来る」

と言うと、

「蚊やり線香も持って来てくれ」

遠山は言った。

「蚊やり線香！　そんなものは要らんだろう」

「さっきから蚊がぶんぶんしている」

そう言われてみると、なるほど遠山は手をあちこちに振り廻している。蚊を追い払っているらしかった。

「じゃ、行ってくる」

「早く帰って来てくれ」

その遠山の声を背に、洪作は道場を出た。

道場を出ると、洪作はいやにひっそりとしている校舎の横を表門の方へ歩いて行った。寄宿舎には灯がはいっているが、百人ほどの生徒たちが居るとは信じられぬほどしんとしている。大方、夕食の時間が来て、食堂にでも集まっているのであろう。

宿直室にも灯がはいっている。宿直の教師が誰であるか知らぬが、ともかく一人の教師が、そこに居て呼吸していることだけは確かなのである。

洪作は寄宿舎の灯にしろ、宿直室の灯にしろ、学校の建物の中にともっている灯というものを、これまでこのように淋《さび》しく感じたことはなかった。

なぜこんなに淋しいのだろうと、洪作は思った。遠山と殴り合ったあとのためであろうか。あるいは、その闘争の相手をひとり道場に置きざりにして、自分だけいま逃れ出て来たためであろうか。

しかし、いま洪作の心を襲っている淋しさは、そうしたこととは別のところから湧《わ》き起って来ているようであった。それなら、この淋しさはどこからやって来ているのであろうか。

校門を出、桜並木を通りぬけ、田圃《たんぼ》の中の道に出た。昼間は中学生たちがぞろぞろ歩いている道であるが、この時刻になると、誰も姿を見せていない。

――おふくろは泣いてるだろうな。

洪作は心の中で言った。ふいにこんな言葉が飛び出して来た。この言葉は、さっき道場で遠山の口から出て来た言葉であったが、それと同じ言葉が、一つの思いとなって、洪作の心の表面ににじみ出して来たのである。

――おふくろの奴《やつ》、泣きやあがるだろうな。

遠山はそういう言い方をした。言葉は荒っぽいが、そういう荒い言い方の中に、洪作はふと心を打って来るものがあるのを感じた。

泣くのは遠山の母親ばかりではないだろう。自分の母親もまた、今日の自分を見ていたら、きっと泣くことだろうと思った。どう考えても、ろくなことはやっていない。友達と殴り合いをし、それからいま骨つぎを呼びに行こうとしている。おそらく今夜は道場のまっ暗い中で眠ることになるだろう。受験生だというのに、ここ何日かは机に向っていない。新しい英語の単語一つ憶《おぼ》えていない。宇田にも、郷里の祖父母にも送別会を開いてもらってあるのだから、早く台北へ行けばいいのであるが、まごまごしているうちに喧嘩などしてしまっている。それもいいが、台北行きは更に少しさきに延びそうである。金沢へ行かねばならぬからである。憂《う》きことは次から次へと押しかけて来つつある。

洪作は歩いて行った。少し歩いては、

――ああ、おふくろは泣くだろうな。

――ああ、おふくろは泣くだろうな。

と思った。遠山のおふくろも泣くだろうが、自分のおふくろも泣くだろう。さめざめと泣くだろう。あるいは滂沱《ぼうだ》と涙を流して泣くであろうか。

しかし、洪作は母親がどのような泣き方をするか、その姿を瞼《まぶた》に描いてみることはできなかった。大体、母親が泣くような女であるかどうかも見当はつかなかった。ただ、母親というものは、こういう場合例外なく涙を流して悲しむものであろうと思っているだけである。

母親というものが泣いているのを、洪作は何回も見ていた。藤尾の母親が泣いたのも見ているし、木部の母親が泣いたのも見ている。比較的おとなしい金枝の母親だって一回泣き顔を見せたことがある。母親というものは、ちょっとしたことで、やたらに泣くものである。わが子が落第したといっては泣き、学校から呼び出されたといっては泣く。

いつかこのことを木部に言ったことがあった。その時、木部は、

――お前のおふくろなど、ここに居てみろ、泣きづめに泣いていなければならぬ。お

前のその恰好を見ただけで泣き出すだろう。頭髪がのびているのを見て泣き、踵《かかと》のつぶれたぼろ靴を見て泣き、上着にボタンが一つしかついていないのを見て泣き、裸の上にいきなり上着を着ているのを見て泣く。ラーメン食っては寝てばかり居るのを見て泣き、びりから何番めかの通信簿を見ては泣く。お前は親父《おやじ》の年齢も、おふくろの年齢も知らないだろう。大体見当さえつかんだろう。これを知ったら、おふくろばかりでなく、親父だって泣くだろう。

と言った。いま、その木部の言葉を思い出して、洪作は木部が指摘したぐらいのことで泣くのだったら、今日の自分を見たら、母親はひっくり返って気を失ってしまうだろうと思った。

洪作は御成橋を渡った。もうすっかり夜になっている。狩野川の水の面には、両岸の人家の灯が映っている。学校の灯が淋しいばかりでなく、どういうものか、街の灯まで淋しい。

洪作は中華ソバ屋にはいって、ラーメンを二はい食べた。柔道の稽古《けいこ》をし、そのあとで猛烈な喧嘩をし、それからまた道場でとんぼを切っている。いつもより何倍も体を使っているので、ラーメンが腹にしみいるようにうまい。

中華ソバ屋を出て、その前の菓子屋であんパンを買った。それから自転車を借りるために、藤尾の家を訪ねた。店の中にはいって行くと、そこに居た母親が、

「ああ、早い、もう嗅《か》ぎつけたの？」

と、呆《あき》れた顔で言った。奥で藤尾の声が聞えている。

洪作はきのう藤尾の手紙を読んだばかりだったので、まさか藤尾が帰っていようとは思っていなかった。しかし、奥で聞えているのは藤尾の声に違いなかった。

「帰っていますか」

洪作が訊《き》くと、

「ほんの今帰ったところよ。そしたら、もうあなたが！　驚くわ、ほんとに」

「僕は自転車を借りに来たんです」

「だめ、だめ、そんな言いわけしても」

藤尾の母親は二人が連絡をとっているものとばかり思い込んでいる口調だった。

そこへ洪作の声を聞きつけたらしく、

「よお！」

と、藤尾が店へ出て来た。大学の制服を着ている。

「早いんだな、誰に聞いたんだ」

藤尾も驚き顔で言った。

「誰にも聞きはしない。俺は自転車を借りに来たんだ。君が帰っているのは知らなかった。きのう手紙を読んだところだ」

それから、

「遠山が腰の骨を折って、いま中学の道場で寝ている。動けないんだ」

「遠山が？」

「そう、暗い道場の中でひとりで寝ているんだ。何とかしてやらないと可哀そうだ」

「ほう、どうして、今頃道場なんかで寝ているんだ」

藤尾は煙草《たばこ》に火をつけて、

「まあ、上れよ」

と言った。

「お上んなさいよ、久しぶりに」

母親も言って、奥へはいって行った。

「それどころじゃないんだ」

洪作は事の次第をかいつまんで藤尾に話した。すると、顔を緊張させて聞いていた藤尾は、やがて、にやりとすると、

「とんぼをきりそこなって、腰の骨を折ったのか。面白いな。よし、俺も手伝ってやる」

と言った。こういう事件に藤尾が首を突っ込んでくれることは、洪作としては千万の味方を得たように心強いことだった。

「沼津に帰ると、とたんに忙しくなる」

藤尾は奥に引っ込んで行ったが、五分ほどすると、再び店に姿を見せた。いっしょに出て来た母親が、

「久しぶりで帰ったんだから、夕ごはんだけは食べなさい。何かしらないが、今夜は落着いていなさい」

「それどころじゃないよ。友達が骨を折ったんだ。救《たす》けに行かねばならん」

「だめ、だめ、——洪作さん、あんたもここでごはん食べなさい」

「そうしちゃあ居られないんです」

「悪い人ね」

「いや、本当に友達が骨を折ったんです」

「そんなことを信じますか」

母親は言った。

藤尾がすぐ家を出たので、洪作もあとに続いた。そして往来へ出てから、

「いやになっちゃうな。俺がすっかり悪者になっている」

と、洪作が言うと、

「すぐ誤解は解けるよ。遠山の奴、へんな時に腰の骨など折るからいけないんだ。それにしても面白いな、あいつが道場でひとりで寝ているとは。暫《しばら》く寝かせておけよ。すぐ

救け出すと、癖になる」

藤尾はそんなことを言った。

「俺、本当は自転車を借りに来たんだが」

「自転車をどうするんだ」

「寺へ、今夜帰らないかも知れないということを連絡しておきたいんだ」

「ばかだな。お前、遠山に付合って道場に寝るつもりか。あんなところに寝られるか。――まあ、任せておけ。まず第一にやることは骨つぎ屋に道場へ行って貰《もら》う交渉をすることだ。万事はそれが決ってからだ」

藤尾はそれから、

「木部も帰っているかも知れない。誘ってみるか」

と言った。

「木部はまだ帰っていない」

洪作が言うと、

「じゃ、誰かほかに居ないかな。もう二、三人居る方が面白いんだがな。もったいないよ、こんな珍妙な事件を二人で独占するのは」

二人は駅の方へ歩いて行った。

「田舎はいいな。――静かで」

藤尾は言って、

「この夏は思いっきり泳ごうや」

「俺は台北へ行くんだ」

「なんだ、親父とおふくろのところへ行くのか」

「うん」

「お前らしくないことを考えたもんだな」

「俺が考えたんじゃない」

「じゃ、誰が考えたんだ」

「まわりが考えたんだ。お前以外は、みんな俺に台北の両親のところへ行けと言うんだ」

それから、

「来年は四高を受けようと思うんだ。それにはある程度勉強しないとな」

「恐ろしくまともになったもんだな。だめだよ。大体、お前、勉強なんてしていないだろう。台北へ行っても同じことだよ。それより分相応なことを考えることだ。俺の学校へはいれよ。試験はあるが、無試験同様ではいれる。俺でさえはいったんだからな。自由と言えば、これほど自由な学校はない。のびのびしている。俺、つくづく思うんだが、お前は官立に向いていないよ。お前、生れてからいつも勝手気儘《きまま》に育って来たろう。官立なんてはいってみろ、一日で厭《いや》になる」

藤尾は言った。

二人は駅の方へ歩いて行き、途中で左に折れ、清水接骨院という看板のあがっている家の前に出た。接骨院といっても別段変った建て方の家ではない。煙草屋と文房具屋の間にはさまったごく普通の家で、道路に面した方の部屋が道場に改造されてあるだけのことである。その道場の入口の柱に〝清水接骨院〟と〝清水柔道教習所〟という二つの門札が掲げられてある。

二人は玄関の扉を開けた。右手の道場とは名ばかりの二十畳ほどの畳敷の部屋で、町の青年らしいのがふた組らんどりの最中である。

「こんばんは」

藤尾が大きな声を出すと、青年の一人がらんどりをやめて、柔道着姿で玄関へ出て来た。

「友達が骨を折ったので、来て診てもらいたいんです」

藤尾が言うと、

「先生は留守です」

青年は言った。浜松の親戚《しんせき》の法事に出掛けて行っていて、あしたでなければ帰らないということだった。

「留守じゃ仕方ないな。あしたのいつ頃帰って来ますか」

洪作が訊くと、

「ちょっと待って下さい」

青年は廊下づたいに奥へ引っ込んで行ったが、やがてこの道場の主人の細君らしい中年の女が、子供に乳をふくませたままのだらしない恰好《かっこう》でやって来た。

「あいにくなことです。主人が居ればすぐ伺うんですが、今朝から留守をしていまして」

「あした何時頃お帰りです」

洪作が訊くと、

「あすは正午に町内の寄合がありますんで、それに間に合うように帰って来ると思います」

細君は言った。

「困ったな。ほかに沼津に骨つぎの先生は居ませんか」

「ないことはありませんが、さあ、どんなものですか。骨つぎだけは、うまい人にかかりませんと」

それから、

「どこの骨ですか」

「腰の骨です」

「腰の骨！　それは、あなた、へんな人にいじられると、一生不具になりましょうが、ちゃんとしたところに入院せんと」

「ちゃんとしたところと言うと」

「ここへ連れて来なさったら、――部屋もあいています。風通しもいいし、畳も替えたばかりです。いい加減な宿屋より、よっぽど気持いいと思います」

急に細君は雄弁になった。

「じゃ、都合によって、あした連れてくるかも知れません」

洪作が言うと、

「あしたでもいいですが、腰の骨を折ったのでしたら、今夜の方が宜《よろ》しいでしょう。そうすれば、あした先生が帰って来たら、いの一番に診て貰えましょうが」

細君は言ったが、これから遠山をここに運ぶとなるとたいへんだった。今夜ここへ連れて来ても、どうせ寝かせておくだけのことである。ただ寝かせておくだけなら、ここに連れて来ても、道場に寝かせておいても同じことであった。

「あしたにしましょう」

洪作が言うと、

「じゃ、部屋をあけておきますから間違いなく、――じゃ、お待ちしております。ありがとうございました」

細君は嬰児《えいじ》を抱いたままおじぎをした。最後に礼を言うところは、何とも言えず奇妙な感じであった。

二人は清水接骨院を出た。

「向いにすし屋があるな。見舞に来るたびにすしが食える」

藤尾は言った。なるほど清水接骨院のま向いにすし屋が店を構えている。そのすし屋で思い付いたのか、

「ちくとどこかで腹ごしらえして行くか」

藤尾は言った。

「そうだな」

洪作も賛成でないことはなかった。さっきラーメンを食べたが、それで満足しているわけではなかった。しかし、道場に横たわっている遠山のことを思うと、そうのんきにもしていられない気持だった。

「だが、遠山が待っているぞ。今頃蚊に食われていると思うんだ」

そう言ってから、洪作は遠山に蚊とり線香を頼まれていたことを思い出した。

「そうだ。蚊とり線香を持って行かなければ、――懐中電灯も要る」

「世話のやける奴《やつ》だな。よし、何か食って、買物をして、その上で道場へ行こう。遠山

の奴は少し一人にしておいた方がいいよ。あいつはものを考えるというようなことはめったにないから、この機会に少し考えさせてやろう。人生について、人間について、少しは考えるだろう」

「人生についてなんか考えるものか。今頃、あんパンについて考えている」

「食いたい、あんパン。あんパン、食いたい。あん食い、パン食い、か」

「なんだ、それ」

「谷崎潤一郎の〝母を恋ふる記〟にあるじゃないか。——てんぷら食いたい。食いたい。天ぷら、てん食い、ぷら食い」

藤尾は言った。

洪作は御成橋の近くの店で懐中電灯と蚊とり線香を買い、それからさっきラーメンを食べた中華ソバ屋にこんどは藤尾といっしょに二人ではいった。

「いらっしゃい」

太い声で主人は言ったが、洪作を見ると、

「おや、あんた、また来たんか。若い者にはかなわないな」

と言った。そんなことを主人に言われたためでもなかったが、洪作はシューマイを頼み、藤尾の方はチャーシューメンを注文した。

藤尾は久しぶりだからビールを一本だけ飲もうかと言ったが、洪作はさすがにそれには応じなかった。

「ビールはあとにして、とにかく道場に行ってやろうよ」

洪作は藤尾を促してその店を出た。

御成橋を渡ると、町並みが切れて、急に淋しくなるが、更に少し行くと、人家は全くなくなって、道の両側には田圃《たんぼ》が拡《ひろ》がって来る。二人が歩いて行くと、時々蛍が道の行く手を遮《さえぎ》った。洪作は小さい青い光が眼の前に飛んで来る度に、それを追いかけたが、藤尾はそんなことには眼をくれず、例の一種独特の歌い方で、新しい京都の生活で仕入れて来たらしい歌を歌った。

――琉球《りゅうきゅう》におじゃるなら
　わらじはいておじゃれ
　琉球は石原、小石原

藤尾が歌うと、どんな歌でも、もの悲しくなった。藤尾は同じ歌を繰り返し歌った。

――琉球へおじゃるなら
　わらじはいておじゃれ
　琉球は石原、小石原

洪作には〝琉球〟は〝りきゅう〟と聞えた。

「りきゅうとは何だ」

洪作が聞くと、

「琉球だよ。りゅうきゅうと聞えないか」

「りきゅうとしか聞えない」

「そうかな」

藤尾は自分で自分の歌声を確かめるように、こんどはいくらか低い声で、その替り語尾を長く引っ張ってゆっくり歌った。

暗い中で二、三人の一団とすれ違った。すると、その一団の中から、

——親不孝声を張り上げるな。

という声が聞えた。藤尾は歌うのをやめて、

「驚いたな」

と言って、

「親不孝声とはうまいことを言うな。これは参った」

いつもの藤尾なら、〝なにを！〟といきなり相手に挑みかかって行くに違いなかったが、この場合は珍しく穏やかだった。

「ここで喧嘩《けんか》すると、遠山が可哀《かわい》そうだからな」

そんなことを言った。

田圃の中の道を折れて校門に向って歩き出した頃から、藤尾は親不孝声を張り上げる

のをやめて、

「遠山の奴、いかなることに相成りおるかな」

と、声を低めて言った。

「いかなることに相成りおるか判《わか》らぬが、とにかく余のあとについておじゃれ」

洪作は言って、さきに立って歩き出した。校門をくぐって、教員室のある校舎の横手を廻り、道場の方へ砂利道を歩いて行く。

「灯が見えないな。寄宿舎はもう消灯か」

藤尾が囁《ささや》いた。消灯は九時なので、まだそうした時刻にはなっていない筈《はず》だが、二度もラーメンを食ったりしているので何とも言えない、と洪作は思った。

道場の入口まで行って、二人は内部をうかがった。戸口はあいているが、内部はまっくらで、しんとしているので、いかにも闇《やみ》が口をあけている感じである。

「遠山！」

洪作は低い声で昼間の喧嘩の相手の名を呼んだ。応答はなかった。

「遠山！」

もう一度呼んでから、

「変だな」

洪作は言って、懐中電灯のスイッチをひねった。道場の畳が浮かび上って来た。にぶい光がその畳の上を這《は》って行く。

やがて懐中電灯の光は、その先の方で一個の物体を捉《とら》えた。遠山の上着を頭から被《かぶ》って横たわっている姿が見えた。

「遠山！」

洪作は言ったが、返事はなかった。洪作は何となく不安なものを感じた。藤尾も同じように感じたのか、

「おい！」

と言ってから、

「動かないじゃないか」

二人は遠山のところへ近寄って行き、上から暫く不気味なものを見おろしていた。洪作は懐中電灯の光を遠山の上半身に当てたり、下半身に当てたりして、

「変だな、こいつ」

「死んでいるんじゃないか」

「まさか」

洪作は身を屈《かが》めて、

「おい、遠山！」

と何度目かの声をかけた。体に触るのは不気味だった。すると、その時、ぱあっと上

着ははねのけられ、遠山の顔が現れて、起き上りでもするように体が動いたと思うと、

「あ、いた、た、た!」

という声が口から洩《も》れた。

「なんだ、死んではいないのか」

藤尾はほっとしたように言って、

「そんなに痛いか」

すると、

「お前、だれだ」

遠山が訊《き》いた。

「藤尾を連れて来た」

洪作は畳の上に胡床《あぐら》をかいた。

「腹がへった。何か持って来たか」

遠山が訊いた。

「あんパンを買ってきた。これで我慢しておけ」

洪作はあんパンの袋を破って、その中の一個を遠山の手に握らせて、残りは頭のそばに置いた。そして、

「蚊はいないじゃないか」

と言うと、

「さっきまでぶんぶん言っていたが、いまは居なくなっているな」

遠山は言った。

「蚊だって、気が利《き》いた奴は引き揚げて行くよ。こんなところにまごまごしているのはお前ぐらいのものだ。それにしても傑作だな。今夜ここに、ひとりでおやすみになるとは」

藤尾が言うと、

「骨つぎはどうした？」

遠山はパンを口に頰ばりながら言った。洪作がわけを話し、今夜はここで寝て、あすの朝、藤尾の家の若い衆に頼んで骨つぎ医者のところに運んでやると言うと、

「お前ら、今夜付合ってくれるだろうな」

と、遠山は念を押した。

「じょ、冗談を言うなよ。俺は見舞に来ただけだ」

「洪作は付合ってくれるな」

「俺か、俺だって今夜はもうごめん蒙《こうむ》る。その替り、あしたの朝来てやる。学校が始まらんうちに、ここから運び出してやる」

洪作が言うと、

「つれないことを言うなよ。俺は一人でここに居るのは厭だ」

「厭だって言っても仕方ないじゃないか。動けないんだからな。眠ってしまえば同じことだ。俺たちがはいって来た時、お前、眠っていたじゃないか」

「眠ってなんか居るもんか。上着を被って耳をふさいでいたんだ。うす気味悪いぞ、ここは。——畳がみしみし音をたてやあがる。それから蛍がはいって来て、そこらをふわふわ舞っていやあがる」

遠山は言った。そう言われてみると、なるほどここに一人で居たら不気味だろうと思った。チミモウリョウが寄り集まって来そうである。深夜になったら何が出て来るか判ったものではない。しかし、遠山にはここに一人で寝て貰わねばならぬ。

「意気地のないことを言うな。天下の遠山じゃないか」

洪作が言うと、

「頼む、な、付合ってくれ」

遠山は又々哀願の口調になっていた。

洪作は懐中電灯をつけたり消したりしていた。つけ放しにして電池がなくなるのを怖《おそ》れたからである。

「水を飲みたいな」

まっ暗い中で遠山は言った。無理からぬ要求である。

「よし」

洪作は立ち上った。道場の横手にポンプ井戸の洗濯場があり、そこにいつもバケツが置いてあるので、それに水を汲《く》んで来てやろうと思った。

「茶碗《ちゃわん》もコップもないだろう」

藤尾が言った。

「バケツがある」

「馬なみだな」

「この際、辛抱してもらう」

洪作は足もとに懐中電灯の光を這《は》わせながら、道場の建物を出て行った。そして井戸の方へ足を運びかけて、すぐ懐中電灯を消して、暗い中に立ち停った。遠くで人声が聞えたからである。

洪作は、何人かの一団がこちらに近付いて来る気配を感ずると、足音をしのばせて、道場に戻った。そして、藤尾と遠山の居る方に、

「しいっ！」

と、注意を促しておいて、暗い中を這って行った。

「静かに、静かに、誰か来る」

洪作が言った時、

——だれじゃい、そこに居るのは。

道場の入口からいきなり怒鳴り声が響いて来た。声が割れているところと、〝だれじゃい〟という言い方からして、その怒鳴り声の主が誰であるかは、洪作にはすぐ判った。洪作ばかりでなく、藤尾にも遠山にも判った筈である。情け容赦なく生徒を処罰することで全校の生徒から怖れられている教頭の釜淵《かまぶち》である。

「だれじゃい、出て来い！」

それと同時に、破目板を木刀様のもので烈《はげ》しく叩《たた》く音が響いた。釜淵は寄宿舎の生徒でも随《したが》えて来ているらしく、入口近くの砂利を踏む何人かの靴音が聞えている。

「だれじゃい！」

三回目に釜淵のどなり声が聞えた時、

「はーい、遠山であります」

と、遠山が返事をした。遠山が返事をしてしまったので、洪作は懐中電灯のスイッチをひねった。にぶい光が闇の一部を照した時、洪作はすぐそこに遠山の立っている姿を見た。どうして立ったのか知らぬが、ともかく遠山は立っていた。

「遠山だと？　遠山というのは本校の生徒の遠山か」

「は、そうであります」

「ばか者、お前のほかに、そこに居るのは誰じゃ」

また木刀で破目板を叩く音が響いた。

「誰じゃい、名を言え」

釜淵はまた怒鳴った。すると、

「先生、僕です」

藤尾は初めて声を出し、それから奇妙な笑い声を出しながら、道場の入口の方に歩いて行った。その時、釜淵の手に握られていた懐中電灯の光が正面から藤尾を捉えた。

「先生、暫《しばら》くです。僕はさっき京都から帰ったばかりですが、洪作から遠山の事件を聞いて、これは母校の一大事と、大急ぎで駈《か》け付けました」

藤尾が言うと、

「藤尾か、君の言うことは、わしは信用しないことにしている。五年間騙《だま》されたから、もういっさい信用せん。何が母校の一大事か。君はいつもそういう調子のいいことを言う」

「困りますな。本当ですよ。さっき僕は京都から帰ったばかりです。家にはいったところへ、洪作の奴が飛び込んで来て、遠山が腰の骨を折って、道場で寝ていると言ったんです。それで、それは大変というわけで」

「洪作君は居るのか」

「はあ」

洪作は自分の名が出たので、釜淵の方へ歩いて行った。懐中電灯の光が藤尾の顔から洪作の顔に移された。

「君は浪人のくせに毎日学校へ来て遊んでいると思ったら、昼だけでは足りなくて、夜までこんなところにうろうろしているのか」

「はあ」

「はあ、とは何だ。もう少し何とか返事のしようがあるだろう」

するとと、藤尾が、

「洪作は、こういう場合になると、からきし駄目なんです。言うべきことも言えないんです」

と言った。

「君は黙っていなさい。君はとかく何事にも横から口を出す。卒業しても、まだ直らんか」

「信用がないんだな」

「君を信用するばか者は、この中学には居《お》らん」

「さんざんだな」

藤尾も釜淵にかかると手も足も出ない。釜淵は洪作にもう一度懐中電灯の光を返して、

「わけを話しなさい」

と言った。

「夕方、遠山と道場に来たんですが、その時遠山の奴、僕のまねをしてとんぼをきったんです。ところが、きりそこなって腰の骨を折って、動けなくなりました。それで骨つぎを呼びに行ったんですが、あいにく骨つぎが留守で、あすでなければ帰らんと言うんです」

洪作は言った。

「腰の骨を折った!? 腰の骨を折ったのが事実なら、なかなか立ってなどおれまい」

釜淵は言った。懐中電灯の光が道場のまん中に突っ立っている遠山の方に向けられた。

「寝ていたんじゃないのか」

釜淵が言ったので、

「今まで寝ていたんです。今までは確かに起きられなかったんです。不思議だなあ」

洪作は釜淵の方に言ってから、

「お前、起きられたじゃないか」

と、遠山の方に言葉を投げた。

「うん」

遠山は言って、

「どうして起きたか知らんが、起きちゃった!」

　すると、

「君たちの言うことは、何が何だか、さっぱり判らん。大方三人で道場に泊って、悪い相談でもしようと思っていたのだろう。遠山はすぐ宿直室に来なさい。あとの二人には帰って貰おう。遠山はまだ本校の生徒である。一応取り調べた上で身の振り方を決める。ところもあろうに、道場に泊るなどということはとんでもないことだ。中学生としてはあるまじき行為である」

　釜淵は言って、それから自分のあとに控えている数人の寄宿舎の生徒の方に、

「道場を見廻って、火の気などに注意し、戸締りして帰んなさい」

　そう言って、顎《あご》をしゃくった。

「遠山、すぐ来なさい」

　釜淵は懐中電灯を生徒の一人に渡してから、すぐ道場から出て行こうとした。

「歩けません」

　遠山が情けない声で言った。

「お前は寝ていたのに立ち上ったではないか。歩けないことがあるか。横着者！」

「それが、全然歩けないんです」

「まだそんなことを言っているか」

「いや、本当です。全然足を踏み出せないんです。凄《すご》く痛いんです。夢中で立ち上った

ことは立ち上ったんですが」

すると、藤尾が、

「いや、これは驚いた。先生の一喝で無我夢中で立ち上ったんですよ。立ち上れない奴が立ち上った。こいつは愉快だ。おどろき桃の木山椒《さんしょ》の木ですよ」

と言った。

「何を君はつべこべ言ってる！」

「でも、奇跡ですよ」

「奇跡かどうか見てやろう」

釜淵は懐中電灯を生徒から取り戻すと、それを持って、道場の内部にはいって行った。

――いた、た、た！

遠山の口からそんな声が洩れた。

「腰の骨が折れたというんだな」

「そうです」

「折れたことが、どうして判る」

「折れたとしか思えません。右脚も、左脚も踏み出せません。立つには立ったんですが、こうなったら横になることもできません」

「ふん。もし腰の骨が本当に折れたなら天の罰だ。自分で招いたことだ」

そんな言葉のやりとりが聞えていたが、

「それにしても、立ち上ったんだからな」

釜淵はまだその点にこだわっていた。

「僕はこう思うんです」

洪作は口を出した。

「遠山の腰の骨は折れかかっていたんだと思いますよ。そこに先生の一喝が聞えたので、遠山は夢中で立ち上った。そうとしか思えない。立ち上れるくらいだから、それまでは完全には折れていなかったんですね。しかし、立ち上った瞬間に、こんどは完全に折れたんだと思いますね」

「じゃ、わしが怒鳴ったことがいけなかったのか」

「そ、そんなことはありません」

「でも、そういうことになるではないか」

「いや」

「よし、そういう難くせをつけるなら——」

「いや、そんなつもりで言ったのではありませんよ。困るなあ」

洪作は本当に困った。僻《ひが》みっぽいのは宇田ばかりかと思ったら、釜淵の方はそれに輪をかけている。

「よし、藤尾と君に遠山をどこへでも運んで貰《もら》う。いずれにせよ、ここに置くことはできぬ」

「いまですか」

藤尾は訊いた。

「友達の大事と知って、君は駈け付けて来たと言っていたじゃないか。面倒みてやりなさい。洪作君、いいな」

釜淵は言い棄《す》てると、すぐ道場を出て、そのまま歩み去って行った。寄宿舎の生徒たちは立ち去ろうか去るまいか決めかねて、その辺に落着きなく立っていた。

「ひどく憤《おこ》らせちゃったもんだな」

洪作が言うと、

「お前が変なことを言うからだ。あれでは憤るよ。——大体、遠山が起きなくてもいいのに起きたりするからだ」

藤尾は言った。

「何も、俺だって起き上りたくて起き上ったわけじゃない。釜淵が来やあがったと思ったら、とたんに起き上っちゃったんだ」

遠山は言った。

「少しぐらい歩けるか」

藤尾が言うと、

「冗談じゃない。歩けるもんか。――何とかしてくれ。こうしていると、今にぶっ倒れる」

遠山は言ってから、こんどは急に大きな声で、

「そこらにぼっ立っている寄宿舎の小僧ども、うろうろしないで何とかしろ」

と怒鳴った。やつ当りと言うほかなかった。

「仕方がないな。厄介でも骨つぎのところへ運び込むか。あそこの欲ばりばあさんは今夜のうちに連れて来いと言っていたくらいだから、これから持って行ったら悦《よろこ》ぶだろう」

洪作は言った。

「どうして運ぶ？　それにしても厄介だな」

藤尾は言った。

「厄介、厄介と言うな。お前らがへまをやるから釜淵に見付かっちゃったんだ。つけもの石みたいに運ぶとか、持って行くとか言うな。言葉を慎しめ！」

遠山は怒鳴った。次第に気が立ち始めている。

「豪《えら》そうに言うな。動けもしないで威張るな。――と言って、このつけもの石をここに置いて行くわけにも行かないしな。畜生、今日は日が悪いよ。たまに家に帰って、久し

ぶりで風呂《ふろ》にはいろうと思っていたところへ、疫病神《やくびょうがみ》がふらふらとはいって来た。大体、洪作がいかん」

藤尾は藤尾で、これもやつ当りだった。冷静なのは洪作一人である。自分がとんぼをきったのが、そもそもの事件の発端であるので、多少の責任がないわけではない。

「とにかくだな」

洪作はそんな言い方で事件の処理に乗り出した。そして結局寄宿舎の生徒に戸板と、その上に敷く蒲団《ふとん》を運ばせることにした。

暫くすると、二人の生徒が戸板を持って来、もう一人の生徒が敷蒲団をかついで来た。洪作は戸板の上に敷蒲団を敷き、それを畳の上に置いた。遠山の体をその上に横たえるのがひと仕事だった。みんなで遠山の体にとりついた。

「——いた、た、た!」

遠山は痛いの連発だった。

「こういうことは同情していてはできん。邪慳《じゃけん》にやれ、邪慳に」

藤尾は言った。

「——いた、た、た!」

「痛いのは判っている。お前は大体、日頃下級生に威張り過ぎている。そういう評判だぞ。落第したからと言って、何もそう威張ることはない」

「——いた、た、た!」

「そりゃ、痛いだろう。骨が折れているんだからな。痛くなかったら不思議だ」

藤尾は言ってから、

「これを俺と洪作が運ぶというわけか。有難い役目だ。——まだそう遅いわけじゃない。寄宿舎の連中に手伝わしてはいかんか」

「いかん!」

戸板の上にどうにか身を横たえた遠山が言った。

「お前らだけで運んでくれ。な、頼む。寄宿舎の奴《やっ》らなど使ってみろ。釜淵が眼をむくぞ」

そこへ、寄宿舎の生徒から聞いたらしく、寄宿舎の炊事をやっているおじさん夫婦がやって来た。

「二人じゃ運べませんよ。わし等も手伝います。遠山さんもたまにはこういう目に遇うのもいいさ」

おじさんはそんなことを言った。

戸板の前の方をおじさんと藤尾が持ち、後部には洪作とおばさんが取りついた。やがて遠山を載せた戸板は道場を出、校舎の横手を廻り、門に向った。

「まあ、いいや、生きている奴を載せているんだから。——これで死人を運ぶんだったら、こうさっぱりとはいかん」

藤尾が言った。

「遠山さんも、まあ、これからは気をつけるんだね。親から貰った体だ。あんまり粗末にすると罰が当る」

おじさんが言った。

「そうだよ。こいつ無茶苦茶なんだ」

洪作が言うと、

「そういうあんただって、気をつけるんだね。人を傷つけて気持のいい筈《はず》はない」

おじさんが言ったので、

「俺は知らんよ。俺がやったわけじゃない」

洪作は言った。

「何か知らんが、喧嘩《けんか》はいかん。勝っても敗けても気持のいいことはない」

おじさんは遠山と洪作の喧嘩を知っていて、こういうことになったのも、その喧嘩のためだと思い込んでいる風だった。戸板の上から遠山が抗議した。

「冗談じゃないよ。洪作なんかにやられるか。仲直りしてから、道場でとんぼをきろうとしたのがいけなかったんだ。まあ、いいや、何でも、――」

それから、

「あすは天気だな、星がきれいだ」

遠山は言った。

「のんきなことを言うな」

藤尾がきめ付けた。

「いや、本当にきれいなんだ。蛙が鳴いてるな。——おふくろの奴、泣くだろうな」

「そりゃ、あんた、泣きますよ。わが子が腰の骨を折って、戸板に載せて運ばれていると知れば、どんな母親だって泣きますよ」

おばさんが言った。御成橋を渡り、藤尾の家の前まで来た時、

「ちょっと待ってくれ、焚出《たきだ》しを家に頼んで来る」

藤尾が言った。

「何も今頃焚出しなどすることはありますまい。わしらはすぐ帰る」

おじさんが言った。

「遠山に食わせてやるんだ」

「まあ、遠山さんには一食ぬくぐらいのことは我慢して貰うんだね。焚出しなんて、家の人が迷惑だ」

「ところが、俺のおふくろはこういう場合の焚出しは大好きなんだ。張りきってやるよ」

藤尾が言うと、

「俺は、いま何も食いたくないんだ。それより小便をする罎《びん》を持って来てくれ」

遠山は言った。

「ご挨拶《あいさつ》だな。が、それも致し方あるまい。しからば、その罎など持って来て進ぜよう」

藤尾は戸板から離れて、家の内部にはいって行った。

遠山を載せた戸板は、暫《しばら》く藤尾の家の前で停っていた。店の表戸はすでに降ろされている。

暫くすると、藤尾は横手の通用門から出て来ると、

「お前、自分で持ってろ」

と罎を遠山の方に差し出し、それから戸板の前の方に廻った。

「何たる悪日であるか」

藤尾はそう言ってから、

「では、御同役、夏の夜も更《ふ》けた故《ゆえ》、ぼつぼつ道を急ぐと致そうか」

洪作はいつか次第に腹立たしいものを感じていた。早く寺へ帰って寝たいと思った。

「俺は厭《いや》になった。何でもいいから早く片付けてしまおう」

洪作が言うと、藤尾は、

「勝手なことを言うな。厭になると言えば俺の方がよっぽど厭になっている。本来ならお前が一人でやるのを、俺たちは救《たす》けてやっているんだぞ」

それから、

「なあ、おばさん」

と、おばさんの方に言った。

「そうですとも。──でも、まあ、もう少しですよ」

おばさんが言うと、

「厭だ、厭だと言うな。厭なら、何もしてくれなくてもいい。置いて行け」

遠山が言った。

「置いて行けと言っても、置いて行けるか」

藤尾が言うと、

「置いて行け」

遠山は重ねて言った。

「もういいから、みんな帰ってくれ。もう世話になりたくない。さ、みんな、帰れ」

遠山は息まいた。こうなると、遠山が一番強かった。

「何を、あんた、言ってるんだ。置いて行けと言ったって、置いて行かれるもんじゃない」

おじさんが言うと、

「いいや、構わん、置いて行け」

遠山は言った。

「うるさい」

洪作はどなった。

「世話になるのなら、黙って世話になれ」

「おや、洪作の奴、大きな口をききやあがる。もういっぺん嚙《か》ましてやろうか。——あ、いた、た、た！」

「それ、みろ、痛いだろう」

「痛い！」

「痛いに決っている。骨が折れているんだからな。痛いに決っている以上、痛いと言うな。痛いのは判《わか》っている。痛いのはお前だけだ。同情を求めるな」

「あ、いた、た、た！」

遠山が唸《うな》った。

「判ってる」

洪作がきめ付けると、

「あんた、ぼんちみたいな顔をしているのに、顔に似ず、むごいことを言うんだね。遠山さんだって、痛いと言うわね。本当に痛いんだろうから」

おばさんは言った。

清水接骨院への曲り角で、巡査が近寄って来て、

「どうしたんだね」

と、遠山の顔を覗《のぞ》き込んだ。

「骨を五、六枚折ったんで、そこの骨つぎのところへかつぎこむところです」

藤尾が言った。

「どうして折った？」

「柱にぶつかった」

「柱に？　とんきょうなことだね」

巡査は言って、

「清水さんのところは起きているかな」

そう言ってから、藤尾の顔に眼を当て、

「あんた藤尾の息子だね」

「そう」

「あんたの友達か」

「そう」

「そんなら、あまり信用せんとこう。大方、酒でもくらって、みぞにはまったんだろう」

巡査は言うと、ひどくゆっくりした足どりで向うに去って行った。

「信用ねえんだな」

藤尾が言うと、

「それ、みなさい。あんたが一枚加わると、誰も本当にしてくれない」

おじさんが言った。

清水接骨院の道場の灯火は消え、玄関は戸締まりされていた。洪作が戸を叩《たた》いた。

「こんばんは、こんばんは」

何回か叫んでいると、

「どなたですか」

内部から細君の声が聞えた。

「さっきの腰の骨をつれて来ました」

洪作が言うと、

「あすじゃなかったですか」

細君は言った。

「あすにしようと思ったが、今夜連れて来ました。預かって下さい」

「仕様がないですね、今頃、――まあ、連れて来たのなら、上げて下さい。さっき断わったように、先生は居ませんよ。――病人は痛がっていますか」

「大分、痛いらしい」

「いくら痛くたって、先生は居ません。今夜は我慢して貰わなくちゃ」

戸を開けて、寝衣姿の細君が出て来た。大分さっきと話は違っていた。あんなに入院を勧めていたのに、いざ連れて来てみると、けんもほろろの感じである。

「だれか付き添って貰えましょうね」

細君は念を押した。藤尾も洪作も返事をしかねていると、

「付き添ってくれよ、な」

と、横から遠山が言った。こんどはまた哀願の口調になっている。

「仕様がないな。じゃ、洪作、付き添ってやれよ。寺には、俺が家に帰ってから、店の者に連絡して貰ってやる」

藤尾は言った。

「よし、じゃ、一緒に泊ってやるか。あんまり痛い、痛いと言うなよ」

洪作は言った。こういう場合の諦《あきら》めはよかった。

洪作はその夜、清水接骨院の、病室とは名ばかりの道場の横手の六畳間に、二つの寝床を並べて、遠山に付き添って眠った。寝具が湿っていて気持悪かったが、体を横たえ

ると、すぐ眠ってしまった。

　夜明け方、遠山に起された。

「大丈夫か」

　遠山が訊《き》いた。

「何が大丈夫かなんだ」

　洪作が訊くと、

「お前、ひどくうなされていた。助けてくれと言ってた」

「そんなことを言うもんか」

「冗談じゃない。心配してやり甲斐《がい》のない奴だな。お前、人殺しでもしているんじゃないか」

　遠山はそんなことを言ってから、

「歯をぎりぎり鳴らすんでうるさくて仕様がない」

「そうか、歯を鳴らすか」

　そう言ったまま、洪作はすぐ眠った。夜が明けかかってから、また遠山に起された。

「起きろよ、もう。――ずいぶん寝たじゃないか」

「うるさいな。もっと寝させてくれよ」

「お前は付き添いなんだぞ、寝てばかりいやあがって。――俺は眠れなかった」

「痛むのか」

「ううん、そんなに痛くはない」

「じゃ、寝ろ」

「寝たいんだが、眠れないんだ——どうも、ゆうべひと晩考えたが、退校になりそうな気がする」

「大丈夫だよ。寝ろよ」

「退校になったら、おふくろが可哀《かわい》そうだ」

「泣くか」

「気を失ってしまうと思うんだ」

「大丈夫だよ。寝ろ、寝ろ」

「それから、今日、連絡してくれ」

「おふくろにか」

「ううん、れい子にさ。ゆうべ、ひと晩考えたんだが、退校になった時、彼女だけは慰めてくれると思うんだ。俺は彼女がお前に気があると思っていたが、よく考えてみると、本当は俺の方に気があるんじゃないかと思うんだ。それでなくて、俺に、お前と会わせてくれなどと頼まないと思うんだ。な、そうだろう。お前をだしにして、俺の気を引いているとしか考えられん。俺はとんまだから、そのことに気が付かなかった。あいつ、やきもきしていると思うんだ。とにかく連絡してみてくれ」

洪作は蒲団から顔を出し、腹這《はらば》いになって、煙草《たばこ》に火をつけた。遠山にそんなことを言われると、ひどく味気ない思いがした。どうも遠山がいま言っていることの方が真相に近いような気がした。

「彼女に会って、何と言うんだ」

「風邪で寝ているが、よくなったらすぐ遊びに行くと言ってくれ」

「腰の骨を折ったと言ったらいけないか」

「そんなことを言ったら、承知しないぞ。風邪だと言ってくれ、風邪だと」

遠山は言った。

洪作はその日一日遠山に付き添った。正午少し前に接骨医であり、柔道家である清水が帰宅した。頭の禿《は》げあがった巨大漢であった。柔道家としては贅肉《ぜいにく》がつき過ぎている感じで、さして強そうではなかったが、人のよさそうな愛想のいい人物であった。

清水は和服姿で袴《はかま》を着けていたが、そのままの姿で遠山の寝ている部屋へはいって来ると、

「腰の骨を折ったって？　腰の骨などそう簡単に折れはしないよ。――どれ」

と言って、いきなり遠山の掛蒲団をはいだ。

「俯《うつぶ》せになってごらん」

「痛くて、とても」

と遠山が言うと、

「いくら痛くても、俯せになって貰《もら》わんことには。——あんた、手をかしてくれ」

清水は洪作に応援を求めた。遠山は悲鳴を上げたが、大の男が二人かかると、遠山の体はあっという間にひっくり返って俯せになった。

細君が金槌《かなづち》ようのものを持ってはいって来た。清水はそれを右手に握ると、背中の上の方から腰部へとかけて、骨の上を軽く叩いて行き、

「ここは痛いか、ここは？」

と、同じ言葉を何回も口から出した。遠山は観念して眼をつむっていたが、金槌が腰部の一カ所に当ると、

「いた、た、た！」

と、悲鳴を上げた。

「ここが痛い？　なるほどね」

清水は同じところを何回も軽く叩き、何回も遠山に悲鳴を上げさせてから、

「よし、判った。何でもない、すぐ癒《なお》る」

と簡単に言って、奥へ引っ込んで行ったが、再び現れた時は平常着《ふだんぎ》の着物を着、タス

キをかけて、両袖《そで》をたくし上げていた。何となくものものしい恰好《かっこう》だった。

「また、力を貸してくれ」

清水は洪作に言った。

「どうするんです」

洪作が訊くと、

「両脚を動かないように押えて貰いたい。体が大きいのでかなり暴れると思うんだが、絶対に動かさないように抱えて貰いたい。親の仇敵《かたき》でも討つ気でやって貰いたい」

清水が言った。

「ちょっと待って下さい」

遠山は言って、

「痛いですか」

と、不安なものを顔に走らせた。

「痛いと言っても、あっという間のことだ。外れている骨をがちゃりとはめるだけだ」

「骨が外れているんですか」

「外れている。外れているのをはめさえすればすぐ癒る」

清水はそれから、

「どれ、始めようか」

と、上から俯せになっている遠山の体を、獲物《えもの》でも覘《ねら》うように見降ろしていた。

遠山は観念したように眼をつむっていた。清水は洪作に脚を押えるように命じた。洪作はそのようにした。親の仇敵と思えと言われても、そういうわけには行かなかった。

「いいね」

清水が身を屈《かが》めて、遠山の腰のところに両手を当てたかと思うと、いきなり、

「ええい！」

というような掛声が走った。

「ううっ！」

遠山はありったけの声を出して唸《うな》った。洪作は遠山の脚に満身の力を籠《こ》めてしがみついた。

「ええい！」

もう一回清水は気合をかけ、それと一緒に遠山は唸った。洪作は洪作で遠山の脚にしがみついた。

「さ、これで、いい」

清水は言って、立ち上った。

「もう、いいですか」

洪作は思わず訊いた。

「いい。はまった」

清水は言った。自信たっぷりの言い方であった。荒療治と言えばこれほど荒療治はなかったが、一瞬のことであった。洪作はほっとした。遠山の方は完全にのびていた。俯せになったまま、死んだように動かなかった。

「おい遠山！」

洪作が声をかけると、

「うん」

と、遠山は無気力な返事をした。

「当分、少しは痛むが、これで大丈夫。脚を動かしてごらん。もう動く筈《はず》だ」

清水は言って、煙草に火をつけた。いかにも、ひと仕事終えたといった表情である。

遠山はおそるおそる脚を動かしたが、やがて、眼をあけて、

「動く」

と言った。

「動くか」

「動く」

「よかったな」

洪作も窓際《まどぎわ》に立って、煙草に火をつけた。

「あしたになれば歩けるかな」

遠山は訊いた。

「まだ当分寝ていた方がいい。無理をすると、また外れる」

清水が答えると、

「一体、何日ぐらい寝ていることになるのかな」

外れた骨がはまったということになると、遠山は一日も早くここを出たいらしかった。

「まあ、半月だろうね。少し無理をすると、またすぐ外れる。完全によくなるまでは入院していて貰わんと」

清水は言った。

「半月！」

遠山は再び眼をつむって、あとは黙っていた。

遠山の腰の骨がはまると、遠山と洪作は清水の細君が運んで来てくれた昼食を食べ、それから改めて二人とも眠った。ゆうべ寝不足だったためか、不思議なほどよく眠れた。

夕方近くなって、藤尾がやって来た。藤尾は病室にはいって来ると、

「なんだ、洪作、お前も寝ているのか。こうなると、どっちが病人か判らないじゃないか」

と、呆《あき》れ顔で言った。そして、

「今ここのおっさんから聞いたが、腰の骨がはまったそうだな。大体、腰の骨というものは、めったなことでは外れないようにできているものだそうだ。それを外したんだから、たいしたものだよ、遠山は。——結局のところは、腰をぬかしたということなんだな」

藤尾が言うと、

「腰なんてぬかすものか。骨が外れたんだ」

遠山はむきになって抗議した。

「いや、あのおっさんに訊いたら同じことだと言っていた。腰がぬけたと言ってもいいが、そう言っては可哀そうだから、骨が外れたことにしているんだそうだ」

「嘘《うそ》を言え」

「嘘なもんか。本当にそう言っていた。しかし、どっちでもいいじゃないか。とにかく腰がもとに戻ったんだから。——これからは大切にしろよ。親から貰ったものだ。粗末にしてはいかん。腰が抜けたなんて言ってみろ、親は泣くぞ」

「なにを！」

遠山は息まいたが、すぐ腰部に痛みが走るのか顔をしかめた。

「洪作、余り人に言うなよ。俺たちは言わなくても、こういうことはすぐひろまるものだ。余り名誉なことではない。遠山個人の名誉に関する問題でもあるが、それ以上に中学の名誉に関する事件だ。何しろ、腰をぬかしたんだからな」

藤尾は遠山の癇《かん》にさわることをわざと言った。

「ここの前にすし屋があったな。すしでもとって、ビールでも飲もうじゃないか」

洪作が言うと、

「それより、出ようや。れい子のところへ行って、トンカツを食った方がいい」

藤尾は言った。

「よし、出よう」

洪作が言うと、

「出る？　俺を置いて、お前は出て行くのか」

遠山は恨めしそうな顔をした。

「ゆうべから付合っているんだぞ」

「友達甲斐のないことを言うな。俺が入院している間、お前も入院していてくれ。あ、いた、た、た！　また外れたかも知れぬ」

「冗談じゃないよ。俺はもう帰る。あす、また来てやる」

洪作は立ち上った。思いきりよく立ち上らぬと、いつ帰れるか判《わか》らなかった。

洪作と藤尾は清水接骨院を出ると、町の中心部を千本浜の方へ歩いて行った。

「久しぶりで、れいちゃんの顔を見るか。さぞ会いたがっているだろうな」

藤尾は言ってから、

「お前、時々は彼女に会っているか」

「ううん」

洪作は言った。実際に会っていないから、会っているとは言えなかった。

「ばかな奴《やつ》だな。れいちゃんぐらいものにしろよ。俺たちの仲間で沼津に居残っているのはお前だけなんだぞ」

洪作には、藤尾が少し以前とは変っていることに気付いていた。前は〝ものにする〟などという言葉は口から出さなかった。そういう言葉を藤尾は嫌っていたが、今は平気で口から出している。

「勉強もしない。れい子もものにしない。遠山に付合って骨つぎの家などに泊っていやあがる。困った奴だな」

そう言われると、洪作自身返す言葉はなかった。その通りだった。

「まず、生活を改めんといかんな」

洪作は言った。

「本当だよ。進歩がないよ、いまのままでは」

「だから、金沢へ行こうかと思っていたんだ」

「だめ、だめ。それだけはだめだ。お前は特別なんだから」

「特別、特別と言うが、どこが特別だ」

「どこと言われると困るが、ともかく特別なんだ。誰にでも訊いてみろ。みんな、特別だと言うよ。自主性というものがない」

「自主性？」

「要するにその日その日の風次第というところがある。そういうところが特別なんだ。多少月足らずなところがある。お前、女に惚《ほ》れたこともなければ、惚れられたこともないだろう」

藤尾は失礼なことを言った。

「じゃ、お前あるか」

「見そこなって貰っては困る。俺は小学校にあがる前に二度恋をしている。木部の奴は、中学二年の時ラブ・レターを書いた。金枝は千本浜で親戚《しんせき》の女の子に愛の告白をしている。お前は何も知らないだろうが、それぞれ青春発動期を無駄には過していない。——そこへ行くと、お前は特別だ。女を見て変な気を起さんと言うんだからな」

「起すこともある」

「嘘を言え」

「情慾《じょうよく》に苦しめられる」

「そりゃあ、お前だって、中学を卒業したんだから、情慾に苦しめられることだってあるだろう。しかし、だな、女の子に好かれようと思ったことがあるか」

「ない」

「そうだろう。そういうところが特別なんだ。そういう奴には女は惚れん。れいちゃんぐらい見たら、普通なら少しは変な気を起すものなんだがな」

藤尾は言った。

千本浜の入口にあるレストランの清風荘の近くまで行くと、

「俺はやめるよ」

洪作は言った。れい子が遠山に言ったことが、必ずしも根も葉もないことではなさそうに思われて来たからである。れい子は本当に自分に会いたがっているかも知れないのである。どうもそんな気がする。

「なんでやめる」

藤尾は驚いて言った。

「ほかでビールを飲もうや」

「折角ここまで来ておいて、後込《しりご》みするとは何事であるか。おかしな奴だな。さては、お前——」

藤尾は急ににやにやして、

「お前、れい子が好きなんだな」

「好きなもんか」

「じゃ、何でもないじゃないか」

「とにかく俺は厭《いや》なんだ」

「何が厭だ」

「ここにいるのが厭なんだ」

「よし、お前、そとで待っていろ。俺は一人でビールを飲んで来る」

藤尾は清風荘の中にはいって行った。こういう場合になると、藤尾はわがままでもあり、短気でもあった。

それと同時に、洪作は浜の方に歩き出した。藤尾と行動を共にしなかったことに対して、多少の悔いに似た思いはあったが、一方に却《かえ》ってさばさばした気持もあった。暫《しばら》く千本浜をぶらついて、それから寺へ帰ろうと思った。昨日の午後寺を出たままなので、藤尾の店の若い人に連絡して貰ってあるにしても、幾らか気が咎《とが》めるものがあった。

別段遊び廻っていたわけでもないし、のらくらしていたわけでもない。考えてみると、きのうから今日にかけては、なかなか充実した時間が流れている。ふらふらになるまで遠山と決闘したのを皮きりに、あとはやたらに用事に追いまくられている。藤尾と清水接骨院に交渉に行ったり、遠山を戸板で運んだり、ゆうべはゆうべで忙しく、今日はまた今日で忙しかった。遠山の腰の骨の外れたのを癒すために、骨つぎの助手を勤めたりして、あとは疲れ果てて眠ってしまった恰好である。

——何も遊んでいたわけではない。

洪作は思った。遊んでいたわけではないが、と言って、有意義に過したとも言われない。

千本浜には夜が来ていた。白い波がしらの動きが夜目にくっきりと見えている。波打際の近くに何人かの人影が見えている。夕食後に散歩に来た人たちであろう。

洪作は小さい砂山の一つに腰を降ろした。理由の判らぬ淋《さび》しさが胸を緊《し》め付けて来る。早く台北へ出発しなければならぬと思う。が、その前に金沢にも行かねばならぬ。早く金沢行きを決行して、その上で一日も早く台北に発《た》つことである。

洪作は遠くの方で自分の名を呼んでいる声を耳にした。

——こうさく、こうさく。

という声が、潮風に乗って聞えている。波の砕けている音の間から、遠くなったり、近くなったりして聞えている。藤尾が呼んでいるに違いなかった。

洪作は返事をしないで、仰向けにひっくり返った。夜気に湿った砂が首すじに冷たく感じられた。星が夜空一面にちらばっている。

——こうさく、こうさく。

相変らず藤尾の叫び声は聞えているが、洪作はそれに応《こた》えないでいた。何となく一人にしておいて貰いたい気持だった。藤尾は一人でビールを飲むのが厭になって、洪作を探しに来たものと思われたが、洪作としては、そういう藤尾の思い通りになるものかといった気持があった。

　同じ中学に通っている頃は、一度もこうしたことはなかった。いかなる場合でも、一人で居るより、藤尾と一緒に居る方が楽しかった。何日一緒に居ても倦《あ》きなかった。それなのに、こんどは、藤尾とゆうべ会ったばかりなのに、早くも藤尾の言動が鼻につき出していた。藤尾と遠山とを較《くら》べると、藤尾の方がずっと頭もよく、喋《しゃべ》ることも気が利《き》いており、何事にかけても一段上だったが、いまの洪作には遠山の方が気に合っていた。昨日のように大喧嘩《おおげんか》をしても、すぐ仲直りすることができた。遠山には、確かに大男総身に智慧《ちえ》が廻りかね、といったところがあった。喧嘩を自慢したり、下級生に威張ったりするところは単純というほかはなかった。おまけに数学も国漢も点が足りなくて落第までしている。きれもしないとんぼをきろうとして、腰の骨を外すところなども、どう考えても利口とは言えない。

　だが、遠山の言動にはさっぱりしたものがあった。汚《けが》れというものは感じられなかった。そうした遠山と付合っていたせいか、こんど藤尾に久しぶりで会ってみると、藤尾の方に鬱陶《うっとう》しいものが感じられた。以前は輝いて見えていたものが、こんどは妙に鼻についた。藤尾の方が変ったのか、洪作自身が変ったのか、そのいずれかであったが、洪作には判らなかった。
洪作は砂山に仰向けに寝たままで耳をすませた。話し声が近付いて来たからである。話し声が消えると、
——琉球《りゅうきゅう》へおじゃるなら
　わらじはいておじゃれ
ふいに藤尾の歌声が聞えて来た。
——琉球へおじゃるなら
　わらじはいておじゃれ
　琉球は石原、小石原
藤尾の歌声が、洪作の心に滲《し》み入って来た。
洪作は、藤尾とは話をしないで、その歌を聞いているのが一番いいと思った。
歌声がやんだ時、
「——ほんとうに、洪作さんは浜へ出たんですか」
そういう女の声がした。れい子だった。瞬間、洪作は身を固くした。
「ほんとうだよ。嘘なんか言うもんか」
それから、多少おどけた口調で、
——こら、こうさく、出て来い！

藤尾の怒鳴り声が降って来た。

——おう。

洪作は返事をした。思わず声が口から飛び出してしまったのである。

「あれ、居やあがる！」

藤尾は立ち停って、

「どこに居るんだ」

それと一緒に砂を踏む足音が近付いて来た。

「どこだ」

「ここだ」

洪作は半身を起した。

「なんだ。こんなところに居やあがる。世話のやける奴だ」

藤尾は言ってから、

「さっき、呼んだのが聞えなかったか」

「聞えなかった」

「お前、ここで何をしていた」

「星を見ていた」

すると、

「ほんと、きれいだわ、今夜のお星さん」

れい子は言った。れい子は少し離れたところに立っていた。顔は暗くて見えなかったが、夜空を仰いでいることは判った。

「さ、帰ろうや。腹がへった。俺たち、夕飯をくっていないんだからな」

藤尾は言ったが、

「きれいね。わたしも、いつまでも、ここにこうしていたいわ」

れい子は藤尾には応じないで、なおも夜空を仰いでいた。

洪作は立ち上った。洪作の方は急に空腹が感じられて来た。星も美しいが、何か胃の腑《ふ》に詰めこみたくなった。

洪作と藤尾は何となくれい子をまん中に挟んで歩き出した。れい子は歩きにくいのか、二回よろめいたが、二回目の時、洪作の腕にすがった。そして次の瞬間、洪作の手はれい子の手の中に入った。洪作はれい子の手がいつまでもそのままになっているのを、多少迷惑に、多少眩《まぶ》ゆく感じていた。波の音が急に大きく聞え出している。

洪作はひどく厄介な事態が起っているのに当惑していた。殆《ほとん》ど信ずべからざる事件が起っているのである。

洪作は自分の手をれい子の手から取り上げようとした。すると反対に、自分の手を握っているれい子の手に力が籠《こ》められるのが感じられた。

砂浜が終って松林の中にはいった時、洪作はふいに自分の手が自由になったのを知った。それと同時に、洪作は大股《おおまた》に歩き出して、れい子との間にある距離を作った。自分とれい子との間に起った秘密の事件を、藤尾に感付かれそうな気がしたからである。清風荘の前まで来て、洪作は二人がやって来るのを待っていた。れい子は店の前まで来ると、逃げるように店の横手に廻って行った。洪作にはそれがひどく軽快な動作に思われた。

藤尾はさきに店にはいって行くと、

「おばさん、見付けて来たよ。やはり浜に居た」

そんなことを言いながら、二階への階段を上って行った。洪作もそれに続いた。二人が卓を挟んで向い合って坐《すわ》ると、

「れいちゃんって子はいい子だな。いかにも清潔な感じだ」

藤尾は言ったが、洪作は相槌《あいづち》を打たなかった。この頃になって、洪作はれい子の手の甘美な感触を思い出していた。女の子の手があのようなものだとは、洪作はれい子に手を握られるまで知らなかった。大体、女の手に触ったのは、寺の娘の郁子と腕相撲した時ぐらいのものである。母親の手も知らなければ、妹の手も知らない。

れい子がビールを持ってはいって来た。瞬間洪作は立ち上ろうとする衝動を感じた。別にれい子を避ける気持はなかったが、反射的に腰が浮いてしまったのである。

れい子はビールとコップを卓の上に置くと、すぐまた部屋から出て行った。

「俺、さっき、松林の中でれい子の手をもう少しで握るところだった。ああいう時の拒否の感じというものは、またいいものだな。さあさあっと、軽く払いのけるんだ」

藤尾は言ったが、洪作は黙っていた。

「何とか言えよ。お前、さっきからひと言も口をきかないぞ」

「そうかな」

「俺が何を言っても、何とも言わないじゃないか」

「そうか。俺はいま考えることがいっぱいあって、お前どころじゃないんだ」

洪作は言った。

「お前は、沼津に一人にしておいたら、少し人間が変ったぞ」

藤尾は言った。人間が変ったと言うなら、それはお前の方だと、洪作は言いたかった。

「お前はどうも神経衰弱にかかっているらしい。こんなところで浪人して、遠山などと付合っていると、ろくなことはない」

「いや、俺はいま恋をしているんだ」

洪作が言うと、

「うえっ！」

と、大袈裟《おおげさ》な驚き方をして、藤尾はどんと卓を叩《たた》いた。

「だいたい、お前は恋の仕方を知らないじゃないか」

「そうでもない」

「嘘を言え。小説も読まないし、活動写真も見ないんだから、恋の仕方を知りようがない。木部が心配していたぞ。あいつに何とかして恋の仕方を教えないと、親にすまないって言っていた」

「いや、本当に恋をしているんだ。心の中がきやきやして、とても変なんだ」

「誰に恋をしている」

「それは言えない」

「いい加減なことを言っていやあがる」

そこにれい子がはいって来た。すると、藤尾は、

「洪作の奴、いま恋をしているんだって！」

と言った。れい子はいったん坐ったのに、すぐ立ち上った。

「れいちゃん、落着いていろよ」

藤尾が言うと、れい子は、

「すぐ来ます」

と言って、部屋を出て行った。そして、なかなか姿を見せなかった。

藤尾は階段のところまで出て行って、

「れいちゃん、注文をききに来いよ」

と、階下に怒鳴った。

「はーい」

れい子の声が聞えた。洪作はうしろにひっくり返った。れい子の声がじいんと全身に滲み渡った。

「俺、変な気持だ。何か早く食わしてくれ。このままだと、どこかへ行ってしまいそうだ」

洪作は言った。

「どういう気持だ」

「胃から胸にかけて、妙にきやきやしている」

そこにれい子が姿を見せた。

「早く、トンカツを食わしてくれ」

洪作は荒っぽく言って、半身を起した。その洪作の眼に、きちんと坐って顔を俯《うつむ》けているれい子の姿がはいって来た。

「トンカツ二枚食わしてくれ」

洪作は言った。言ってから、すぐ後悔した。こういうことは言うべきではないと思った。

「ああ」

洪作はまたうしろにひっくり返った。そして、

「遠山の奴、もう一回、ぶんなぐってやるか」

こんども、言うと、すぐ洪作は後悔した。

城下町

洪作は早朝の米原《まいばら》駅に降り立った。ここで北陸線に乗り替えるわけであるが、それまでに三十分ほどの時間があった。

夏の朝であったが、早朝の空気は冷え冷えとして、寝不足の頭に快かった。洪作はホームで、弁当とお茶を買い、それを持って、こんど乗る列車のホームに移った。ホームには二十人ほどの乗客が居た。いかにも北陸の人といった感じで、沼津あたりで見る人とは、どこか異《ちが》っていた。服装も、顔も、言葉づかいも田舎びた感じである。

洪作はホームにある小さい待合室で、弁当を食べた。きのうの売れ残りらしく、少し御飯つぶが固くなっている。

洪作は弁当を食べ終ると、あとはホームを行ったり来たりした。これから生れて初め

て北陸の風景の中にはいって行くのであるが、洪作はそこがいかなるところか全く見当はつかなかった。地図で見ると、列車が敦賀《つるが》に着くと日本海が見える筈《はず》である。

——潮騒《しおさい》冴ゆる北の海。

いつか蓮実が歌った四高の寮歌の一節が、いまも洪作の耳に残っていた。北の海というのは日本海のことであるが、沼津で毎日のように見ている太平洋とは、潮の色も、潮の騒ぎ方も異っているであろうと思う。

——ああ、日本海、北の海。

洪作はまだ日本海にお目にかからぬうちから、すでに日本海に対して旅情を感じていた。

旅情といえば、米原駅へ降りた瞬間から、洪作は旅情を感じている。汽車の乗替駅というものは淋《さび》しいものだと思う。人々は、男も女も、それぞれに大きな荷物を持ち、子供を背負ったり連れたりして、己が生れた裏日本の町や村へ帰って行こうとしている。やがて彼等を拉《らっ》し去るために、汽車は白い蒸気を吐きながらホームにはいって来るであろう。

旅は人生である。いや、人生は旅である、の方が本当であったかも知れぬ。が、どちらにしても同じようなものである。いま、ここに集まっている人たちは、それぞれお互いに未知の人たちである。たまたま、ある夏の朝、同じ列車に乗るために、ここで落合ったのである。が、やがて列車に乗ると、それぞれが思い思いの駅に下車して行く。

——離合集散。

まことに人生は旅であり、旅は人生である、と思う。

三十ぐらいの女の人の背で、嬰児《えいじ》が泣いている。その泣いている嬰児にもまた、洪作は旅情を感じていた。この嬰児もまた、裏日本のどこかの町か村で、生い育って行くであろう。いかなる人生がこの嬰児に訪れるであろうか。

洪作は汽車を待つ時間を、多情多感な極めて充実したものとして過した。

汽車に乗りこむと、洪作は窓際《まどぎわ》の席を占めた。がらあきと言っていいくらい、乗客の数は少なかった。

洪作は荷物を持っていなかった。腰のベルトに手拭《てぬぐい》を一本さげているだけである。沼津を発《た》つ時、藤尾から借りた鞄《かばん》に参考書と単語帳を一応は詰め込んでみたのであるが、結局何も持たないことにしてしまったのである。どうせ五日か六日の短い旅であるし、その間勉強しても、しなくても、たいした差はないと思った。四高生のいっぱい居る町に行くというのに、参考書を持って行くのも気が利《き》かない気がした。着替えは初めから持って行く気はなかった。着ているものが汚れたら洗えばいいのである。

米原駅を出ると間もなく琵琶湖《びわこ》が見えて来た。湖面はいやに白っぽく、まだ早朝だというのに、小舟が何艘《そう》か浮かんでいる。

——ああ、近江《おうみ》の海！

洪作は低く口に出して言った。

——ああ、志賀の海！

もう一度、洪作は言った。近江の海というのも、志賀の海というのも、国語教科書に出て来た万葉か何かの歌で知ったのであるが、かんじんの歌の方は思い出さなかった。一つでも思い出したら、初めて見る琵琶湖に懐《いだ》く感慨は多少高級なものになったであろうと思われたが、いまは自分の受け取り方で受け取る以外仕方なかった。

こういう場合、藤尾や金枝だったら、たちどころに幾つかの万葉の歌を口から出すだろうと思う。木部にしても同じことである。尤《もっと》も木部の方は、万葉の歌など思い出したりはしないで、さっそく自分が創《つく》った歌を披露するだろう。あいつは見るもの聞くもの、みんな歌にしてしまう。不思議な才能の持主というほかはない。

そこへ行くと、自分は全くだめである。万葉の歌も知らなければ、自ら歌を創るすべも知らない。と言って、勉強ができるわけでもない。藤尾たちに勝るものがあるとすれば、多少柔道ができ、器械体操がうまく、とんぼをきれるぐらいのことである。

——何というだめな男だろう。

洪作は自分自身をやっつけた。めったにこういう自虐《じぎゃく》的な気持になることはないが、これも旅のお蔭《かげ》である。

洪作が自問自答をくり返しているうちに、湖はいつか遠くなっていた。洪作は眠ることにした。ゆうべ殆《ほとん》ど眠っていないので、おそろしい勢いで睡魔が押し寄せて来ている。洪作は眠った。眼が覚めると、汽車はいつもどこかに停車していたが、洪作はまたすぐ眠った。

列車が敦賀に着いた時、洪作は眼を覚まし、窓から弁当を買うと、すぐまた眠った。自分でも驚くほどよく眠れた。次に眼を覚ましたのは福井駅で、そこでお茶を買って、敦賀で買った弁当を食べた。弁当を食べると、また眠ろうと眼をつむったが、こんどはさすがに眠れなかった。

日本海は見えなかった。時折遠くに日本海らしいものが帯状に見えるところがあったが、それを確かめる間もなく消えた。

あまりよく眠って、頭がさっぱりしたせいか、朝米原駅に着いた時あのように全身を浸していた旅情というものは全く失くなっていた。

洪作は煙草《たばこ》をのみながら、車窓から見える風景に眼を当て続けていた。どこも稲田か、さもなくば夏草の生い茂っている原野であった。どこが違うか、東海道沿線の風景とは異っていた。農家の造りも違っていたが、農家のちらばり方はひどく疎《まば》らであった。原野の中には、時折こんもりと盛り上った小さい丘があった。丘にはたいてい何基かの墓石が並んでおり、それが夏の陽に白く輝いていた。

車室は敦賀あたりから混んで、空席は少なくなっていた。洪作の向い合っている席には中年の女と老婆《ろうば》が腰かけていて、盛んに何か喋《しゃべ》りまくっていたが、話の内容はよく判《わか》らなかった。親戚《しんせき》の娘の結婚が破談になっていることを話しているらしかったが、時々二人は顔を見合せて笑った。何がおかしくて笑うのか、聞いていてよく判らないのであるから、あまりよく話が判るとは言えなかった。

福井駅から二時間以上経《た》った頃から、洪作は金沢に着くのがもうそう長い先でないことを知っていた。時計を持っていないことは、こういう場合に不便であった。藤尾から借りて来るべきであったと思った。

洗面所に立った時、顔を鏡に映してみると、まっ黒になっていた。洗面所の蛇口からは少量の水しか出なかった。その少ない水で顔を洗って、腰の手拭でふいたが、旅には石鹼《せっけん》というものが必要だと思った。

停車した駅で竹の皮に包んだあんころ餅《もち》を買って、それを食べ終えた時、列車は大きそうな駅にはいった。金沢であった。

洪作は駅のプラットホームに降り立った。

洪作はプラットホームに立っていた。蓮実からホームに出迎えているという手紙を貰ってあったので、蓮実の現れるのを待っていたが、ついに蓮実は現れなかった。

洪作は仕方ないので、改札口から出て、そこでまた暫《しばら》く待っていた。すると、一人の小倉服の得体の知れぬ男が近付いて来て、洪作をじろじろねめ廻してから、向うに離れて行った。頭髪をでたらめに伸ばした、さして長身ではないががっしりした体の男で、若いには違いなかったが、年齢の程も判らなかった。眼が据わっていて凄《すご》みがあった。しかし、腰に手拭を下げ、下駄を履いているところは学生かも知れなかった。

暫くすると、またその異様な風体の男は戻って来て、再び不遠慮に洪作をねめ廻し、また去って行こうとした。洪作は、その時、相手の男の小倉の服のボタンに四高の帽子の徽章《きしょう》と同じ金の星のマークがはいっていることに気付いて、

「もし」

と、相手に声をかけた。すると相手は振り返って、

「あんたか、沼津から来たのは」

と訊《き》いた。

「そうです」

「なんだ、あんたか。どうも、うろちょろしているところは、そうじゃあないかと思った」

相手は失礼なことを言った。うろちょろしているのは自分自身の方である。

「荷物は？」

「持っていません」

「手ぶらか」

「そうです」

「ほう、凄《すげ》えのが来たな。――金は？」

「金は持っています」

「そうだろうな、金ぐらいは持って来て貰《もら》わんと」

それから、

「蓮実さんが用ができて来られなくなったんで、俺が替りに迎いに来た。俺はトビって言うんだ」

「トビ？」

「鳶職《とびしょく》の鳶だ。鳶永太郎。ちゃんと親がつけてくれた名なんだ。自分が勝手につけた名じゃない」

「それはそうでしょう。僕は伊上洪作と言います」

洪作が言うと、それは受け付けないで、

「電車に乗るか、歩いて行くか」

「さあ、――どっちでも」

「じゃ歩いて行って、その分うどんを食うか」

「はあ」

「じゃ、行こう」

鳶永太郎は歩き出したので、洪作もそのあとに従った。

「さきに、うどんを食っちゃうか」

「どっちでも」

「さきに食う方が合理的だな。この広場の向うに、ちくといけるうどん屋がある」

鳶は言った。

鳶永太郎は、駅前の広場を越えて、電車通りに沿って少し行ったところにあるうどん屋にはいって行った。店の内部は土間になっていて、そこに卓が四つ五つ置かれてあるが、ひどく暗かった。この暗さだけでも沼津あたりのうどん屋とは異った感じだった。

五十年配の内儀《かみ》さんが出て来ると、

「俺はぜんざい、それからいなりだ」

鳶は言った。内儀さんの眼が洪作の方に注がれたので、

「僕は何にしようかな」

洪作が言うと、

「俺と同じものにした方がいい。さきにぜんざいを食って、次にいなりうどんを食うんだ。この食い方以上のものはない」

鳶は言った。洪作は言われるままに、鳶と同じものを注文した。

「今夜厄介になるところはあるでしょうね」

洪作は一番大切な問題を解決しておきたい気持だった。

「泊るところか」

「そうです」

「どこだってあるさ。誰のところに泊ってもいい。そんなことを心配する奴《やつ》があるか」

「学校はここから歩いて、どのくらいかかります」

「十分から三十分の間だ」

「大きな町でしょう、ここは」

「世辞を言うな」

「でも、電車が走っています」

「電車が珍しいか」

「珍しくはありませんよ」

「そうだろうな。それで、安心したよ。電車を見たことがないような奴に舞い込まれると、何かと世話がやけるからな」

それから、

「柔道部志望にしてはちっちぇえな」

鳶はいきなり腕をのばして、洪作の腕を摑《つか》んだ。おそろしい力だった。

「贅肉《ぜいにく》がついてるな。あすから道場に出てみろ、一週間ほどでげっそり痩《や》せるぞ」

「鳶さんは何段ですか」

「何段だと、――吝《けち》なことを言うな、柔道の強さは段じゃ決らないんだ。お前、段を持っているか」

「持っていません」

「そりゃあ、よかった。段を持ってるなんて言ってみろ。あすの今頃は、お前は死んだようにのびているだろう」

そこへぜんざいが運ばれて来た。どんぶりにはいったぜんざいというものは、洪作にとっては初めてだった。大きな餅のきれが二つはいっている。

鳶永太郎はぺろりとそれを平らげて、

「ほんとうは、ぜんざいは二つ食うものだ」

と言った。

「じゃ、食べたらどうですか。僕は一つでいいですが」

洪作は言った。

「お前が一つしか食わんのに、俺が二つ食うのは悪いな」

鳶はそんなことを言ったが、

「ぜんざい、もう一つ」

と、大きな声で奥に叫んだ。鳶は二杯目のぜんざいもあっという間に平らげ、次はうどんにかかった。そしてこれも平らげてしまうと、

「これで、お蔭でひと心地がついたよ」

と言った。

「さて、出るか。——勘定してくれ」

鳶が奥に向って言ったので、

「僕が勘定します」

洪作は言った。

「すまんな」

鳶はさきに店を出た。洪作が勘定をすませて、店を出ると、鳶は、

「やっぱり電車に乗るか」

と言った。

「どっちでもいいです」

「じゃ、乗ろう。なるべくあすの練習のためにエネルギーは貯《たくわ》えておいた方がいい」

二人はその店のすじ向いのところにある電車の停留所に行き、そこから電車に乗った。

「こまかいのを持ってるか」

「持っています」

「じゃ、出しておいてくれ」

洪作は車掌に電車賃を払った。さすがに百万石の城下町だけあって、車窓から見る町の姿は沼津よりはるかに大きかった。道の両側に並んでいる商店はいずれも老舗《しにせ》といった構えを見せている。人通りは多かったが、不思議にざわざわした感じはなかった。

「いい町ですね」

「金があるといい町に見え、金がなくなると吝な町に見えて来る。あまり今から褒めない方がいいぞ」

鳶は言った。香林坊という停留所で二人は電車から降りた。金沢で一番の繁華地区だということだった。白線の帽子をかぶった高校生の姿が到るところに見えていた。

「みんな四高生ですね」

多少気おくれした気持で、洪作が言うと、

「ほんとうの四高生は俺たち柔道部員だけだ。今ごろ町をほっつき歩いているのにろくな奴はない。見ろ、吹けば飛ぶような体をしている。頭も俺たちに較《くら》べると大分落ちる。四高生にも一等品と二等品がある。俺たちは一等品で、ここらを歩いている奴はみんな二等品だ」

それから、

「ほら、向うから本を抱えて来る奴があるだろう。ああいうのは三等品だ。五銭玉を出しておつりが来る」

鳶は勝手なことを言った。その三等品というのが、洪作には一番四高生らしく見えた。電車から降りて何程も行かないうちに、洪作は道の左手に、赤煉瓦《れんが》の建物があるのを見た。四高の校舎であった。

校門をくぐった。夏期休暇にはいっている筈であるが、それでもかなりの学生たちが出入りしていた。洪作は鳶永太郎のあとに従って、正面の建物を左に見て、建物を大きく廻って行った。

道場の前まで行くと、

「はいれよ」

と、鳶は言った。洪作は何となく気おくれして、

「はいっていいですか」

と訊くと、

「かまわん。はいって見学していろよ。俺も今日は見学なんだ」

鳶は言った。

建物の内部は柔道と剣道の二つの道場に分れていて、その間には何のしきりもなかった。片方には畳が敷かれ、片方は板敷になっている。どちらも稽古《けいこ》の真最中だった。剣道場の方では、剣道具をつけた二人が竹刀《しない》を構えて向い合っているだけであったが、柔

道場の方は十組ほどがらんどりの最中で、みんな畳の上で組んだりほぐれたりしていた。洪作は道場の隅の方に鳶と並んで坐《すわ》った。他にも五、六人の者が同じように坐ってい
た。稽古を休んで見学に廻っている連中である。

なるほど寝技ばかりだなと、洪作は思った。ひと組も立っている者はなかった。たまに立ち上って、互いに相手の襟に手をかけようと隙《すき》を覘《ねら》っていることもあるが、どちらかが相手の柔道着に手を触れたかと思うと、瞬間二人は畳の上に身を横たえた。

みんな鳶と同じようにぼうぼうと髪をのばしていた。どの顔を見ても、まともな人間の顔ではなかった。地獄の鬼たちがふた組に分れて乱闘しているといった恰好《かっこう》である。

「おい、お前、だれだ」

突然、洪作は小柄な男に声をかけられた。柔道着がだぶだぶに見えるほど痩せた貧相な男だった。が、眼は鋭く、ひどく鼻っ柱の強そうな男だった。

「受験生で柔道部志望です。さっき駅に着いたので僕が迎いに行って連れて来ました」

鳶が傍から説明した。すると、相手は洪作の方の問題はそのままにして、

「お前はどうした、お前は見学か」

と、鳶の方に眼を当てた。

「膝《ひざ》の関節を痛めました」

「どれ、出してみろ」

鳶は片方の足を畳の上に出した。

「なんだ、動くじゃないか。たるんでいるぞ」

それからその男は向うへ行った。鳶永太郎は形なしだった。痩せた男はマネージャアの権藤《ごんどう》だった。

どこからか柔道着姿の蓮実がやって来た。

「やあ、来ましたね。疲れたでしょう」

蓮実は言った。洪作はほっとした。金沢の駅に降りてから初めてまともな青年にぶつかった気持だった。

「何日居られますか」

「一週間ぐらいの予定です」

「まあ、一週間だけでも、四高の柔道部生活がどんなものか判るでしょう。僕はあすから能登の中学のコーチに行くんで、折角来て貰ったが、お世話はできない。が、まあ、ゆっくりして行って下さい」

と言った。

「蓮実さんはあすから居ないんですね」

洪作は念を押した。ふいに不安な思いに駆られた。蓮実一人を頼りに出て来たのであるが、その蓮実が居なくなるということになると、今夜の宿所から問題になってくる。

「僕の泊るところはあるでしょうか」

洪作が訊くと、

「どこでもありますよ。これだけ居るんだから」

蓮実は言った。

「俺のところでもいい」

鳶が言うと、

「だめ、だめ、お前のところは」

「いや、大丈夫だ、俺のところで。——俺の家は宿屋が商売なんで、客扱いには慣れている」

「嘘《うそ》を言え、お前のところは医者じゃないか。だめだよ、お前のところにだけは預けられん」

それから、

「あとで適当なところを選んでおきます」

蓮実は言った。その時気付いたのだが、蓮実の右の耳は大きくはれ上っていた。前に沼津で変形しかかっている蓮実の耳を見たが、今はそんなものではなかった。人間の耳がこんなにはれ上るものかと思うほど大きくはれ上っている。蓮実はその耳を繃帯《ほうたい》で巻いていたのであるが、稽古でとれてしまったのであろう。手にはその繃帯を持っていた。

その時、

——稽古やめ。

さっきの貧相な男が怒鳴った。それを合図にみんならんどりをやめて、道場は急に静かになった。地獄の鬼たちが道場の片側に並んで坐った。大きな鬼、小さな鬼、肥《ふと》った鬼、痩せた鬼、青鬼、赤鬼、なかなか壮観である。

「今日は見学が多いぞ。あすからはみんな狩り出す。ラムネを飲みすぎるな。トウモロコシも三本ぐらいでとめておけ。そろそろ夏休みで、みんな金沢から引き揚げて行くが、里心をおこすなよ。郷里も、家もないものと思っていろ。町には四高生が少なくなる。それだけ目立つから、素行を慎しめ。トウモロコシを食いながら歩くのはいかん」

ひときわ目立って貧相な体をしているくせに、権藤はおそろしく威張っていた。

稽古が終ると、洪作は蓮実によって何人かの部員に紹介された。道場に隣合せた着替部屋でみんな柔道着を脱いで裸になっており、誰を紹介されても、洪作には同じような青鬼赤鬼に見えた。

「よろしくお願いします」

洪作は誰に対しても同じ言葉を口から出した。

「おう」

と無愛想に言う者もあれば、

「来年試験を受けるんだって、——悪いことは言わないから、他の高校を受けるんだな。四高にはいってみな、毎日毎日雑巾《ぞうきん》ダンスだ。——まあ、考えるんだな」

そんなことを言う者もあった。また中には、

「殊勝なことだな。こんなところへはいって来るとは。——誰が誘惑したんだ、こんな無邪気なのを。——蓮実か。蓮実の言うことはあまり信用せん方がいいよ」

そう言っておいてから、

「君は文科志望か、理科志望か」

と、急に真面目《まじめ》になって、

「まあ、どこにはいるにしても勉強することだ。はいってしまうと、もう勉強なんかしたくてもできないから、受験時代に勉強しておくことだね」

そんなことを言う者もあった。

そうしているところへ権藤がやって来て、

「君はあす道場へ来るな？」

と、眼をぎょろりと光らせて念を押すように言った。権藤はまだ柔道着を着ている。

「来ます」

洪作が答えると、

「宿舎はどこだ」

「まだ決っていません」

「じゃ、俺のところへ泊めてやる」

権藤は言った。洪作は権藤のところなどに泊められたらたいへんなことになると思った。

「泊るところは、蓮実さんに頼んであります」

洪作が言うと、

「そっちはやめて、俺のところへ来い。どのくらいできるか試験してやる」

「何をですか」

「英語と代数と幾何だ」

「だめです」

「だめとは何だ」

「あんまりできません」

「それでも、四高を受けるんだろう」

「はあ」

「一応試験してやる。あんまりできんようだったら、四高はやめて、他の無試験の学校へ行け。どうも、さっきから見ているところでは、あんまり秀才ではなさそうだな」

洪作は形なしだった。そんなことを言っているところへ、蓮実が一人の青鬼を連れて来た。

こんど蓮実が連れて来た青鬼は、ひょろひょろと背の伸びた痩せた青年で、顔を見ただけでは、ひどく薄汚い印象を受けた。頭髪の伸ばし方も、頭の上にいきなり鳥の巣でも載せたような、何となく纏《まと》まりのない感じだった。薄い無精髯《ぶしょうひげ》が青白い顔全体を覆《おお》っており、これもただ不潔な印象しか与えなかった。

「これ、杉戸というんですが、この杉戸の下宿に泊って下さい。いろいろ考えたんですが、こいつが一番真面目ですし、何を相談しても、まず間違いないと思うんです」

蓮実は洪作に言ってから、

「いいな」

と、杉戸の方に念を押した。

「うん」

杉戸は煮えきらない返事をしてから、

「蒲団《ふとん》が要るな」

と言った。

「当り前よ。下宿から借りろ」

蓮実が言うと、

「借りられるかな」

「貸してくれなかったら、誰かのを持って来い」

「誰のを持って来るかな。鳶のでも持って来ていいかな」

「持って来ていいかどうかの相談は、お前と鳶の問題だ。とにかく大切に預かれ」

「うん」

すると、そこへ権藤が来て、

「杉戸の下宿にしたのか」

と、蓮実の方に言って、

「俺が預かってもいいよ」

「そりゃ、だめです」

蓮実が力を籠《こ》めて言った。

「権藤さんのところにでも連れて行かれたら、伊上君はもう再び金沢には来ませんよ。だめです、だめです」

「そうか、じゃ杉戸に任せる。くだらん話はしないで、勉強の相談をしてやれ」

「苦手だなあ」

杉戸は言ったが、別に困った顔もしないで、

「じゃ、行きますか」

と、洪作を促した。

「よろしくお願いします」

洪作が挨拶《あいさつ》すると、

「汚い下宿ですよ。まだ鳶の下宿の方がいいんだが、――まあ、来てください」

杉戸は先に立って歩き出した。

「おい、お前、また風呂《ふろ》にはいらん！」

蓮実の声が追いかけて来た。

「水で流した」

杉戸は大声で答えておいてから、

「早く帰って飯を食いましょう。あんたが風呂にはいると言ったら、下宿でも入れてくれますよ」

洪作の方に向ってそんなことを言いながら道場を出た。

洪作は杉戸と並んで校門を出たが、ひどく汚い風体の青年と一緒であるということで、何となく気がひけた。

杉戸は校門を出ると、電車通りを横切って、校門のまん前にある小さい文房具店にはいって行き、そこの店先にあったバケツの中からラムネ壜《びん》二本をぬき出し、一本を洪作に手渡してから、他の一本の栓をあけて、ひと息に飲みほして、

「もう一本飲みますか」

と、洪作に訊《き》いた。

「もう結構です」

洪作が答えると、自分は二本目を同じように立ち飲みし、

「ラムネ、三本」

店の内部に向ってどなっておいてから、その前を離れた。そしてさっき洪作が電車を降りた香林坊の四つ辻《つじ》まで行くと、

「暫《しばら》くここで待っていましょう」

と杉戸は言った。洪作は仕方がないので、繁華地区のまん中に杉戸と並んで立っていたが、通行人がみんな杉戸を見ては、いかにも異様なものを見るといった面持で、二人の前を避けるようにして通るので、洪作はここでも気のひけるのを感じた。

「誰かを待っているんですか」

しばらくたってから洪作は訊いた。

「ここに網を張っていると、いまに誰かがひっかかる」

杉戸は前を向いたままで言った。しかし、何がひっかかるか判《わか》らなかったが、杉戸が待ち受けている獲物《えもの》はいっこうに網にかからなかった。そのうちに柔道部員らしいのが三、四人通りかかったが、

「よお」

と、杉戸は声を発しただけで、その方には眼もくれず、

「いっこうに来やあがらんな」

と文句を言った。

「誰を待っているんですか」

「下宿の飯はあまりうまくないんで、あんたを御馳走《ごちそう》しようと思ってね。ところが、みんな夏休みで帰省してしまったんで、貧乏神しか歩いていない」

杉戸はなおもそこを動こうとしなかった。

「僕は御馳走は要りません。何でもいいんです」

洪作は言ったが、

「物事は忍耐が必要ですよ。もう少し待ってみましょう。誰か来やあがらんかな」

杉戸はきょろきょろあたりを見廻していたが、

「おっ、来たぞ」

と言うと、すぐ道の向う側へ渡った。

「おい」

杉戸はうしろから一人の学生を呼びとめて、

「金持っているか」

「ない」

相手は言った。

「客が来ているんだ、頼む」

杉戸が言うと、

「本当に持っていないんだ」

「不景気なことを言うな。カツ二枚分貸せ。一生の恩に着る」

杉戸は言った。

杉戸は相手の学生から金を借りることを諦《あきら》めると、

「お前もここに居て、誰かお前の知っているのが来たら、金を借りてくれ。そのくらいの友情を示しても罰《ばち》は当らないだろう」

と言った。

「仕様がないな。友情を示すのは、いつも俺の方ばかりだからな」

それから相手は、

「よし、金は貸さないが、ライスカレーかカツぐらいなら奢《おご》ってやるよ。その替り、お前の化学のノートを夏休み中貸してくれるか」

「うん。貸してやる。失《な》くすなよ」

「大丈夫だ。よし、石川屋へ行こう」

相手の真面目そうな学生はさきに立って、すぐ眼と鼻の先にあるレストランにはいって行った。杉戸がそのあとについて行くので、洪作も仕方なくそのあとに従った。

大きな明るい大衆食堂で、卓が十幾つか置かれてあり、四高の学生も居れば、女学生も居《お》り、子供を連れた夫婦者も居た。みんなアイスクリームか、紅茶か、そうしたものの器を、卓の上に置いている。

三人が卓の一つに陣取ると、

「伊上君という人だ。来年四高を受けて、合格したら柔道部にはいる」

杉戸が洪作を紹介すると、

「僕、山川と言います。よろしく」

相手が先に挨拶したので、洪作は恐縮した。

「志望は理科ですか、文科ですか」

「理科です。父親が医者ですから」

洪作が言うと、

「杉戸君は理科にトップで合格していますから、勉強の仕方を聞いておくといいですよ」

山川は言った。

「トップではいったんですか」

驚いて、洪作が杉戸の薄汚い顔に眼を当てると、

「何かの間違いなんだ。採点のミスですよ」

柄にもなく杉戸ははにかんで、

「おい、誰か注文を聞きに来いよ」

と、大きな声を出した。

「怒鳴るなよ。それでなくても、みんながこっちを見ているのに」

山川の言う通りだった。洪作は店にはいった時から、幾つかの視線が杉戸の方に注がれているのを知っていた。

「みんな、お前の方を見ている。秀才だから見ているんではなくて、汚いから見ているんだ。これだから、俺、お前と付合うのは厭《いや》なんだ」

山川は言った。そこに可愛《かわい》らしい少女が注文を聞きに来た。顔をまっかにしているのが、笑いたいのを我慢しているためであることはひと目で判った。

「ライスカレーか、それともカツレツか」

山川が訊くと、

「両方食わせろ」

杉戸は言った。

「ノートを貸してやるんじゃないか。吝々《けちけち》するな」

「よし、仕方ない。ライスカレー三つに、カツ二つ」

山川は女の子に注文した。

「なんだ、お前はカツを食わんのか。倹約するな。同じように食えよ」

「僕は昼間ここに来て、カツを食ったから、今は食いたくないんだ」

「じゃ、他の物を注文しろ」

「うるさいな。俺のことに干渉するな。うっかり他のものでも注文しようものなら、それも奢らされる危険がある」

それから、洪作の方に、

「柔道部志望ですって？　たいへんですよ、はいると」

と言った。

「少しぐらいたいへんでもいいんですが、それより肝心の四高にはいれるかどうか」

洪作は言った。

「はいるなんて、何でもない。少し勉強すれば」

杉戸は言って、

「はいってみると、みんなできないのに驚いちゃう。どうしてはいったのかと思うような奴《やつ》ばかりですよ。ちょっと他人より多く勉強すれば、自然にはいっちゃいますよ。ほんのちょっと」

「そうでしょうか」

洪作が自信のない言い方をすると、

「そりゃ、そうだ。ちょっとだけ、他人より多く勉強すればいい」

「でも、どの学科も基礎ができていないから」

「それなら、この夏休み中に、基礎だけやればいい。英語なら中学一年のリーダーからやればいい。一年のリーダーなら一、二時間であげられる。二年のリーダーも半日であげられる。三年ぐらいからは少し判らない単語が出て来るので、何日かかかる。こうして五年のリーダーまでやれば、英語は大丈夫ですよ。参考書なんて開かないで、学校でやったリーダー専門にやったらどうです」

「そうでしょうか」

すると、山川が、

「僕もその方法に賛成だな。僕も英語は中学のリーダーだけでやった。それで、試験に判らない単語が出たら、出す方が悪いと思えばいい。ただほかの科目は参考書が要る」

と言った。

「参考書もいいのを一冊に決めて、それだけやればいい。それで、もしも判らない問題が出たら、出す方が悪いと思えばいい」

杉戸は言って、

「僕の使った参考書をひとそろいあげます。それだけやればはいれる」

聞いていると、ひどく簡単だった。そこへ給仕嬢が料理の皿を運んで来た。三人がフォークとナイフを動かしていると、そこに鳶がはいって来た。鳶は洪作たち鳶は洪作たちの席に眼を当てると、

「覗《のぞ》いてみるものだな」

そんなことを言いながら近付いて来た。そして卓の上の料理の皿を見て、

「贅沢《ぜいたく》なものを食っているな。俺にも食わせろ」

と言って、あいている椅子《いす》に腰を降ろした。

「だめ、だめ。俺たち、御馳走になっているんだ」

杉戸が言うと、

「ほう」

鳶はちらっと山川の方に眼を当ててから、

「紹介してくれ」

と、杉戸に言った。

「俺と同じ理科乙組の山川君だ」

杉戸が言うと、

「汚いのがいろいろお世話になっています。僕は柔道部の鳶です。よろしく」

鳶は言った。

「知っていますよ、あなたのことは。――学校中で知らない者はない」

山川が言うと、

「いいですか、注文して」

さっそく鳶は切り出した。山川は多少浮かない顔をして、

「どうぞ」

すると、鳶は杉戸の方に、

「いいか、断っておくが、俺はお前に御馳走して貰《もら》うんではない。俺は俺で山川君の御馳走になるんだ。文句を言うなよ」

それから、給仕嬢を呼ぶと、

「ライスカレー二つ」

と言った。杉戸はすまなそうな顔をして、山川に言いわけをした。

「こいつは、何でも二つが単位なんだ。俺たちの二倍食うんだ」

それから、鳶に、

「遠慮しとけよ、御馳走になる時ぐらい」

「じゃ、一つで我慢するか」

鳶は言った。

「いいですよ、構わんですよ」

山川は言ってから、杉戸の方に、

「序《つい》でに物理のノートを貸してくれよ、な」

と言った。

「じゃ、俺もカツもう一枚食う」

杉戸は言った。洪作は三人のやりとりが面白くもあったが、そろそろ一人にさせて貰いたくなっていた。ゆうべ熟睡していない上に、今日も何時間か汽車に揺られていたので、疲労と睡気《ねむけ》が洪作を襲っていた。

相変らず店内の視線は杉戸と鳶の二人に集まっていたが、二人はそんなことはいっこうに気にかけていなかった。

石川屋を出ると、そこの店の前で、山川は杉戸とノートのことを打ち合せてから、

「じゃ、確《しっか》り勉強なさい」

と洪作に言って別れて行った。

「どこかで氷ぜんざいも食いたいな。誰か来ないかな」

鳶は言った。

「金なら、僕が持っています」

洪作が言うと、

「使い急ぎをしてはいかん。あしたも、あさってもある」

それから、

「杉戸はすっからかんだから、金を貸してくれなどと言うかも知れんが、絶対に貸してはいかん」

鳶は言った。

「お前だって無一文のくせに何を言うか。お前より俺の方がまだ信用がある。だから、伊上君を俺が預かることになったんだ。俺はお前とは違って、やたらにひとからは金は借りん」

杉戸はむきになって言った。

「ばかな奴だ、憤《おこ》りやあがって」

それから、

「こいつ、最近憤りっぽくなっている。鬱積《うっせき》していやあがる。厭な奴だ。――変な気が起きたら稽古《けいこ》を励め。稽古さえ励んでいたら、エネルギーの余分などない筈《はず》だ。一滴でも余分のエネルギーがあったら稽古に注ぎ込め。そこにいる汚い奴は誰だ。杉戸か、判ったな、杉戸」

鳶は大きな声で言ったので、通行人が何人か振り返った。鳶がマネージャアの権藤の口調で言っていることは、洪作にも判った。

三人は繁華地区から横へそれた。そして暫く行ったところで、

「さあて、俺は帰る。帰って寝る」

ふいに鳶は言って、

「じゃ」

と、杉戸と洪作の方に片手を上げると、すぐ背を見せて引き返して行った。多少その身のひるがえし方は異常だった。

「あいつこそ、鬱積していやあがる。鳶は自分がどうして柔道ばかりやらなければならぬか、最近悩んでいるんですよ」

「鳶さんがですか」

洪作は驚いた。鳶の異様な風体と、そうした悩みとを一緒にして考えることは難しかった。

「鳶は文科なんだが、文科の奴というと、とにかく妙に物事を深刻に考えたがる。まあ、あんたも理科にはいるんですね。文科になんてはいると、人間妙にひねくれる」

杉戸は言った。

やがて、二人は大きな橋の袂《たもと》に出た。

「これが犀《さい》川ですよ」

杉戸は言った。犀川と言っても、洪作には初めて耳にする川の名であった。

「大きな川ですね」

洪作が言うと、

「うん。毎日ここを渡る」

杉戸は言った。

洪作は川の面をすかしてみた。川瀬の音は聞えているが、川幅の広い川だという以外、夜目にはその川の表情も、姿態もはっきりしなかった。両岸に燈火が点々とついているところから推すと、人家が立ち並んでいるものと思われた。

二人は橋を渡ると、かなり急な坂をじぐざぐに登って行った。

「この坂はW坂というんだ。W字型に折れ曲っているでしょう」

杉戸は説明してくれた。なるほど少し登ると折れ曲り、また少し行くと折れ曲っている。

「腹がへると、何とも言えずきゅうと胃にこたえて来る坂ですよ。あんたも、あしたから、僕の言っていることが嘘《うそ》でないことが判る。稽古のひどい時には、この辺で足が上らなくなる。なんで四高にはいって、こんなに辛《つら》い目にあわなければならぬかと、自然に涙が出て来る」

「ほんとに涙が出るんですか」

「そりゃあ、出る。一年にはいって、一学期の間は、毎日のように、この坂の途中で涙を出す。実際に足が上らなくなるんだから、涙だって出て来ますよ。だが、一学期が終ると、大体諦めてしまう。こういうものだと思ってしまう。僕などは、現在、そうしたとこへ来ている。鳶のように深刻に考えたりしない。たいしたことではない。三年間、捨ててしまうだけの話なんだ」

「鳶さんも一年ですか」

「そう」

「僕は二年生かと思いました」

「二年の部員はすじ金入りですよ。人間らしい血なんて、一滴も持たなくなる。さかさにして振っても、人間の血なんか一滴も出て来ない。出て来るのは汗ばかりだ。そうなると、みごとですよ。六高に勝つことしか考えなくなる。親のことも、兄弟のことも考えなくなる。考えることは、六高に勝つことばかりだ。人生も、学校の成績も、落第も、及第も考えなくなる。全く、ねえ、変な学生があるものだ」

杉戸は言った。杉戸自身、多少の悩みは持っているようである。

W坂を登り切ったところで、洪作は金沢の町を眺め降ろした。燈火が点々とちらばっているだけであるが、やはり沼津などに較《くら》べると、遥《はる》かに大きい都会の夜景であった。

「冬になって、雪が降ると、ここら辺りからの眺めが一番いいだろうと思うな。犀川の流れが青いだけで、あとは一面にまっ白だ。そんな時、道場に行くと、凄《すご》いでしょうね。柔道着が棒のように凍っている。それを火鉢の火でやわらかくする。それでも、袖《そで》の中などには氷が張ってる」

杉戸は言った。

「氷がどうして張るんですか」

「前の日の汗が凍っちゃう。らんどりしていると、その氷が解けて、新しい息と一緒になって、湯気になる。僕はまだ冬の稽古の経験はないが、みんなそう言っている」

「ほう」

「そういう時には、いっぺんに耳をはらすらしい」

「――」

「尤《もっと》も、僕や鳶は、冬まで待たないで、もうはらしちゃった。畳に擦《こす》りつけますからね。足でもぶつけられると、飛び上るほど痛い。あっという間に、内出血を起してふくれ上る。ふくれ上ると、もうおしまいです。毎日のように血を抜いては冷やすが、毎日のようにはれ上る。そのうちに固まる。鳶のように汚く固まるのもあれば、さほどでもないのもある。鳶のように固まると、人間の耳ではなくなる」

「杉戸さんのは？」

「僕のはまだましだ。ちゃんと穴があいてる。鳶の耳はひどいですよ。二つとも穴がふさがっちゃってる。ああなったら収拾つかない。嫁さんなんて、普通のは、あの耳だけで来ませんよ。まあ、僕ぐらいのところが、嫁さんの来るか、来ないかの限界だな。マネージャアの権藤の耳を、あす見てごらん、あいつも、嫁さんは来ない。蓮実だって来ない。可哀《かわい》そうにみんな一生独身ですよ」

坂を登ったところは住宅地になっているらしく、ひどく閑静な一画だった。路地を二つほど曲って、一軒の二階屋の前に出ると、

「ここです、僕の下宿は」

杉戸は言った。

「二階が僕の部屋です。おばさんはいい人ですが、親父《おやじ》はうるさい奴です。玄関を上る時、雑巾《ぞうきん》で足を拭《ふ》くことと、階段を静かに上り降りすること、この二つを注意して下さい。ほかに何かあったかな。そうだ、二階でどたんばたんやってはいけない。もともと借家だから、地震みたいに揺れちゃう」

杉戸は言うと、玄関の戸をあけて、

「ただいま」

と、いやに神妙な声を出した。

「ただいま」

杉戸は言ったまま、玄関の土間に立っていた。すると、奥から〝はーい〟という返事が聞え、暫《しばら》くすると五十年配のおばさんが現れて、雑巾をあがり框《かまち》の前に置いた。

「遅かったのね。おなかすいたでしょう」

「ごはんは食べて来ました」

杉戸が雑巾で足を拭いて上ったので、洪作もそのようにした。

「このひと、伊上君と言って、柔道部からの預かり者です。僕の部屋にいっしょに寝ますが、蒲団《ふとん》はあるでしょうか」

杉戸が言ったので、洪作は黙っておばさんの方に頭を下げた。

「蒲団はありますけど」

おばさんは洪作の方に当てた視線をすぐ杉戸に返して、

「今夜だけですか」

と訊《き》いた。すると、

「何日ぐらい？」

こんどは杉戸が洪作に訊いた。

「多分、四、五日です」

洪作が言うと、

「そのくらいならいいけど」

おばさんは言って、

「夜は遅くならないできちんと帰ってくださいよ」

そんなことを言うところは、何となくこうるさい感じだった。

二階には八畳間と六畳間のふた部屋が襖《ふすま》で仕切られてあり、六畳間の方が杉戸の部屋になっていた。窓際《まどぎわ》に机が一つと、壁際に本箱が一つ置かれてある。杉戸の風貌《ふうぼう》から推して、何となく乱雑な部屋を想像していたが、部屋の中は案外きちんとしていた。机の上に小さい花瓶が置かれて、花が挿《さ》してあるのが場違いの感じだった。

「きれいになっていますね」

洪作が感心して言うと、

「うるさいんだ。階下のおばさんが」

それから、

「みんなこの部屋にはいると風邪をひくと言っている。鳶の奴は、ここに坐《すわ》っていると腹がへると言う」

杉戸はそんなことを言った。そこへおばさんがはいって来た。

「お風呂《ふろ》は?」

「まだです」

「じゃ、すぐはいってください。よく体を洗ってからはいるんですよ。お湯をあんまり使わないで」

「はい」

「お風呂から出たら、階下から蒲団を運んでくださいね。それからあんまり遅くまで大きな声で話をしないで」

「はい」

杉戸は何を言われても、素直に返事をしている。おばさんが帰って行くと、

「何を言われても、聞いていなけりゃいいんだ。何を言われても、――はい、はい。こ
れがこつですよ」

杉戸は言った。

風呂場は階下の台所の横にあった。洪作がさきにはいり、杉戸はあとからはいった。

洪作は風呂から出ると、おばさんが出してくれた蒲団を二階に運んだ。おばさんも二階
に上って来た。

「こっちのあいている部屋に寝ていいですか」

洪作が訊くと、おばさんはめっそうもないという顔をして、

「こっちはお客さんのお座敷で、あんた方の部屋ではありませんよ」

と言った。

「じゃ、こっちの杉戸さんの部屋に床を敷くんですね」

「そりゃ、そうですよ。あなたは杉戸さんのところのお客さんで、わたしの家のお客さ
んじゃないんだから」

「よし、じゃ、僕は廊下に寝ます」

洪作は言った。

「どうして廊下に寝るの」

「一人でないと眠れないと思うんです。ひと部屋に二人で寝たことなんかありません」

すると、おばさんは変な顔をして、

「あなたも柔道部の人でしょう」

「いいえ、違います。僕はまだ四高にはいっていません」

「あら、あなた、受験生？」

「そうです」

「そう、受験生なの。そうでしょうね。ほかの汚いのと何となく違っていると思っていた。じゃ、あの大天井さんという人みたいに、四高へはいって柔道をやろうと思っているのね」

「そうです」

「そう。そりゃ、たいへんだこと。もうずっと金沢に居るの？」

「今日来たばかりです」

「じゃ、試験まで居るのね」

「いいえ、こんどはちょっと見学に来ただけです。すぐ帰ります」

「そう、そうなの。じゃ、わたしが言って上げることがある。——親御さんがあるんでしょう、あなたも」

「あります」

「それでは、わたしが言って上げます。直接親御さんに手紙を書いて上げてもいい」

それからおばさんは言葉の調子を改めて、

「だいたい」

と、畳でも叩《たた》かんばかりの勢いで、

「学校へはいるのは勉強したいからなんでしょう。勉強して大学へはいって、豪《えら》い人になりたいからなんでしょう。それなのに、勉強もせんと、頭をぼさぼさにして柔道ばかりやっているってことがありますか。考えてごらんなさい。あなた、杉戸さんみたいになりたいの？　あの人だって、初めはあんたみたいに普通だったのよ。それが一学期であんなになっちゃった！　勉強しなければ、みんなあんなになっちゃうわ。あの人を見てごらんなさい。ぼうっとしているでしょう」

そう言っているところへ、濡《ぬ》れ手拭《てぬぐい》を持った杉戸が、確かにぼうっとしたはいり方ではいって来た。

「杉戸さん、このひとを柔道部へなんか引っぱり込んではだめよ」

おばさんが言うと、

「僕はそんなことしませんよ」

杉戸は濡れ手拭を壁の釘《くぎ》にかけて、

「さあてと、お茶でも御馳走《ごちそう》になって寝るかな。昨日、親戚《しんせき》の人が何か持って来ましたね。あれ、何かな」

と、そんなことを言った。

「親戚の人と言っても、私のとこの親戚で、あなたの親戚じゃありませんよ」

「そりゃ、そうですよ。――でも、あれ、何かな。気になるな、カステラじゃないですか」

「まあ」

おばさんはさも呆《あき》れたといった顔で横を向いた。

「そうでしょう」

「たとえ、そうだとしても、それがどうしたというの」

「もう、何年もカステラなんか食べたことないな」

「何を言ってるんです」

「ほんとです。でも、いいです。寝ちゃおう」

「寝たかったら、さっさとお寝なさいよ」

おばさんは邪慳《じゃけん》に言って階下へ降りて行った。洪作は一刻も早く寝床にはいりたかった。洪作が寝床を敷こうとすると、

「ちょっと待っていましょう。きっとカステラにありつけますよ」

杉戸は留めた。暫くすると、杉戸の予想した通りおばさんの声が階段の下から聞えて来た。

「お茶をあがるなら、どうぞ」

「ほうら、ね。じゃ、折角だから、御馳走になりましょうよ」

杉戸が部屋を出たので、洪作もついて行った。階下の茶の間でカステラの御馳走になった。その間、おばさんは二人に自分の若い頃の話をしてくれた。そういう話をしているると上機嫌だった。階下で三十分ほどの時間を過してから、二人は部屋に帰り、並べて敷いた寝床にはいった。

「いいおばさんじゃないですか」

洪作が言うと、

「あそこまで馴《な》らすまでにだいぶ苦労しましたよ。もうひと息です。性格はとてもいいんですが、目下、必死になって抵抗を試みている時期です。だから、やたらにうるさい。でも、今にまともになりますよ。鳶のところなんかもっと凄《すご》いですよ。すっかり鳶の感化を受けて、凄く荒っぽくなり、町を肩を振って歩くようになっちゃった。こんど鳶の下宿に行ってみましょう。前は優しいおばさんだったが、いまは、おい、こらですからね」

そんな杉戸の声が次第に遠くなって行った。洪作にとってひどく充実した一日はいま終ろうとしていた。杉戸が何か言ったので、それに返事をしようと思っているうちに、洪作は深い眠りの沼に、もの凄い勢いでのめり込んで行った。

洪作は九時に眼覚めた。長時間汽車に揺られた疲れがいまになって出たのか、体のふしぶしが痛かった。洪作は寝床の中で、昨日一日のことを思い返していた。鳶とうどんを食べたり、石川屋というレストランで杉戸と二人で山川という学生の御馳走になったりしたこと、道場で青鬼赤鬼共のらんどりの見学をしたこと、権藤という凄《すさ》まじいのにお目にかかったこと、大勢の柔道部員にそれぞれ荒っぽい言葉をかけられたこと、それから杉戸の下宿に来て、風呂にはいり、カステラを食べて寝たこと、ずいぶんいろいろなことが、金沢に着いてから立て続けに起ったものである。

その前の汽車の中のことは、到底同じ昨日という日のこととは思われぬ。もう何日も前のことのような気がする。

ともかくここは金沢なのである。はるばると金沢までやって来て、いま自分はそこで最初の朝を迎えようとしているのである。洪作は耳をすませた。何の音も聞えない。雨戸がないので、陽は直接硝子戸《ガラスど》に当っているが、いかにも日中の暑さを思わせるような陽射《ひざ》しである。

杉戸はランニング・シャツ一枚の姿で、薄い掛蒲団を抱えこんで、正体なく眠っていた。どう見ても、人間の寝姿ではない。

「杉戸さん」

洪作は声を掛けた。もう九時を廻っているので、起してもいいのではないかと思った。すると、杉戸はいきなり床の上にむっくりと起き上ったが、

「何時かな」

「九時です」

「十二時まで寝る」

言うなり、杉戸はまた床の上にひっくり返った。そして、蚊に食われたのか、体中をぼりぼり掻《か》いていたかと思うと、再び寝息を立て始めた。

洪作は起きて階下に降りて行き、顔を洗うために、風呂場の隣の洗面所にはいって行った。台所の方からおばさんの声が聞えて来た。

「歯ブラシは？」

「ありません」

「石鹸《せっけん》は？」

「ありません」

「手拭は？」

「持っています」

「そりゃあ、手拭ぐらいは持っていないとね。腰につけていたあの手拭？」

「そうです」

「あなた、鞄《かばん》も何も持っていなかったわね」

「はあ」

「手ぶら？」

「そうです」

暫くすると、おばさんが洗面所に石鹸と歯磨粉と歯ブラシを持ってはいって来て、

「いまからこれでは先が思いやられるわ。そこらを濡らしたら、あとで拭いておいて下さいよ」

と言った。

洪作は階下の茶の間で、ひとりで朝食の卓についた。味噌汁《みそしる》を二杯飲み、卵を二個割り、御飯を三杯食べた。卵は卓の上に二個出ていたので二個割ったのであるが、一個は杉戸の分であることが、あとで判《わか》った。

朝食をすませてから、洪作は散歩に出た。昨日登ったW坂まで行き、そこから犀川と、金沢の町を眺めた。犀川の流れは美しかった。白い磧《かわら》を抱くようにして、大きく身をくねらせながら、一本の長い青い帯が置かれている。沼津の狩野川より大分大きい川であ

る。水量が豊富であるかどうかは、岸に立ってみないと判らないが、午前の陽に川波が白く輝いて見えている。ところどころに澱《よど》んだところがあり、ところどころに流れの早い瀬が置かれてある。

そしてその犀川の向うに、黒い屋根瓦《がわら》の金沢の町が拡《ひろ》がっている。半ば樹木に埋まっているような緑の多い町である。そしてその町の向うに丘陵が見えている。この方は全く緑に覆《おお》われた丘である。

洪作はW坂から引き返すと、足の向くままに路地路地を歩いた。やはり沼津の町を歩いているのとは違った感じであった。どことなく家の建て方も違えば、歩いている人の顔立ちも違っている。

洪作は一時間ほど散歩して、下宿に帰ったが、杉戸はまだ起きていなかった。おばさんは階段の下まで行って、

「杉戸さん、いい加減にもう起きなさいよ」

と、大きな声を出した。すると、

「もう起きてます」

そんな杉戸の声が聞えて来た。

「嘘《うそ》おっしゃい。起きていないくせに」

「シャツを着ています」

「何を言ってるの。そんな手にのりますか」

「ほんとですよ」

それと一緒に、起きていることを証明するかのように、杉戸は階段を降りて来た。ランニング・シャツ一枚で、頭髪をぼさぼさにし、首に手拭を巻いているところは、どう見ても鬼である。

「早く顔を洗っていらっしゃい」

「今日は何ですか。卵ですか、海苔《のり》ですか」

それから、

「腹がへって眼が覚めちゃった」

杉戸は言いながら、洗面所にはいって行った。

「あなたも、気をつけないと、あんなになりますよ」

おばさんは言った。

「でも、杉戸さんは秀才でしょう。一番で入学したというから」

「そういうことだけど、間違いでしょうね、何かの」

おばさんには、杉戸は全く信用がなかった。

一時に、洪作は杉戸と連れ立って、下宿を出た。稽古《けいこ》は三時から始まることになっていたので、それまでに多少の時間の余裕があった。兼六公園は四高のすぐ傍にあるということだったので、ちょっとでも、そこに足を踏み入れてみたかったが、杉戸はそれに反対した。

「兼六公園なんて、ただの公園ですよ。見たって別に面白いことはない。むだですよ」

杉戸は言った。

「でも、有名な公園でしょう」

洪作が言うと、

「池があって、木がやたらにそこらに生えているだけで、どうしてあんなところが有名なのか、いっこうに判らん」

「そんな公園ですか」

「そうですよ。誰もあんなところへは行かん」

「誰も行かないですか」

「そりゃあ、行っている奴《やつ》もある。行っている奴もあるが、僕などはめったに行かん。——大体、あそこは落第した奴がしょんぼり歩くところになっている。そういう場合にはいいところらしい。そう、そう、八代という三年の人に昨日会ったでしょう」

「八代さんですか」

洪作には記憶はなかった。大勢に会っているので、どれが八代か判らない。

「汚いのが居たでしょう。青白い顔をして、頭髪をもじゃもじゃにした奴」

杉戸は言ったが、さしずめ自分のことを言っているとしか思えない。

「同じような人が大勢いましたから」

「特に汚いのが一人居たでしょう。判らないんなら、あとで道場で教えて上げますよ」

それから、

「その八代ですが、彼は落第する度に兼六公園を歩いているそうです。そういう心境の時には、とてもいい公園らしい。なんとなく慰められると言っている。八代ばかりでなく、落第したのは、みんな自然に兼六公園の方に足が向くらしい。だから及落の発表のあった日は、落第生同士が公園の池の畔《ほと》りで顔を合せて、お前もか、お前もか、と話し合うそうです。兼六公園というところは、そういうところですよ。普通の奴が行くところではない」

杉戸は言った。

「そうですか、そういうところですか」

洪作は杉戸に説明されて、兼六公園を見るという気持を棄《す》てることにした。そういうところなら、何もわざわざ行って見る必要はなさそうである。

二人は昨日渡った桜橋を渡り、橋の上でぼんやりと水の流れを見降ろし、それから街の中にはいって行った。

「だんだん道場へ近付いて行く」

杉戸は言った。この青鬼にも道場に近付いて行くのは必ずしも好もしいことではなさそうであった。

二人は繁華地区の香林坊に出た。ゆうべ山川という学生に御馳走になった石川屋の前を通り、それから四高の建物のある方へ曲った。昨日ラムネを飲んだ小さい文房具屋の店先に、鬼の一族が二人ぼんやり立っていた。

「あそこに居るのは、柔道部の人でしょう」

洪作が言うと、

「そうだ。二人とも僕と同じ一年生の部員だ」

杉戸は答えた。昨日に較《くら》べると、町で見掛ける四高の学生の姿はずっと少なくなっている。香林坊を通って来る間に、ほんの四、五人見掛けただけである。杉戸は、

「よお」

と、文房具屋の前に突っ立っている鬼の一人に声をかけると、

「よお」

と、向うでも答え、そこから三人の鬼はひと固まりになって校門をくぐった。洪作もそのあとに続いた。

道場の無声堂の横手の芝生のところへ行くと、みんなそこへ腰を降ろした。誰も口はきかなかった。みんな何となくぼんやりしている感じで、何を考えているのか、寝そべ

ったり、膝《ひざ》をかかえたりしている。

そうしていると、新しく鬼が三人やって来た。一人は権藤だった。洪作には権藤だけが生き生きとして見えた。権藤は芝生にたむろしている連中をじろりと見渡し、

「あと十五分だぞ。そろそろ道場へはいれ」

と言った。それぞれちょっと体を動かしたが、誰も返事をしなかった。権藤は洪作を見ると、

「おお、お前も来たか。今日は見学しないで、稽古しろ」

と言った。

「はい」

洪作は立ち上って、頭を下げた。権藤はひとりで道場へはいって行った。

やがて、青鬼赤鬼が三三五五集まって来るのが見えた。頭に繃帯《ほうたい》しているのも居れば、手を繃帯で首に吊《つ》っているのも居る。

鳶もやって来た。鳶は芝生のところへ来ると、

「やれ、やれ」

と言って、腰を降ろした。

「そろそろ時間だぞ」

寝そべっていた杉戸が半身を起して言うと、

「まだ五分ある」

鳶は仰向けにひっくり返った。そして、

「学校の中も淋《さび》しくなっちゃったな。寮にも殆《ほとん》ど居ないらしいな。蟬《せみ》が鳴いていやあがる。ああ、夏休み！」

と、そんなことを言った。異様な風体に似ず口から出す言葉には夏休みの実感があった。

「みんな、はいれ」

道場の窓から顔を出して、権藤が叫んだ。

控室は銭湯さながらの混雑振りだった。二十人ほどの青鬼赤鬼がいっせいに裸体になり、柔道着に着替えた。

「これを使って下さい」

杉戸が洪作のために柔道着を持って来てくれた。この道場で使われている柔道着のズボンが奇妙な形をしていることは、昨日の見学で承知していたが、いざ身に着けてみると、変な感じだった。洪作がこれまで使っていたゆとりのあるズボンとは異って、長さは膝までしかなく、しかも膝の下で紐《ひも》で結ぶようになっている。股《もも》にぴったりとくいついているところは、ズボンというよりはパッチといった方がいいくらいである。いかなる利点があるか知らないが、寝技専門のズボンであることだけは間違いない。向う脛《ずね》がすっかり露出しているので、見慣れない洪作の眼には頗《すこぶ》る異様である。柔道部員の全部が青鬼赤鬼に見えるのは、頭髪のためばかりでなく、この向う脛の露出もあずかって力あると思う。

若者たちは道場に出ると、片方の側に並んだ。別段坐《すわ》る場所が決っているようにも見えないので、洪作も端の方に坐らせて貰《もら》った。

権藤だけは剣道場との境のところに坐っていたが、やがて、

「礼！」

と、号令をかけた。一同は向い側に掲げられてある〝無声堂〟と書かれた額の方に頭を下げた。前方に誰も居ないのであるから、さしずめ額に向って挨拶《あいさつ》したと思うしか仕方がない。

すると、権藤の声が響いて来た。

「きのう親戚《しんせき》に不幸があったので、練習を打ちきって帰りたいと、俺のところへ言って来た奴がある。親戚にもいろいろある。伯父伯母というのならまだ考えるべき余地がある。問いただしてみると、どうもその親戚というのが怪しい。柔道部から悔みの電報を打つと言ったら、それには及ばないと言った。そして結局帰省はとりやめて練習を続けることになった。そういう結果になるなら、初めから申し出るな。むだなことはしない方がいい。その者にはあとで十人掛けをやらせる。――稽古始め」

権藤は叫んだ。鬼たちはいっせいに相手を求めて、立ち上った。洪作はそのまま坐っていた。すると、ひとりおくれて来た鳶が洪作の前に坐って、黙って頭を下げた。洪作はすぐ立ち上って、鳶の柔道着の襟をとろうとした。すると、鳶はその手を払いのけて、

「来るか、小僧」

と、眼をむいて睨《にら》み付けた。どう見ても、普通の顔ではなかった。凄まじい形相をしている。

洪作は本当に鳶が憤《おこ》っているのではないかと思った。それでなくてさえ異様な顔をしているのに、その顔の中で、二つの眼が青く光っている。実際に青く光っているかどうか判らぬが、少なくとも洪作にはそのように見えた。

洪作は、しかし、稽古を始めた以上は、相手が憤っていようが、いまいが、相手の柔道着だけは摑《つか》まなければならなかった。洪作はまた手を差し出した。すると、鳶の手がいきなり、それを払いのけた。ひどく痛かった。払いのけたのでなく、ひっぱたいたのである。

洪作はかあっとなった。瞬間洪作は相手に摑みかかって行った。

——この野郎!

とか、

——ふざけやがって!

とか、そんな鳶の声を聞きながら、洪作は相手の体にしがみついたまま、二つの体が畳の上に転がるのを感じた。あとは上になったり、下になったりした。蓮実に較べると、体も太かったし、力もあったが、技は冴《さ》えてはいなかった。蓮実にはあっという間に十字逆をとられたが、鳶の場合はそうしたことはなかった。ただ、ひどく荒っぽいものと格闘している感じだった。

二人はお互いに相手から離れて立ち上った。鳶は相変らず物凄《ものすご》い形相をし、眼を青く光らせている。

洪作はまた相手の上着の襟を摑もうとして、手をのばした。すると、鳶は、吠《ほ》えるような唸《うな》り声を出すや否《いな》や、頭から突進して来た。

——うーん。

洪作はうしろにひっくり返った。相手の頭を直接胃で受けたらしく、暫《しばら》く起き上れないでいた。こんな柔道はあるものかと思った。これでは喧嘩《けんか》である。

洪作が再び立ち上るまで、鳶はそこに突立っていた。

「参ったか」

鳶は言った。参るものかと、洪作は思った。よし、それなら柔道はやめて、喧嘩で行こうと思った。沼津で遠山と格闘した時の心の昂《たか》ぶりが、そっくりそのままいまの洪作の心に蘇《よみがえ》って来た。

洪作は片手で胃を押えて立ち上ると、瞬間もう一つの手で相手の上着をつかみ、次の瞬間自分で知らないうちに背負投げにはいっていた。

鳶の体が小さい洪作の背の上を滑った。いやに烈《はげ》しい音がした。

洪作が気付いた時、鳶の体は剣道場の板敷の上に横たわっていた。鳶はすぐ起きた。あとは確かに喧嘩だった。二つの体は組んだまま板敷の上を転がり、上になったり、下になったりした。

「おい、お前ら、何をやってる!」

気が付くと、権藤が上から眼を光らせていた。

権藤の声で、二人は剣道場の板敷の上に立ち上った。

「稽古をやめろと言ったのが判らんか」

権藤は言ったが、そんなものが判るはずはないと洪作は思った。柔道場の方を見ると、なるほど稽古をしている組はなかった。青鬼赤鬼たちはみんな稽古始めの時と同じように道場の片側に居並んでいた。

洪作と鳶は柔道場に戻り、畳の上に坐って、互いに頭を下げた。その時、

「鳶だけ残れ」

と誰かが言った。洪作は鬼たちの坐っているところに戻った。鳶は道場のまん中に坐っていた。すると、一人の長身の青鬼が道場のまん中に出て行って、

「俺と鳶とが勝負をする」

と言った。その態度から見て三年の部員であろうと思った。

やがて、二人は立ち上った。

――ヒュウ！

ふしぎな音が聞えた。見ると、鳶は二本の指を口の中に入れている。そしてもう一度、ふしぎな音を出すと、

「こい！」

と、怒鳴った。洪作はそんな鳶の顔に眼を当てていた。さっきと同じように眼が青く光っている。口の中に指を入れて変な音を出したのは、恐らく決死の覚悟で、手強《てごわ》い相手に戦を挑もうとする自分自身への激励であろうと思われた。

ぱっと長身の青鬼の体が畳の上に寝た。

「ほうら、手があまい。腋《わき》があいている」

それと一緒に、鳶の体は長身の青鬼の体の上を一回転し、そのまま向うの畳の上に横たわった。ひどく緩慢な回転の仕方だった。そして次の瞬間、鳶はぴたりと相手に崩れ上四方の形で押え込まれていた。

「押え込み」

権藤が押え込みを宣した。鳶は起きようと両脚をばたばたさせていたが、長身の青鬼

の体はぴくりとも動かなかった。完璧《かんぺき》な押え込みだった。そうしている時、

——痛い！

と、長身の青鬼は言った。すると、二人を見降ろしていた権藤が、

「咬《か》んではいかん、咬んではいかん」

と注意した。

——痛い！　ばか！

また長身の青鬼は怒鳴った。すると、この場合も、権藤が、

「咬むなと言ったら、咬むな」

と注意して、それから、

「よし、一本」

と、押え込みの決ったことを宣した。

鳶は起き上った。鳶は袖《そで》で顔を拭《ぬぐ》った。汗を拭ったかと思ったが、どうもそうではないようであった。洪作は鳶が泣いているのではないかと思った。鳶は両手を大きくかざし、長身の青鬼に立ち向って行った。眼は一層青く光っている。

洪作は、いま鳶と練習試合をしている相手がいかなる選手であるか知りたかったので、

「いま鳶さんの相手をしているのは誰ですか」

と、自分の横に坐っている杉戸に訊《き》いてみた。

「富野と言って、寝技では全国高専柔道では有名な選手ですよ。三年生だから、もうこの練習には加わらなくてもいいんだが、――かなわないな、ああいうのには」

杉戸は言った。かなわないというのは、柔道がかなわないというのでなく、もう稽古はしなくてもいいのに、ちゃんと夏期練習に加わっている、そういう態度が、下級生である自分たちにはやりきれないという意味らしかった。

鳶はまたさっきと同じように、あっという間にひっくり返されて、ぺたんと押えられてしまった。見ていると、まるで無抵抗な感じだった。

鳶は立て続けに三、四本とられた上に、

「もうちょっと、正確な稽古《けいこ》をするんだな。君みたいのなら、汗をかかないで何人でも抜けるよ」

そう富野から言われた。鳶は口惜《くや》しそうに自分の席に戻ったが、まだ放免されたわけではなかった。

「闘志ばかりで相手を倒せるのなら、柔道は簡単だ。闘志は、まあ、いいとしても、咬むのはいかん。犬とやるのなら咬んでもいいが、相手は人間だから、鳶もなるべく人間とやる柔道をやるんだな」

それから、

「次は杉戸」

と、杉戸に白羽の矢が立った。杉戸は下宿のおばさんにそう見えるだけでなく、柔道ものっそりしていた。おじぎをして立ち上ると、ぬうっといつまでも立っていた。富野が手をさし出して来ると、それを払いのけ、その度に背後へ背後へとさがって行った。富野が踏み込んで来ると、その度にそれだけあとにさがるので、いつまで経《た》ってもらんどりにならなかった。

富野は二回剣道場の板敷に踏みこみ、その度に審判役の権藤から、

「まん中に出ろ」

と注意された。やがて、富野の手が杉戸の袖口を掴んだと思うと、次の瞬間富野の体は畳の上に寝て、その二本の脚は杉戸の肩のところに伸びていた。

杉戸がその脚を払いのけようとして、体を横に廻したのがいけなかった。あっという間に杉戸の上半身は富野の脚に纏《まと》いつかれ、それを逃れようとしている間に、三角締めにはいられ、下から右手の逆をとられてしまった。

しかし、杉戸は逆をとられたまま、〝参った〟の合図もしないで、相変らずぬうっとしていた。

いつまでも杉戸が参らないので、権藤が、

「一本だな」

と、杉戸の方に確かめると、杉戸は黙って首を横に振った。

「折るぞ」

富野が言っても、杉戸は依然として黙っていた。

「よし」

富野は逆をとっている両腕に力を入れたらしかったが、杉戸は平気で空いている片方の手で顔の汗を拭《ふ》いていた。

「変な奴《やつ》だな、痛くないか」

権藤が杉戸の顔を覗《のぞ》き込むと、

「なんでもない」

杉戸は言った。

「なんでもない。よし」

　また富野は力を入れたらしかったが、いっこうに効果がないと知ると、

「お前の腕はどうかしているな」

と言った。

「前に一回折ったら、それから何でもなくなっちゃった」

「そんなことがあるか。どれ、見せろ」

富野は逆を解いて、起き上ると、杉戸の右手を点検し、

「曲げてみろ」

「このくらいは曲る」

杉戸は右手を伸ばして見せた。

「なるほど、変な腕をしていやあがる。これじゃ、逆が利《き》かないな」

富野は感心して言ってから、

「そっちの腕はどうだ」

「こっちも同じだ」

「そっちも折ったのか」

「うん」

すると、権藤が、

「うんとは何だ。はいと言え」

と注意した。

「はい」

杉戸は素直に言い直した。

「よし、初めからやり直しだ」

その権藤の言葉で、杉戸はまた富野に立ち向って行かねばならなかった。

こんどは、杉戸はあっという間にひっくり返され、上になったり、下になったりしているうちに、おくり襟締めにはいられてしまった。

洪作は、杉戸の喉《のど》がぜいぜい変な音を出しているのを聞いていた。いまにも杉戸はおちるのではないかと思われたが、いっこうにおちもしなければ、参ったもしなかった。

「お前、首も変にできているな」

権藤が言った。富野は力任せに締め上げていたが、そのうちに根まけした感じで、手を放し、

「苦しくないのか」

「苦しい」

「俺の締めは利かないか」

「利く」

「おちないじゃないか」

「もうすぐおちるところだった」

杉戸は言った。そして杉戸は立ち上ると、ふらふらとんでもない方向に歩いて行った。

富野と杉戸の練習仕合が終ると、

「南の十人掛け」

と、権藤が叫んだ。洪作は十人掛けと聞いて、十人掛けなるものがいかなるものか判《わか》らなかったが、十人掛けを命じられた南という部員が、親戚に不幸があったことを理由

にして夏期練習を打ち切ろうと申し出た人物に違いないと思った。

「おう」

横柄《おうへい》な返事が聞えたと思うと、目立って大柄な赤鬼が道場のまん中に出て行った。みごとな体格だった。洪作はこれまでに、これほど逞《たくま》しい体をした青年を見たことはなかった。まさに仁王とか金剛力士とかいう、あの仏法守護の神に似ている。胸幅も広いばかりでなく、見るからに厚そうであった。

「あのひとは何年生ですか」

洪作は、自分の傍に坐っている杉戸に小声で訊いた。

「僕らと同じ一年生です。あいつは立技は天才ですよ。中学の時ろくに練習もせんと二段をとってる」

杉戸は言った。一年生と聞いて、洪作は驚いた。一年生の顔ではなかった。その時、

「伊上君」

権藤の声がかかったので、洪作は驚いた。名前を呼ばれた以上出て行かなければならなかった。

洪作は南の前に行って、頭を下げると、すぐ立ち上った。お互いに相手の柔道着の襟を摑んだ。大きな壁にでも立ち向っているような無力感が洪作を捉《とら》えていた。

そのうちに、相手の大きな体が動いたかと思うと、洪作は自分の体がふいに宙に舞い

上るのを感じた。何とも言えずきれいな内股《うちまた》だった。いつかかったのか、自分でも判らなかった。ふあっとすくい上げられ、ふあっと投げられたのである。宙で一回転したが、それさえも回転すべくして回転した自然な感じだった。

「一本」

権藤は言った。三本勝負の仕合だったので、洪作はもう一度南に立ち向って行かねばならなかった。またすぐ右の内股がとんで来た。こんどは用心していたので、辛うじて耐えることができた。すると、いきなりこんどは左の内股がとんで来た。洪作はまた自分の体が宙に舞い上るのを感じた。

「一本」

権藤の声が、洪作の耳にはむしろ爽《さわ》やかに聞えた。口惜しいとか、残念だとかいう気持は全くなかった。強さの点では比較にならぬ相手だった。二本とられるのに、一分か二分しかかかっていない。

洪作が自分の席に戻ろうとすると、権藤が言った。

「君は敗けたが、相手が君より強かったから仕方がない。君が敗けるのは極めて当然だ。弱い奴が強い奴とやれば敗けるに決っている」

それから、

「君も来年四高にはいったら、弱い奴でも強い奴に勝てる柔道をやるんだな。――南は君より強いから勝ったが、もし南より強い相手だったら南は敗けている。そんな水が高きより低きに流れるような判りきった柔道はやめるんだな。南は君を投げたが、それは当然なことで、少しも名誉ではない。本人は名誉に思っているかも知れんが、そんなものは、この無声堂では通用せん」

権藤はじろりと眼を光らせて南を見た。南は権藤の言葉など全く聞いていないかのように、知らん顔をして、指をぽきぽき鳴らしていた。

やがて、次の部員が南に立ち向って行った。これもいい体格の若者だったが、南の前に行くと見劣りがした。寝技に引き入れようとしたが、そのまま南の大きな体につぶされて押え込まれ、二本目はうっかりして立ち上ったところを、これも内股で投げられた。

三人目は二本とも押え込みでとられ、四人目は立て続けに引きずり上げるようにして投げられた。五人目には二年の部員が出た。蓮実ぐらいの体格で、南の前に行くと、何とも言えず貧相に見えたが、この方は南を寝技に引き込むと、あとは決して立たさなかった。そして、大分疲れが出ている南を攻めて、攻めて、攻めぬいて引き分けにした。洪作はこの仕合を、目を見はるような思いで眺めていた。

それからあとの三人はいずれも二年生で、寝技専門らしく、二人は南を逆で攻め、一人はおくり襟締めで攻めた。南はすっかり疲れていた。ひたすら守勢に廻っていたが、それでも相手の技を決めさせなかった。

九人目に鳶が出た。ふらふらになっている南の仁王のような体に、鳶はくらいついて行き、押え込みで一本とった。鳶は決して容赦しなかった。病める仁王に全力でかかって行き、こんどは十字逆で決めた。九人目に南は初めて二本とられたのである。最後の十人目を誰にするか、権藤は物色していたが、やがて、

「よし、俺が相手になってやる。誰か審判に廻れ」

と言った。

権藤と南は立ち上った。病めるライオンと鼠《ねずみ》の喧嘩《けんか》に似ていた。権藤は鳶がそうであったように、決して相手を容赦しなかった。鼠はライオンの周りを動き廻り、いい加減にのびている南を締めで一本とり、逆で一本とった。

そして、その一方的な仕合を終ると、席に戻り、

「南は稽古不足だ。十人掛けぐらいでのびるようでは、末が案じられる。立技に頼って、寝技を嫌っていると、こういう結果になる。南の体で寝技に専心していたら、今の十人は二、三分ずつで片付けられているだろう。十人のうち、二年の部員が四人出ているが、一人も南をとれなかった。あいた口がふさがらぬ。一体、毎日何をしているのか、と言いたい。いくら攻めても、一本に決め得なかったら同じことだ。九人目に鳶がやっとのことで押え込んだ。鳶は勝ったと思っているかも知れぬが、あんなのは勝ったうちにははいらぬ。あの押え込みは一体何だ」

権藤は南も、南に立ち向った者も、ひと通り全部やっつけてしまうと、

「稽古再開」

と、怒鳴った。柔道場は忽《たちま》ちにして、青鬼赤鬼の組み打ちで埋まってしまった。

洪作は杉戸と組んだ。杉戸はいつもぬうっとして立っていた。洪作が立技をかけようとすると、すぐ畳の上にへばりついた。そして長い脚をひらひらさせて、洪作の上半身に纏いついて来た。洪作はこれほど痛い脚があるということを知らなかった。人間の脚ではなく、鉄ででもできている脚のような気がした。

寝技になると、洪作は無抵抗だった。杉戸の鉄の脚で締め上げられたり、締め上げられた上で逆をとられたりした。

洪作は何とかして立技で一本とりたかったが、すぐ相手が坐《すわ》り込んでしまうので、いかんとも為《な》し難かった。

洪作が杉戸と上になったり、下になったりしていると、そこへ三年生の富野がやって来て、洪作に、

「君は腰が強いね。その腰を生かして、寝技をみっちりやったら強くなるよ。さっき最初に南とやらせたのは、立技というものを諦《あきら》めさせようと思ったからだ。南にも立技を諦めさせたいが、あいつはけた外れに強いんでね」

富野は笑って、それから、

「君は杉戸にとられるだろう」

と言った。

「とられます」

洪作が答えると、

「杉戸は、中学の時は柔道をやっていなかったんだ」

富野は言いきかせるような言い方をした。洪作はそんな富野がいい人柄の人物に見えた。

道場から解放されたのは五時だった。この日は寮の浴場で汗を流し、柔道着を洗濯した。みなが柔道着を洗っているので、洪作も同じようにしたのである。風呂《ふろ》から上ると、洪作は杉戸と鳶と一緒に校門を出た。そして昨日と同じように、校門前の文房具店の店先で、それぞれ一本ずつラムネを飲んだ。

「ラムネ三本」

杉戸は奥に向って叫んでから、

「誰も居ないらしいな。――まあ、いいだろう。たまにはただで飲ませて貰《もら》おう」

そんなことを言った。

「じゃ、序《つい》でにもう一本ずつ御馳走《ごちそう》になるか」

鳶は言って、二本目に手を出した。

「ただほど安いものはない」

杉戸も言いながら同じようにした。

「遠慮するな」

鳶が言ったので、洪作も二本目のラムネを飲んだ。

「ラムネ六本、俺につけておけ。鳶永太郎につけとけ。鳶だぞ、判ったな」

鳶は奥に向って叫んでから、

「ひとに奢《おご》るということはいい気分なものだ」

と言った。三人が店先を離れて何ほども行かないうちに、文房具屋の娘が追いかけて来た。

「杉戸さんが三本に、鳶さんが六本ね」

娘は言った。

「なんだ、聞いていたのか」

鳶は言って、

「ラムネの空壜《あきびん》を見てくれ。俺たちは六本しか飲まん。杉戸の奢りだ」

「だって、いま鳶につけとけと言ったでしょう」

「あれは時の勢いというものだ。杉戸につけておけ」

すると、

「いいの、杉戸さん」

と、娘は杉戸の方に念を押して、

「じゃ、杉戸さんに九本つけておくわよ」

「九本なんて飲まんよ、俺たち。――六本だ」

杉戸は真顔で抗議した。

「だめ、だめ」

「困っちゃうな。六本しか飲まんのにな」

杉戸が言うと、

「だから空壜をしらべろと言っている」

鳶は言った。

「空壜なんて、あそこにたくさん並んでいるわ。さっきも黙って飲んで行った人があるわ。あんたたちじゃない？」

「ご、ご冗談でしょう」

旗色が二人に悪くなっているので、洪作が口を出してやった。

「本当に六本なんです。二本ずつ飲みました」

洪作が言うと、娘は洪作の顔を見守っていたが、

「じゃ、あなたの言うことを信用して上げるわ。——杉戸さんに六本ね。もう五十本近くよ」

「判った、判った」

杉戸は歩き出した。

香林坊に出ると、

「誰か来ないかな」

杉戸は昨日と同じようなことを言い、立ちどまって、あたりを見廻した。

「よし、俺が石川屋を覗いて来る」

鳶は言って、二人から離れて行った。が、間もなく帰って来ると、

「居《お》らん。誰も居らん」

と言った。三人は歩き出した。

「すっかりこの町も貧乏な町になった。民は飢えている。民のかまどから煙は上っておらん。——杉戸、おまえ、うなぎ屋を覗いて来い」

「うん」

杉戸はこういう時は素直だった。言われるままに、二、三軒先のうなぎ屋にはいって行ったが、すぐ出て来ると、

「うまそうなにおいがしている」

と、ただ、そんなことを言った。誰も居なかったらしい。

「みんな、こっちを見ていますね」

洪作は言った。通行人の視線が自分たちに集まっているのを洪作は眩《まぶ》しく感じていた。

すると、

「杉戸と歩くと、こうした運命は免れられん。誰だって見るよ、これだけ汚ければ」

鳶は言ったが、異様な風体という点では鳶も杉戸も甲乙はなかった。

「杉戸が何に似ているか、お前さん、判るか」

「さあ」

「煙突掃除の棒だ。煙突をごしごしこする棒があるだろう。あれに似ている。な、よく見てごろうじ、どう見ても煙突掃除の棒だ」

そう言われれば、確かにある感じはあった。杉戸を逆しまにして、頭の方から煙突の中に突っ込めば、さしずめ煙突掃除の棒として使えそうであった。

しかし、何を言われても、杉戸はいっこうに感じない模様で、ぬうっとした表情を変えなかった。

三人は犀川大橋のたもとに出て、川岸の道を歩き出した。

「この上は、それぞれ下宿に帰って、栄養のない飯で我慢するしか仕方ないな」

鳶が言った。

「鳶さんの眼は青く光りますね」

「そうかな」

「きょう富野さんとやった時、本当に咬《か》んだんですか」

「そりゃ、咬むさ。この二、三日、むしゃくしゃして、歯ぐきがかゆいんだ」

「鳶には、みんな咬まれている」

杉戸が言うと、

「誰でも咬むというわけではない。咬むのは三年の部員だけに決めているんだ。咬んでもいいと思うんだ。大きなことを言っていて、彼等は優勝できなかったんだからな」

鳶は言った。

その夜も、洪作は杉戸と床を並べて寝た。

洪作は体の節々が痛かった。鳶と荒っぽい柔道をやったので、それがこたえていた。

「鳶さんというのは荒っぽいですね」

洪作が言うと、

「あいつ、今年いっぱい練習すると強くなりますよ。来年は仕合に出られると思う。まだ柔道を知らんからただ荒っぽいだけだが、あんたの言うように眼が青く光る。あいつは本当に相手をやっつけようと思って稽古《けいこ》をするんで厄介だ」

杉戸は言った。

「この夏の仕合には出なかったんですね」

「そりゃあ、出ない。一年の部員では南と宮関という二人だけが選手に選ばれた。南は強いですよ。あんたも今日やったので判るでしょう。京都大学の新聞の高専大会評で、南は大ものだと書いてあった。彼が本当に稽古したら歯が立つ者はないだろうと言われていますよ。しかし、南の欠点は強過ぎるところだと思う。蓮実さんなども、南が強過ぎることを懸念《けねん》している」

「蓮実さんは強いですか」

「いまの二年の部員にはもっと強いのが何人か居ます。だが、僕たちはあのひとの柔道が好きだ。体格も貧弱だし、非力だが、稽古だけで固めているからな。確実な柔道ですよ。立技は全然利《き》かない。しかし、寝ればめったなことで敗けませんよ。勝てないかも知れぬが、敗けることはない。実にきれいな寝技だ。この夏の大会に初めて選手として出て、実にいい仕合をした。一人抜いて、二人目に分けた」

「南さんはどうでした」

「南は立技専門で、やたら投げとばした。一回戦では、五人か六人投げた。相手の学校が寝技をやっていないので、みんな立って来た。立って来たら、そりゃあ、南に投げられますよ」

「じゃ、南さんと蓮実さんがやったら」

「いまのところでは、蓮実さんが勝ちますよ。だが、南が少し寝技に身を入れてやったら、問題ではなくなる。ただ南が寝技をやるかやらないかだ」

「やったら、いいでしょうに、ね」

「ところが、立って自信があると、なかなか寝技はやらない。つい立ってしまう。いくら南が強くても、立技を思いきって棄《す》てない限りは蓮実さんに敵《かな》わないんじゃないかな」

「権藤さんは」

「あのひとは一番弱い。一番弱いけれど、柔道は一番よく知っていますよ。実力のない理論家です。口やかましいので、みんなに嫌われるが、まあ、名マネージャアでしょうね。あしたでも、あのひとを投げてごらん。くるりとひっくり返って、腹から落ちる。なかなか一本とれぬ」

杉戸は笑って言った。


（下巻に続く）

井上靖著

あすなろ物語

あすは檜になろうと念願しながら、永遠に檜にはなれない〝あすなろ〟の木に託して、幼年期から壮年までの感受性の劇を謳った長編。

井上靖著

しろばんば

野草の匂いと陽光のみなぎる、伊豆湯ヶ島の自然のなかで幼い魂はいかに成長していったか。著者自身の少年時代を描いた自伝小説。

井上靖著

夏草《なつぐさ》冬濤《ふゆなみ》（上・下）

両親と離れて暮す洪作が友達や上級生との友情の中で明るく成長する青春の姿を体験をもとに描く、『しろばんば』につづく自伝的長編。

井上靖著

猟銃・闘牛

芥川賞受賞

ひとりの男の十三年間にわたる不倫の恋を、妻・愛人・愛人の娘の三通の手紙によって浮彫りにした「猟銃」、芥川賞の「闘牛」等、3編。

井上靖著

敦煌（とんこう）

毎日芸術賞受賞

無数の宝典をその砂中に秘した辺境の要衝の町敦煌――西域に惹かれた一人の若者のあとを追いながら、中国の秘史を綴る歴史大作。

井上靖著

孔子

野間文芸賞受賞

戦乱の春秋末期に生きた孔子の人間像を描く。現代にも通ずる「乱世を生きる知恵」を提示した著者最後の歴史長編。野間文芸賞受賞作。

井上靖著 風林火山

知略縦横の軍師として信玄に仕える山本勘助が、秘かに慕う信玄の側室由布姫。風林火山の旗のもと、川中島の合戦は目前に迫る……。

井上靖著 氷壁

奥穂高に挑んだ小坂乙彦は、切れるはずのないザイルが切れて墜死した――恋愛と男同士の友情がドラマチックにくり広げられる長編。

井上靖著 天平の甍

芸術選奨受賞

天平の昔、荒れ狂う大海を越えて唐に留学した五人の若い僧――鑑真来朝を中心に歴史の大きなうねりに巻きこまれる人間を描く名作。

井上靖著 蒼き狼

全蒙古を統一し、ヨーロッパへの大遠征をも企てたアジアの英雄チンギスカン。闘争に明け暮れた彼のあくなき征服欲の秘密を探る。

井上靖著 楼蘭（ろうらん）

朔風吹き荒れ流砂舞う中国の辺境西域――その湖のほとりに忽然と消え去った一小国の運命を探る「楼蘭」等12編を収めた歴史小説。

井上靖著 風濤（ふうとう）

読売文学賞受賞

朝鮮半島を蹂躙してはるかに日本をうかがう強大国元の帝フビライ。その強力な膝下に隠忍する高麗の苦難の歴史を重厚な筆に描く。

井上靖著

額《ぬか》田《た》女《おお》王《きみ》

天智、天武両帝の愛をうけ、〝紫草《むらさき》のにほへる妹〟とうたわれた万葉随一の才媛、額田女王の劇的な生涯を綴り、古代人の心を探る。

井上靖著

幼き日のこと・青春放浪

血のつながらない祖母と過した幼年時代――なつかしい昔を愛惜の念をこめて描く「幼き日のこと」他、「青春放浪」「私の自己形成史」。

井上靖著

後白河院

武門・公卿の覇権争いが激化した平安末期に、権謀術数を駆使し政治を巧みに操り続けた後白河院。側近が語るその謎多き肖像とは。

石川達三著

青春の蹉《さ》跌《てつ》

生きることは闘いだ、他人はみな敵だ――貧しさゆえに充たされぬ野望をもって社会に挑戦し、挫折していく青年の悲劇を描く長編。

石原慎太郎著

太陽の季節

文学界新人賞・芥川賞受賞

太陽族を出現させ、文壇に大きな波紋を投じた芥川賞受賞作「太陽の季節」は、戦後の社会に新鮮な衝撃を与えた記念碑的作品である。

大江健三郎著

死者の奢り・飼育

芥川賞受賞

黒人兵と寒村の子供たちとの惨劇を描く「飼育」等6編。豊饒なイメージを駆使して、閉ざされた状況下の生を追究した初期作品集。

新潮文庫最新刊

原田マハ著
暗幕のゲルニカ
「ゲルニカ」を消したのは、誰だ？　世紀の衝撃作を巡る陰謀とピカソが筆に託したただ一つの真実とは。怒濤のアートサスペンス！

重松清著
たんぽぽ団地のひみつ
祖父の住む団地を訪ねた六年生の杏奈は、時空を超えた冒険に巻き込まれる。幸せすぎる結末が待つ家族と友情のミラクルストーリー。

川上未映子著
あこがれ
渡辺淳一文学賞受賞
水色のまぶた、見知らぬ姉——。元気娘へガティーと気弱な麦彦は、互いのあこがれのために駆ける！　幼い友情が世界を照らす物語。

高橋克彦著
非写真
一枚の写真に写りこんだ異様な物体。拡大すると現れたのは……三陸の海、遠野の山などを舞台に描く戦慄と驚愕のフォト・ホラー！

西條奈加著
大川契り
—善人長屋—
盗賊に囚われた「善人長屋」差配の母娘。店子が救出に動く中、母は秘められた過去を娘に明かす。縺れた家族の行方を描く時代小説。

高田崇史著
七夕の雨闇
—毒草師—
旧家に伝わるタブーと奇怪な毒殺。そこに七夕伝説が絡み合って……。日本人を縛る千三百年の呪を解く仰天の民俗学ミステリー！

北《きた》の海《うみ》（上）

新潮文庫　い－7－54

平成十五年八月三十日発行
平成三十年七月五日八刷

著者　井《いの》上《うえ》靖《やすし》

発行者　佐藤隆信

発行所　株式会社新潮社

郵便番号　一六二―八七一一
東京都新宿区矢来町七一
電話　編集部(〇三)三二六六―五四四〇
　　　読者係(〇三)三二六六―五一一一
http://www.shinchosha.co.jp

価格はカバーに表示してあります。

乱丁・落丁本は、ご面倒ですが小社読者係宛ご送付ください。送料小社負担にてお取替えいたします。

印刷・凸版印刷株式会社　製本・株式会社大進堂

ISBN978-4-10-106337-9 C0193